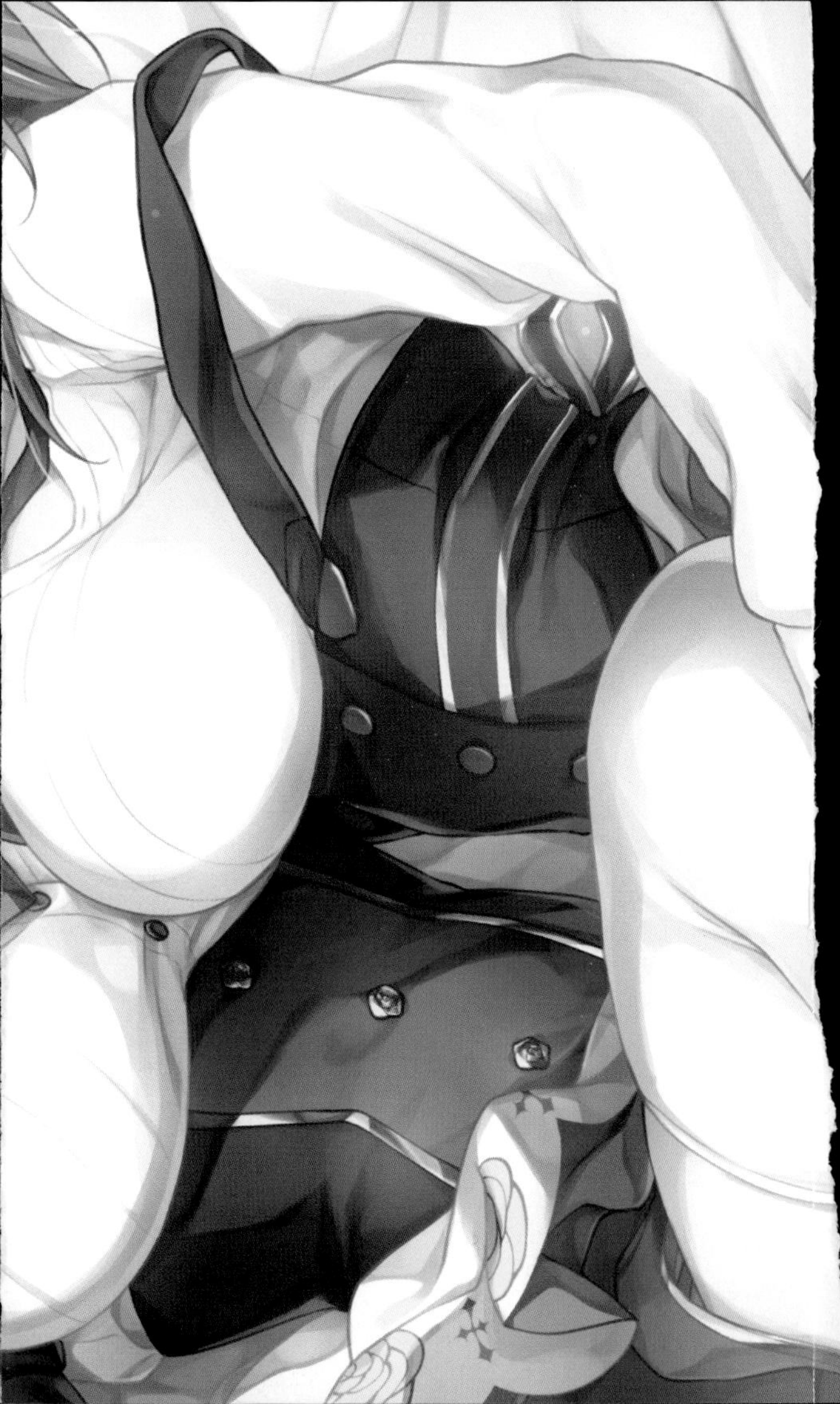

ライアー・ライアー 4
嘘つき転校生は天才中二少女に振り回されています。

久追遥希

MF文庫J

篠原緋呂斗（しのはら・ひろと）　**7ツ星**
学園島最強の7ツ星（偽）となった英明学園の転校生。目的のため嘘を承知で頂点に君臨。

姫路白雪（ひめじ・しらゆき）　**4ツ星**
完全無欠のイカサマチートメイド。カンパニーを率いて緋呂斗を補佐する。

彩園寺更紗（さいおんじ・さらさ）　**6ツ星**
最強の偽お嬢様。本名は朱羽莉奈。《女帝》の異名を持ち緋呂斗とは共犯関係。桜花学園所属。

秋月乃愛（あきづき・のあ）**6ツ星**
英明の《小悪魔》。あざと可愛い見た目に反し戦い方は悪辣。緋呂斗を慕う。

榎本進司（えのもと・しんじ）**6ツ星**
英明学園の生徒会長。《千里眼》と呼ばれる実力者。七瀬とは幼馴染み。

浅宮七瀬（あさみや・ななせ）**6ツ星**
英明6ツ星トリオの一人。運動神経抜群な美人ギャル。進司と張り合う。

風見鈴蘭（かざみ・すずらん）**3ツ星**
桜花学園所属のライブラの記者。よく《決闘》の実況を担当している。

久我崎晴嵐（くがさき・せいらん）**5ツ星**
《不死鳥》の異名を持つ実力者。更紗を崇拝している。音羽学園所属。

枢木千梨（くるるぎ・せんり）**5ツ星**
栗花落女子のリーダー格の《鬼神の巫女》。一撃で敵を倒す最強系女子。

霧谷凍夜（きりがや・とうや）**6ツ星**
勝利至上主義を掲げる森羅の《絶対君主》。えげつない手を使うことで有名。

倉橋御門（くらはし・みかど）
元聖城学園の学長。篠原に返り討ちにされたことから復讐を誓う。

椎名紬（しいな・つむぎ）
緋呂斗がホテルで遭遇した中二系少女。《MTCG》に運営側で参加している。

一ノ瀬棗（いちのせ・なつめ）
英明学園の学長。緋呂斗を偽の最強に仕立て上げた張本人であり後ろ盾。

口絵・本文イラスト：konomi（きのこのみ）

幕間　状況整理

liar liar

＃

五月期交流戦《アストラル》三日目、夜——。

イベント参加者のために開放されている四季島《しきしま》グランドホテルの二階、少し広めの会議室にて、俺たち英明《えいめい》学園の面々はおよそ半日ぶりに全員で顔を揃《そろ》えていた。

「——それでは、これまでの経緯を簡単に振り返ってみましょう」

俺の隣に座っていたメイド服姿の少女・姫路白雪《ひめじしらゆき》が、そう言って静かに席を立つ。彼女はそのまま楚々《そそ》とした足取りで窓際まで歩み寄ると、端末の画面を投影展開した。

「大規模決闘《ゲーム》《アストラル》。学園島《アカデミー》に存在する全二十の学区から五人ずつの参加者を選抜して行われるこの《決闘《ゲーム》》は、一昨日《おととい》の朝スタートいたしました。開催場所はこの零番区に位置する〝開発特区〟……実際は何もない広大な空き地ですが、そこに仮想現実《AR》の技術を用いることで電脳世界のようなフィールドを再現しています」

姫路の言葉と同時、《アストラル》の概要やPV等が複数の画面で展開される。……あらゆる学区から選抜メンバーのみが参加する大規模なイベント。そして、《決闘《ゲーム》》であるからには当然〝星〟——この学園島《アカデミー》における〝等級〟を決定する絶対的な評価基準——も大きく動く。簡単に言えば、総合順位で五位以内に入れないとそのチームのメンバー全員が星を失うことになるんだ。故に、誰にとっても負けられない。

俺たちの理解がそこまで追い付いた辺りで、姫路《ひめじ》は涼やかな声音で言葉を続けた。

「まず、一日目——一昨日《おととい》のイベント開始日。この日に関しては、特に大きな出来事があったわけではありません。わたしたちも他のチームも手探りでエリアを広げていただけですし、そもそも交戦が一つも発生しませんでした」

「うんうん」

つま先が床に届かないらしく俺の左隣で足をパタパタさせていたゆるふわツインテールの小悪魔・秋月乃愛《あきづきのあ》が、こくりと頷《うなず》いて同意を示す。……《アストラル》は、端的に言えばエリア制圧型の戦略シミュレーションゲーム《SLG》だ。エリアを広げて自軍を強化し、邪魔な敵を排除する。だからこそ、拠点の確保というのが何よりも基本的な行動になるわけだ。

白銀の髪をさらりと揺らし、姫路が穏やかな口調で続ける。

「続きまして、二日目です。英明《えいめい》学園に限った話をいたしますと、この日は一つの交戦が行われました。お相手は昨年の学校ランキング十四位、十五番区の茨《いばら》学園です」

そんな説明と共に、画面の中ではisland tube《アイ・チューブ》から持ってきた該当のシーンが再生され始めた。茨学園との接触、それから交戦。俺たちにとって初めての戦闘であり、そのきっかけになったのは元モデルの金髪《ブロンド》JK・浅宮七瀬《あさみやななせ》が放った《魔砲》スペルだ。丸く収まりかけていた交渉が彼女の不意打ちによって崩され、一気に交戦へと移行している。

　ちなみに――スペルというのは、《アストラル》に存在する〝使い捨ての能力〟のようなものだ。自軍のエリアを指定する〝拠点〟から一定時間ごとに排出され、チーム全体で共有される。種類としては攻撃スペルが四種と補助スペルが四種あるのだが、これらの〝スペル〟以外にダメージを与える術というのはこの《決闘》には存在しない。そういう意味で、スペルの所持数というのはそのチームの戦力を測る一つのバロメーターとなる。

「ふぅ……」

　と、そんな映像を見ながら深々と息を吐いたのは、俺の右斜め前に座る仏頂面の男子生徒――英明学園生徒会長、榎本進司《えのもとしんじ》だ。

「こうして見ると、茨学園の何某《なにがし》が動いた後に七瀬が端末を取り出しているのがよく分かるな。先走るどころか、むしろ後から動いて追い抜いている。だというのに、僕は……」

「まーまー、元気出しなって進司。ウチの瞬発力が進司よりちょーっと高かっただけの話じゃん？　それにほら、説明してなかったウチにもちょっとは責任が――」

「これが七瀬でなければ謝罪しなければならないところだった」

「いやそこはウチ相手でも謝罪いるし!!」

　ムッとした表情で身を乗り出し、隣の榎本に突っかかる浅宮。……相変わらず仲が良いんだか悪いんだかよく分からない二人だ。幼馴染《おさななじ》みで腐れ縁で犬猿の仲。性格は壊滅的に合わないのに何故《なぜ》かいつも一緒にいる、という、英明《えいめい》内でも有名な組み合わせ《ペア》らしい。

「……こほん」

そんな二人のやり取りを、姫路《ひめじ》が微《かす》かな咳払《せきばら》いで遮った。すると同時、彼らはぴったり同じタイミングで「「ふんっ」」と視線を逸《そ》らし合う。

それを生温かい目で見守りつつ、姫路は両手を身体《からだ》の前で揃《そろ》え直して話を続けた。

「ともかく、浅宮《あさみや》様の機転も功を奏し、茨《いばら》学園との交戦は英明《わたしたち》の勝利となりました。《アストラル》では撃破したチームの持つ拠点やスペルを全て吸収できますので、これによりあらゆる面から英明の戦力が強化されます——が、事件はこの後に起きました」

「……うん。《百面相《カメレオン》》、だよね」

姫路の説明を引き継ぐかのように、秋月《あきづき》がポツリとその単語を口にした。

「《百面相》——十二番区・聖城《せいじょう》学園のプレイヤー。最初は《女帝》さんの偽物《にせもの》……《影武者《ドッペルゲンガー》》として《アストラル》に参加してたけど、それは本当の狙いを隠すためのカモフラージュみたいなもので、実際は誰にでも変身できる力を持ってた。それで、その力を使ってあっという間に十八番区を壊滅させた……っていうのが、昨日の後半のお話だよ」

「その通りです、秋月様。かの《女帝》の名を騙《かた》る恥知らずの《影武者》——もとい《百面相》は、昨日の午後から本格的に活動を始めました。そして、手始めに行ったのが十八番区・常夜《とこよ》学園の襲撃です。メンバーの一人に成り代わり、内側からチームを崩壊させる……その様子が放送されたことにより、《アストラル》は一気に混乱し始めました」

「……まあ、そりゃそうだよね。だって、隣にいる人が本物かどうか確かめられないんだもん。乃愛《のあ》だって、もし緋呂斗《ひろと》くんが緋呂斗くんじゃなかったらと思うと……」

ちらちらと上目遣いにこちらを見上げて不安そうに囁《ささや》いてくる秋月。さりげなく身体を寄せてくるせいで大きな胸が押し付けられそうになり、俺としては気が気じゃない。

が、まあそれはともかく……《百面相》。それこそが、五月期交流戦に乗じて俺と彩園《さいおん》寺《じ》に喧嘩《けんか》を売ってきている〝敵〟の名だ。以前の《区内選抜戦》にも介入してきた聖城の元学長・倉橋御門《くらはしみかど》の仲間、あるいは関係者で、どういうわけか俺と〝嘘《うそ》〟を共有している偽お嬢様・彩園寺更紗《さらさ》と全く同じ容姿を持っている。さらに、この《アストラル》で俺を倒せた方が本物の《女帝》であるとして、当の彩園寺と《決闘《ゲーム》》をしている真っ最中だ。

けれど――秋月の言う通り、《百面相》の本当の狙いはそれじゃなかった。彩園寺の偽物というのはあくまでもブラフで、彼女は映像に干渉することで誰にでもなることが出来たんだ。

それが発覚した昨日、《決闘《ゲーム》》は一瞬で変貌した。……まあ、ある意味当然の話だ。フィールドのどこかに一人の〝偽物〟が存在するというだけで、自分のチームメイトすら安易に信じられなくなる。それこそが、《百面相》の本当の脅威なんだから。

「……はい、そうなのです」

俺の思考がそこまで辿《たど》り着いたのを見て取ってから、姫路《ひめじ》は一つ頷《うなず》いて続けた。

「実際、《百面相《カメレオン》》騒動の余波は露骨に現れました——それが三日目、つまり本日の展開です。前半だけでも三つのチームが《百面相》に、あるいは混乱に乗じた他のチームによって簡単に壊滅させられました。また、わたしたち英明《えいめい》学園も重大な危機を迎えます」

「みゃーちゃんと会長の大喧嘩《おおげんか》……《暗幕》アビリティで周りが見えなくなって、そのせいでお互いを《百面相》だって疑い合って、最終的には後半の《決闘《ゲーム》》に出れなくなっちゃった。結局、あれも元を辿れば《百面相》の影響だもんね」

「……いいや」

そんな秋月《あきづき》の言葉に対し、しばらく口を噤《つぐ》んでいた榎本《えのもと》が静かに首を横に振った。そうして彼は、悠然と腕を組みながらこんな宣言を口にする。

「それに関してだけは、奴《やつ》の責任だなどと軽々しく言うつもりはない。全ては僕の独断であり僕のエゴだ。七瀬《ななせ》を守るつもりで余計に傷つけてしまったのだからな」

「！　……ぅ、ぁ」

「七瀬？　どうしたんだ、急に呻《うめ》いて」

「っ……な、何でもない。……てゆーか、さっきからカッコ付けすぎでしょバカ進司《しんじ》。そーゆーのもう終わったから。いつまでも引っ張んないでよ、バカ！」

「!?　す、すまん……」

「おお～、会長がみゃーちゃんに押されてる。えへへ、ちょっと珍しいかも♪」

言いながら対面の榎本と浅宮《あさみや》を交互に見つめる秋月。彼女はしばらく二人の観察を続けていたが、やがて満足したのかちょこんと身体《からだ》をこちらへ向けた。

「えと、それで……ともかく、今日の午後はみゃーちゃんと会長抜きの三人でプレイすることになったんだよね。そしたら案の定、二つのチームに囲まれちゃった」

「十六番区・栗花落《つゆり》女子学園、及び九番区・神楽月《かぐらづき》学園ですね。神楽月の方はたまたま居合わせただけ、という感じでしたが、構図としては挟撃です。そのためこちらもチームを二つに分け、秋月様が神楽月の処理を、わたしとご主人様が栗花落の相手を行いました」

「えへへ、乃愛《のあ》もちょっとだけ本気出しちゃった♪　たくさん中継に映ってたし、これでファンが増えちゃうかなぁ……♡」

「……まあ、そういうこともあるかもしれませんが」

言葉を濁しつつそっと視線を逸《そ》らす姫路。……言いたいことはよく分かる。先ほどの交戦で秋月が大活躍したのは事実だが、翠《みどり》の星の特殊アビリティ――《行動予測》を利用した心理掌握&煽《あお》り全開&行動誘導というえげつない戦法は、小悪魔を通り越して悪魔的だった。ファンは付くだろうが、それは秋月が望んでいる類《たぐい》のものではない気がする。

そして――えげつないと言えば、俺たちの戦った栗花落女子のリーダー・枢木千梨《くるるぎせんり》にもその言葉は当てはまるだろう。《一射一殺《ワンショット・キル》》という必殺のアビリティを持ち、こと多人数戦においては〝会ったら逃げろ〟が合言葉の少女。イベントの戦績は《女帝》と肩を並べ、たった一年で栗花落《つゆり》のランキングを十六位から九位まで押し上げた《鬼神の巫女《みこ》》。

そんな彼女との激闘が終わったのは、今からつい数時間前の話だ。俺と同じ学年で、しかも見た目は可愛《かわい》らしい女子生徒だというのに、未《いま》だに凄《すさ》まじい圧力が肌に残っている。

が……まあ、それはともかくだ。

「ご主人様と秋月《あきづき》様のご活躍により、絶体絶命に思われたこの状況はどうにか切り抜けることが出来ました。……ですが、事態はほとんど好転しませんでした。栗花落女子の方はリーダー格である枢木《くるるぎ》様に逃げられてしまったためエリアを奪うことが出来ず、神楽月《かぐらづき》学園の方も何らかの理由で——おそらく《百面相《カメレオン》》絡みかと思われますが——戦力を吸収できていません。それどころか、交戦の最中に多方面からエリアを侵食された関係で、英明《えいめい》の勢力は一気に弱体化しています。……最新のデータですと、このような形ですね」

姫路《ひめじ》がすっと手を上げるのと同時、投影画面の一つに《アストラル》三日目終了時点での各種情報が表示された。それによれば、英明の勢力は現在6拠点174マスで、スペル所持数は275。また、支持率——全学区の生徒が投票に参加でき、プレイヤーの行動値《ステータス》にも影響を及ぼす〝優勝予想〟の得票率は、現在のところ7・3%となっている。

「ふむ。……生存している十一チームのうち、僕らがもっとも弱いのか」

未だに自責の念が感じられる口調で呟《つぶや》く榎本《えのもと》。……まあ、彼の言う通りだ。《ライブラ》の集計によれば、英明のエリア所持数は現在下から四番目。スペルの増加速度を決める拠点数に至っては最下位だ。《百面相》との差なんて、いっそ笑えてくるくらい大きい。

加えて、俺は——篠原緋呂斗はもう、この《決闘》から脱落している。

「はい。本日の後半戦が終わる直前、ご主人様は自らご自身のLPを全て削り切り、《アストラル》の舞台を去りました。ですがそれには、いくつかの〝理由〟があります——まず一つが、榎本様との【司令官】争いですね」

「ああ」

姫路の言葉に小さく一つ頷《うなず》く俺。

この《決闘《ゲーム》》——《アストラル》には役職という概念が存在する。これはRPGにおけるジョブやクラスのようなもので、どの役職を持っているかによって登録できるアビリティが変わったりスペルに得手不得手が生じたりする。中でも【司令官《コマンダー》】というのは、行動値——各アクションの硬直時間《クールタイム》を決める重要ステータスが最低値となる代わり、情報探索系のアビリティを採用できる唯一の役職だ。こいつを、俺と榎本は争っていた。

「〝三日目までに【司令官】を三人倒せなかったらこの役職を引き渡す〟って約束だったからな。茨《いばら》学園と栗花落女子とで合計二人、でも神楽月の残党に【司令官】はいなかったから三人目は倒せないはずだった。だから自分を倒すことにした、ってのが一つ」

「はい。ですがそれは、あくまでも副次的な理由にしかすぎません。……と、ここまでは表向きの概要説明になりますが――ご主人様」

そこまで言い終えたところで、姫路《ひめじ》は少しだけ身体《からだ》を動かしたかと思うと澄んだ碧眼《へきがん》をこちらへ向けた。それに小さく頷《うなず》きを返してみせつつ、俺はそっと口を開く。

「ああ。おさらいはこのくらいにして、そろそろ本題に入ろうぜ――まず一つ質問だ。浅宮《あさみや》、初日から今日までの間に、《百面相《カメレオン》》関連で何かしら違和感とか覚えなかったか？」

「え、違和感？　うーん、急にそんなこと言われても……ゴメン、答え教えて？」

「おい、少しは考えろ七瀬《ななせ》」

榎本《えのもと》が苦い顔で突っ込みを入れているが、まあ、別に分からなくても構わない。

「俺が言いたい違和感ってのは二つある――一つ目は、あいつがどうして二日目の後半まで動かなかったのかって問題だ。あの〝変身〟は多分何かしらのアビリティなんだろうけど、とにかくあんなぶっ壊れアビリティを採用してたならもっと早くから行動しててもいいはずだろ？　なのに《百面相》が動き始めたのは昨日、本格的にって意味なら今日からだ。じゃあその間、あいつは何をしてたのか？」

「……昼寝とか？」

「全く、これだから七瀬は……データだ、データ。奴《やつ》はデータを取っていたんだ」

そんな榎本の答えに「ああそうだ」とニヤリと笑って返す俺。

「《女帝》くらい有名なやつなら〝模倣〟するのに充分な量の映像資料が手に入るだろう

けど、他のプレイヤーも全員そうとは限らないからな。つまり、あいつは何もしてなかったように見えて、最初の二日で全参加者の映像データを集めてたんだ」

「あ～……確かに、それはあるかも。てゆーかもう絶対それじゃん。さすシノ！」

「さすしの？」

「『さすがシノ超天才！』の略だけど？」

「…………」

　何で伝わらないの、みたいな顔をされても困るが、深く追及するのは止《や》めておこう。

「とにかく、そう考えれば今のところ《百面相》の動きに妙な部分はないんだ。めちゃくちゃ強いアビリティを採用して、それを活《い》かすために情報を集めて……ってことなら、むしろ立ち回りとして素直な部類だしな。……でも、だとしたら一つおかしいことがあるんだよ。榎本、昨日の《ライブラ》の中継は覚えてるよな？」

「当然だ。というか、僕が覚えていないことなど一つもない。篠原《しのはら》が僕にタメ口を使った回数だって数えずとも頭に入っている」

「そりゃ頼もしいな。じゃあ教えてくれ——昨日の午後、《百面相》が十八番区の連中を襲った例のシーン。あれは、具体的にどういう流れだった？」

「流れ？　そうだな……《百面相》が化けた男が他のメンバーを呼び止め、スペルの入れ替えを提案。全員が無防備になったところで態度を豹変《ひょうへん》させ、流れるような不意打ちで四人ともを撃破。その後、みるみるうちに《女帝》の姿へ……といったところか」

「そうだな、大体そんな感じだ。……で？　《ライブラ》の実況は？」

「ん？　……なるほど、言われてみれば確かに妙だな」

畳み掛けるような俺の質問に、榎本《えのもと》は眉を顰《ひそ》めながらそっと腕を組んでみせた。

「昨日の《決闘《ゲーム》》内で例の映像を見た際、実況の類《たぐい》は一切入っていなかった。それどころか、むしろガヤガヤと焦《あせ》っているような音声が漏れ聞こえていた。しかし、夕刻――レストランで流れていた映像ではそれらの動揺は全てカットされていて、逆に大袈裟《おおげさ》なくらいの……《百面相》をダークホースと持て囃すかのような実況が付けられていた」

「うんうん、確かに。編集し直されてたよね、あの短時間で」

榎本に同意するようにこくりと頷《うなず》く秋月《あきづき》。……そうだ、やはりあの映像には違和感が残る。ほぼリアルタイムで見ていた時は風見《かざみ》の動揺なんかも入っており、半ば放送事故みたいになっていたはずなのに、夜になったらそれが綺麗《きれい》さっぱり編集されていた。それだけならまだしも、《百面相《カメレオン》》の扱いだって初回と振り返り《ハイライト》とじゃ大違いだ。

「どう考えてもおかしいだろ、これは。風見たちの反応を見る限り、《百面相》は《ライブラ》でも動揺するようなことを……つまり不正を働いてる可能性がある。例の〝変身〟だって、もしかしたらアビリティじゃなくて何かしらの違反行為なのかもしれない。そうやって、あいつは《アストラル》をめちゃくちゃにしてる……なのに今、《ライブラ》はまるで《百面相》を庇い立てするみたいに動いてる」

「え……で、でもでも」

俺が言おうとしていることを悟ったのか、隣の秋月がおずおずと口を開いた。

「緋呂斗《ひろと》くんはこの島に来たばっかりだから知らないかもだけど……《ライブラ》は、学園島《アカデミー》で一番公平な機関って言われてるくらい〝中立〟を大事にしてるグループだよ？」

「ああ、それは俺も知ってるよ。そうじゃなきゃこんな大規模イベントの運営補佐になんて選ばれない。……だから、何かあるんだ。《ライブラ》がそんなことをしなきゃいけない理由が。本当は焦ってるのに、何事もなかったようにイベントを盛り上げ続けなきゃいけない理由が。それが何かを突き止めない限り、《百面相》の暴走は止められない」

「はい。……ですが、それには一つ問題がありました」

清楚《せいそ》な声音で俺の言葉を引き継いでくれる姫路《ひめじ》。

「《ライブラ》は、大規模決闘《ゲーム》《アストラル》の運営補佐を行っている関係上、その参加者とは一切のコンタクトが取れない状況にあります。実際、この付近に滞在はしているはずですが、ここ三日間で《ライブラ》の方をお見かけしたことなどただの一度もありませんからね。《アストラル》の参加権を持っている限り、《ライブラ》とは接触できません」

「ああ。——だから俺は、一旦この《決闘》を降りることにしたんだよ」

メンバーの表情を順々に見回しながら、俺はニヤリと笑ってそんな言葉を口にした。

「《アストラル》の参加者じゃなくなれば、俺は《ライブラ》と接触することが出来るようになる。どうしてこんなことになってるのか直接訊《き》くことが出来る。普通じゃない方法でこの《決闘》を引っ繰り返すことが出来る……かも、しれない」

「引っ繰り返す、って……」

そんな俺の発言に、申し訳なさそうに視線を逸《そ》らしながら浅宮七瀬《あさみやななせ》がポツリと呟《つぶや》く。

「でもシノ、もう死んでるじゃん」

「まあな。……だけど、浅宮も知ってるだろ？　この五月期交流戦のもう一つの目玉イベントとして開催されてるオープンゲーム《ＭＴＣＧ》――《アストラル》と違ってこっちは誰でも参加できるお祭り感覚のイベントだけど、その最高報酬にあたる〝ワイルドカード〟は《アストラル》への参加権だ。本来は各学区が有力なプレイヤーを挑ませて、《アストラル》に〝六人目〟を投入するための枠らしいけど……そいつを使えば、俺はこっちに戻って来れる」

不敵な口調で告げる俺。……要するに、ワイルドカードを〝敗者復活枠〟のように使ってしまうということだ。一応《ＭＴＣＧ》に参加しているクラスメイト・辻《つじ》に状況を尋ねてみたところ、榎本《えのもと》が言っていた〝六人目候補〟――水上真由《みなかみまゆ》は既に《ＭＴＣＧ》を離脱している、とのことだったので、俺が貰《もら》っても問題はない。

「で、でもでも、ちょっと都合よすぎない……？　いくら乃愛《のあ》の緋呂斗《ひろと》くんとはいえ、そんなに上手《うま》く行くのかな？」

「簡単だとは思わないけど、無理だとも思わない。だって《MTCG》の管理者は《ライブラ》だぞ？　ルールも仕様も、何もかもあいつらが作ってる。だから、もしあいつらと接触できて、上手いこと手を組めれば……都合なんて、いくらでも良く出来るだろ」

「わ……」

完全に想定外だった、とでも言うように秋月《あきづき》はポカンと口を半開きにする。そして、彼女の驚きを代弁するかの如《ごと》く、対面の榎本がゆっくりと口を開いた。

「では……何だ？　篠原《しのはら》があそこで〝自滅〟を選んだのは、一時的に《アストラル》を抜けて《ライブラ》との接触を図り、協力を取りつけた後に《MTCG》を勝ち抜いて戻ってくるため？　ただ単に僕との勝負に勝つというだけではなく、《百面相《カメレオン》》によって狂わされた《決闘《ゲーム》》を盤外から逆転するために……まさか、そこまで読み切っていたのか？」

微《かす》かに声を震わせつつ、じっと正面から俺を見据える榎本。

そんな彼の〝期待〟に応えるように——俺は、ニヤリと口角を持ち上げてみせた。

「……どうだ、そろそろ認めてくれたかよ？」

第一章　逆転の狼煙

liar liar

♯

五月期交流戦《アストラル》三日目——。

風見鈴蘭《かざみすずらん》から俺に一通のメッセージが届いたのは、午後九時を回った頃のことだった。内容としては、端的に『《MTCG》のルール説明をしたい』というものだ。《アストラル》から脱落したプレイヤーには必須で行っていることらしく、準備が出来たら二階の小会議室——先ほど英明《えいめい》で借りていたのとは別の部屋だ——に来て欲しい、とのことで。

「えと……あの、どうぞお座りください、にゃ」

——それからほんの数分後、俺は単身でその部屋を訪れていた。

室内の様子は先ほどの部屋と大差ないが、広さに関してはこちらの方がやや狭いという印象だ。ガラステーブルを挟んで設置されているソファも一人用のそれでしかない。そして、奥側のソファに浅く腰掛けているのは一人の少女だ。

風見鈴蘭——彩園寺《さいおんじ》と同じ桜花《おうか》学園高等部の二年生で、等級は3ツ星。普段からキャップを被《かぶ》っているため栗色《くりいろ》の髪はところどころ外ハネしており、肩の辺りには〝敏腕記者〟と書かれた腕章が安全ピンで留められている。素直で頑張り屋な気質、ボーイッシュな格好にハチャメチャなノリ、そしてそれらと相反するかのような可愛《かわい》らしい容姿……と、基本的に誰からでも好かれるようなタイプと言っていい。

そんな風見、なのだが……今俺の目の前に座っている彼女は、そういった印象からは大きくかけ離れていた。微《かす》かに俯《うつむ》いて、両手は膝の上にちょこんと乗せて、時折ちらちらと怖がるようにこちらを窺《うかが》う——なんてのは、どう考えても彼女のキャラじゃないだろう。

「あ、あの……篠原《しのはら》くん、座らないのかにゃ？　……や、えっと、篠原くんが立ってたいならそれでもいいんだけど……」

「……まあ、それなら座るかな」

いつものハイテンションとは似ても似つかない喋《しゃべ》り方でおずおずと俺にソファを勧めてくる風見。そんな彼女の対面に腰を下ろすと、俺は静かに話を切り出した。

「それで——《ＭＴＣＧ》のルール説明、だったか？」

「っ……そ、そうにゃ。もちろん参加は自由だけど、最高報酬の〝ワイルドカード〟を使えば《アストラル》に復帰できるようになってるから……一応、全員に説明してるにゃ」

あくまでも冷静に問う俺に焦《あせ》らされるかのように、風見は手元の資料をパラパラと捲《めく》り始めた。平静を装ってはいるものの、その表情はずっと強張《こわば》ったままだ。

だから、というわけじゃないのだが。

「なあ、風見。……何か、俺に話したいことがあるんじゃないか？」

「っ……！」

そんな俺の問いかけに、対面の風見《かざみ》はビクンと肩を跳ねさせた。……まあ、それも当然だろう。何せ俺は、《アストラル》から脱落する直前、《ライブラ》に向けてかなり直接的なメッセージを残している。それを見ているのなら、風見は俺が何かしらの意図を持ってここへ来ていることを知っているはずだ。

「な、何のことだか分からない……にゃ」

それでも風見は、項垂《うなだ》れたままふるふると首を横に振った。力ない仕草だが、それは明らかな拒絶だ。俺の行動の意味が分かっていながら、受け入れないという意思表示。

（けど……そもそも、お前がここにいる時点でどう見ても迷ってるんだよな）

そんな風見を前にして、俺は内心でポツリと呟《つぶや》いた。

だって、そうだろう――彼女は〝《MTCG》のルール説明をするために俺を呼び出した〟と言っているが、その役は何も風見でなければならないわけではなかったはずだ。実際、もし見ず知らずの《ライブラ》メンバーが目の前にいたとしたら、説得の難易度はかなり上がっていた。けれど、これが風見鈴蘭《すずらん》なら話は別だ。俺としても色々な策が考えられるし、風見自身もそれは理解しているはず。

だとしたら、

（表向きは拒絶してるように見せて、心のどこかでは説得されたがってるんだろ？　全部

話しちまいたいんだろ？　……いいぜ、ならそのお望みに応えてやる）

「……？　篠原《しのはら》、くん？」

怪訝《けげん》そうな表情を浮かべた風見の前で静かに笑みを浮かべると、俺はゆっくりとソファを立った。突然の行動に反応できない風見を置き去りに、悠然とした足取りで扉の近くまで歩み寄る。そしてそのまま、ガチャリと内開きの戸を手前に引く。

するとそこには――

「ふふっ……あら、篠原じゃない。こんなところで会うなんてなかなか奇遇ね？」

事前の打ち合わせ通り、桜花の制服を着た一人の少女が立っていた。

彩園寺更紗《さいおんじさらさ》――この島随一のお嬢様（偽物《にせもの》）であり、元７ツ星の《女帝》であり、そして現在は俺と共犯関係にある赤髪の少女だ。俺は等級を、彼女は存在そのものを偽っており、お互いの嘘がバレると共倒れになるという特殊な状況のため影でこっそりと手を組んでいる。加えて彩園寺は、例の《百面相《カメレオン》》と《女帝》の座を賭けた《決闘《ゲーム》》を行っている真っ最中だ。《百面相》の暴走は、お互いにとって看過できない一大事と言っていい。

そしてもう一つ、この場においてはそれよりもずっと重要なこととして……桜花《おうか》学園の所属である彼女は、風見鈴蘭の友人だ。だから俺は、わざわざ姫路《ひめじ》を介して彩園寺に呼び出しのメモを送りつけ、こうして二人を対面させることにしたのだった。

「ん……」

余裕に満ちた〝外向け〟の仕草で挨拶を済ませた彩園寺《さいおんじ》は、ちらりと視線を左右に向ける。そうして、少しだけ俺に身体《からだ》を近付けると、今度は小声でそっと囁《ささや》いてきた。

「……ねえ、早く入れなさいよ篠原《しのはら》。誰かに見られたらどうするの？」

「はいはい、分かってるよ」

紅玉《ルビー》の瞳に至近距離からジトっと睨《にら》まれ、小さく肩を竦《すく》めながら彼女を室内に招き入れる俺。昨夜、というか今日の早朝、自分の部屋の前で俺を十分間も待たせようとしたやつの台詞《せりふ》とはとても思えないが……まあ、それはともかくだ。

「「…………」」

コツコツと靴を鳴らしながら、狭い会議室の中へと入ってくる彩園寺。ガラステーブルの向こうで呆然《ぼうぜん》と座ったままの風見《かざみ》に対し、彼女はそっと片手を腰に遣《や》る。

そして——しばしの沈黙の後、先に口を開いたのは風見の方だった。

「さ、更紗《さらさ》ちゃん……？　ダメにゃ、入ってきちゃ。《ライブラ》は《アストラル》の参加者《ワタシたち》とお話ししちゃダメだって決められてるのにゃ！」

「知らないわ、そんなの。ルールには書いてなかったもの。というか、友達と楽しくお喋《しやべ》りするだけのことで他人からどうこう言われる筋合いはないと思うのだけど」

「と、友達って……そう、にゃけど……」

「あら、どうしたの？　もしかして、友達だと思っていたのは私だけだったのかしら」

「そんなことないにゃ！　更紗ちゃんは、ワタシの大事な大事な友達にゃ……！」

「そ、そう？　……ふふっ、そうなの。それは光栄ね」

たんっ、とテーブルに手を突いて身を乗り出した風見の回答にほんの少し声を上擦らせながら、それでもどうにか余裕を保ちつつ胸の下辺りでゆったりと腕を組む彩園寺。一見クールで格好良さげな感じだが、よく見るとその口元は嬉《うれ》しそうに綻んでいる。

（……おい、そこで照れるんじゃねえよ彩園寺。いつもはもっと女王様感出てるだろ）

（う、うるさい。あんたじゃないんだからそんなに上手《うま》く出来ないわ。っていうか、そもそも女王様感出してるのはあんたと喋るときだけだから）

視線自体は風見から逸《そ》らさないまま、耳打ちレベルの声で会話を交わす俺と彩園寺。

そんな俺たちの様子を窺《うかが》いながら、風見はおずおずとこんなことを尋ねてきた。

「それで……更紗ちゃんは何でここにいるのにゃ？　もしかして、篠原くんが……？」

「ああ、そうだな。呼んだのは俺だ」

その問いを軽々と肯定してみせる俺。普段ならどうにかして誤魔化《ごまか》さなきゃいけないところだが、この状況ならそんなことをする必要もない。

「風見も知ってるだろ？　この《女帝》は《百面相《カメレオン》》から宣戦布告を受けて、どっちが先に俺を倒せるかっていう訳の分からない勝負をしてる。んで、俺としちゃ当然誰かに負けるつもりなんてないけど、《百面相》はあまりにも不気味すぎる——真っ当に《決闘《ゲーム》》をプレイしてる気がしない。同じ土俵にいる気がしない。……だから、今だけ共同戦線を張ることにしたんだよ。要はアレだ、敵の敵は味方ってやつだ」

「ええ。篠原《しのはら》なんかと手を組むのは甚だ不本意なのだけど、あくまでも仕方なくね」

「にゃ、にゃるほど……」

有無を言わせず押し切ろうとする彩園寺《さいおんじ》に対し、風見《かざみ》はこくこくと首を縦に振る。

「で、だ。平たく言えば、俺たちは《百面相《カメレオン》》をどうにかしなきゃいけない。あいつが不正をしてるのかどうかに関わらず、何とかして倒さなきゃいけない。そして、それにはお前らの力が絶対に必要なんだと思ってる——多分、お前らは何かを知ってるはずだ。《百面相》が何をしてるのか、そもそもあいつは何者なのか。そうじゃなきゃ、公平公正で知られてる《ライブラ》があんな暴君を庇《かば》い立てするなんて有り得ない」

「…………」

「話してくれよ、風見。もしかしたら、俺たちは共同戦線を張れるかもしれないぜ？」

「っ！　……そ、そんなことは、ないにゃ。気持ちは嬉《うれ》しいけど、見当違いにゃ」

俺の勧誘に小さく身体《からだ》を震わせ、膝の上に乗せた手をぎゅっと強く握り締める風見。辛《つら》そうに表情を歪《ゆが》めながら、それでも彼女はぶんぶんと首を横に振る。

「ダメ、なのにゃ……！　絶対に、巻き込むわけにはいかないにゃ。これはワタシたちだけの、《ライブラ》だけの問題だから……いくら二人が優しいからって、更紗《さらさ》ちゃんや篠原くんの力を借りるのは不正行為《ズル》にゃ。いけないことにゃ！」

　おそらく無意識なのだろうが、ようやく何か事情があるらしいことを認める風見。その上で黙秘を貫く彼女に対し、俺が次なる説得の文句を練っていると――

「……ねえ、鈴蘭《リリィ》」

　そんな俺の思考を遮るように、豪奢《ごうしゃ》な髪を靡《なび》かせた彩園寺がコッンと一歩前に出た。

「っ……！　それ、中等部の頃のワタシのあだ名……にゃ、にゃんで知ってるにゃ？」

「あら、当たり前でしょう？　だって私、桜花に入って貴女と知り合う前からずっと貴女のファンだったんだもの。《ライブラ》の見習いとして色んな《決闘》《ゲーム》の司会とか実況とかをこなしてる貴女《あなた》を、端末の向こうからしょっちゅう見てたわ。だから、その頃のあだ名には特に思い入れがあるのよ。自分でもたまに使いたくなっちゃうくらいには、ね」

　くすりと悪戯《いたずら》っぽい笑みを浮かべながら、彩園寺はテーブルを回り込むようにして風見の近くへ歩み寄った。そうして横合いから風見の前にトンと片手を突くと、少し前屈《まえかが》みになって長い髪を垂らし、覗《のぞ》き込むような体勢で続ける。

「でもね、見くびらないで欲しいわ――巻き込むわけにはいかない？　力を借りるなんてズル？　馬鹿ね、そんなの誰が決めたのよ。私は――あとついでにそこの男も――貴女たちの問題に巻き込まれたからって、それで潰れるほど柔じゃないわ」

「！　で、でも……」

「でもじゃない。……ほら、言ったでしょ？　私と篠原《しのはら》は《百面相《カメレオン》》をどうにかしなきゃいけないの。そのためには《ライブラ》の協力が欠かせない――ね？　お願いしてるのは私たちの方だわ。友達を助けると思ってどうか手を貸してくれないかしら」

「っ……そ、それ……ズルいにゃ」

「ふふっ、そうかもね。私、《決闘《ゲーム》》以外のことならズルでも何でも容認派だから」

優しげな笑みを零《こぼ》すと共に風見《かざみ》の頬《ほお》へ手を伸ばし、指先で彼女の涙を拭ってみせる彩園《さいおん》寺《じ》。なかなか気障《きざ》な仕草だが、《女帝》モードのあいつがやると悔しいくらい様になる。

「……分かった、にゃ」

だから、なのかは知らないが――風見は、そう言って初めて首を縦に振った。

「《ライブラ》を信じるって約束してくれるなら……全部、全部話すのにゃ」

一旦の仕切り直しを挟んでから、風見はぽつぽつと事情を語り始めた。

「――まず、《百面相》はそもそも違反プレイヤーなのにゃ」

ソファに腰掛けた彩園寺の対面で、少し俯《うつむ》き気味に言葉を紡ぐ風見。残る俺がどうしているかと言えば、ついさっき彩園寺に『隣にでも座る？』とからかわれたもののそれは丁重にお断りして、今はテーブル脇の壁に背中を預けて緩く腕を組んでいる。

そんな俺にもちらりと視線を向けてから、風見はゆっくりと話を続けた。

「アカウント名《???《unknown》》——あれの持ち主は、本当ならどこの学区にも所属してないにゃ。だから当然、星獲《と》りゲームへの参加権利も持ってない……なのに、アカウントを自作して無理やり《アストラル》に参加してるにゃ」

「ええ、そうみたいね」

「うん。でもそんなの、別に認めなくても良かったはずにゃ。アカウントの複製は不正行為だし、そもそも聖城《せいじょう》学園は〝イベントの参加を取りやめる〟って宣言してたから」

「？　じゃあ、どうして《百面相《カメレオン》》の参加が認められたの？」

「それが……恥ずかしながら、《アストラル》の運営委員会の一部に、《百面相》の仲間がいたみたいなのにゃ。元々学園島《アカデミー》の〝イベント運営委員会〟っていうのは理事会直下の組織で、要はちゃんとした大人の人たちがやってるんだけど……その中に、いつの間にか悪い人たちが紛れ込んでて」

（……なるほど、そこで倉橋が絡んでくるのか）

　風見《かざみ》の手前口には出さないが、こっそりと得心する俺。倉橋御門《くらはしみかど》は学園島《アカデミー》の理事会にも影響力を持っている。プレイヤー一人を《決闘《ゲーム》》に捻《ね》じ込むくらい朝飯前だろう。

「でも、それだけなら別に良かったにゃ。参加者が一人増えるくらいなら大した問題じゃない、って、その時はそう思ってた。……でも、それが間違いだったのにゃ」

「……間違い？」

「そうにゃ。だって……island tube《アイ・チューブ》で流してる映像はたくさん編集してるからバレてないと思うけど、《百面相》のデ、ー、タ、は完全にバグってるのにゃ。行動値は1で役職は【超越者】──元々存在する【司令官《コマンダー》】【剣闘士《ソルジャー》】【魔術師《メイジ》】【斥候《スパイ》】【守護者《ガーディアン》】のメ、リ、ッ、ト効果だけを集めたチ、ー、ト、役、職。しかも、拠点からは一分おきにスペル全種が排出される……そんな風に、色んな設定が全部書き換えられてるのにゃ」

「は……？　いや、でも、そんなこと──」

「もちろんワタシたちも知らなかったのにゃ！　《ライブラ》はあくまでも補助的な役割で、《アストラル》の運営自体は委員会の人たちがほとんどやってくれてたから。……でも、さっきも言ったみたいにその一部が《百面相》と通じてて、アイツの不正が罷《まか》り通るように色んな〝見逃し〟をしてたのにゃ。多分、変身に必要な映像データの横流しも」

「……他の連中は、誰もその不正に気付かなかったのか？」

「ううん、ちゃんと気付いたにゃ。……《アストラル》が始まってから二、日、目、に」

微《かす》かな諦観すら感じられる笑みを浮かべて風見はそんな言葉を口にする。

「二日目の、しかも最後の最後──十八番区常夜《とこよ》学園の〝仲間割れ〟が起こった時に、初めて《百面相》の異変が明らかになったのにゃ。委員会の人もワタシたちも、呆然《ぼうぜん》と見てることしか出来なかった。実況もせずにただ慌てることしか出来なかった」

「ん……なるほど」

だからあの時、焦《あせ》ったような風見《かざみ》の声がマイクに入っていたわけか。

「でもさ、どっちにしてもそこで気付いたんだろ？　《百面相《カメレオン》》がとんでもない不正をしてるって。だったら、その時点ですぐに対応すれば――」

「……無理、にゃ」

そんな俺の言葉を途中で遮って、風見は力ない否定の声を零《こぼ》した。

「例の交戦が起こった頃には、《百面相》の仲間だった人たちはとっくにいなくなってたにゃ。まあ、だからワタシたちが非常事態に気付けたっていうのもあるんだけど……そこからが、最悪だったにゃ。最悪の、最悪にゃ」

「……どういうこと？」

「ん、と……じゃあ更紗《さらさ》ちゃん。更紗ちゃんならどうにゃ？　もしも自分が運営委員会のリーダーで、内部に違反者と繋《つな》がってる人がいて、それがイベント中に発覚したら」

「私？　そうね……とりあえず違反者のイベント参加権利は即刻剥奪《はくだつ》して、残りのプレイヤーだけで《決闘《ゲーム》》を進めつつ内通者を取り締まるわ。もちろん、その違反者のせいで生まれた被害や影響なんかは可能な限り補填《ほてん》してね」

「うん、更紗ちゃんらしい強い回答にゃ。ワタシも、出来ることならそれが大正解だと思うのにゃ。……でも、《アストラル》の運営委員会には〝それ〟が出来なかった。《アストラル》はもう始まってる。今さら《百面相》を追放したとして、他の参加者にはどう説明する？　各チームが受けた被害の計算は？　既に脱落してる十八番区の扱いは？　……多分、そういうのを考えるのがあまりにも難し過ぎたのにゃ」

「まあ、それは分からないでもないけれど……でも、だったらどうするっていうのよ。放置してたらもっと大変なことになるわよ？」

「その通りにゃ。だから、普通ならそんな選択は有り得ない。起こったことは仕方ないから、今出来る範囲で最善の行動をするのが当たり前にゃ。……でも、更紗ちゃんももう知ってるはずにゃ。あの人たちには、都合の良い身代わりがいたことを」

「え……そ、それって」

風見の発言で全てを察し、さすがに言葉を失う彩園寺《さいおんじ》。そうして、俺と彼女が揃《そろ》って視線を送る中、風見は押し殺すような口調で〝答え〟を口にした。

「そうにゃ——押し付けたんだにゃ、《ライブラ》に。《百面相》に。

矛先も、何もかも《ライブラ》に押し付けた。……多分、怖かったんだと思うにゃ。《百面相》が話題になりすぎてたせいで、簡単に追放することが出来なかった。一日目ならともかく、あんな事件が起こってからじゃ対応が間に合わなかった。どう対処しても文句が出ることが分かってたから、いっそ運営を降りることにした。……そんな経緯で、大規模決闘《ゲーム》《アストラル》は突然《ライブラ》が単独で運営することになったのにゃ」

「…………」

「だから——どうしていいか分からなくて、ワタシたちはとにかく《決闘》を継続させることにした。《百面相》《カメレオン》のせいで滅茶苦茶《めちゃくちゃ》にされつつある《アストラル》を、それでもどうにか成立してるように見せかけることにした。《百面相》は謎のダークホースで、どんなアビリティを使ってるのかは分からないけどとにかく強い！って……そんな風に煽《あお》って盛り上げて、《百面相》の違反行為に言及してた人たちの声を無理やり掻《か》き消してたのにゃ。……最悪の選択にゃ。こんなの、ただの延命でしかないのに」

「……延命、ってのは？」

「そのままの意味にゃ。だって、もしこのまま《百面相》が優勝したら、《アストラル》の運営チームは違反者をそうと分かっていながら優勝させたことになる——それが発覚したらどうなると思うにゃ？　今年の五月期交流戦は歴史に残る大失敗。せっかく参加してくれたみんなから膨大な不満が沸き上がって、その責任は全部《ライブラ》に向く」

風見《かざみ》の語る絶望的な未来予想図。それは、このまま行けば確実に訪れてしまう終焉だ。

「っ……これで、ワタシの話はお終《しま》いにゃ」

静かに思考を巡らせる俺の前で、風見は小さく肩を震わせながらも気丈な声でそう言った。それから、微《かす》かに俯《うつむ》いたままぽつりぽつりと言葉を零《こぼ》す。

「どうしてこんなことになってるのか、自分でもまだよく分からないのにゃ。……知ってたかにゃ？　五月期交流戦は、本当ならもっともっと楽しく盛り上がれるイベントのはずなのにゃ。そうなるようにって、学園島《アカデミー》全部を巻き込んでお祭り騒ぎが出来るようにって、《ライブラ》のみんなで色々考えたのにゃ。いっぱい、いっぱい準備したにゃ」

「……ええ。知ってるわ」

「それが——いつの間にか、こんなことに、なってたにゃ」

これまで堪《こら》えていた嗚咽《おえつ》を零しながら、途切れ途切れにそんな言葉を紡ぐ風見。両の手のひらで涙を拭っても、大粒の雫《しずく》は後から後から滲《にじ》み出てきて止まらない。

「嫌にゃ……こんなことで《ライブラ》が壊れるなんて絶対に嫌にゃ。こんな理不尽にワタシの大切な居場所が滅茶苦茶にされるなんて、死んでも嫌にゃ！　だから篠原《しのはら》くん、更紗《さら》《さ》ちゃん。二人とも、どうか——どうか《ライブラ》を、助けて欲しいにゃっ!!」

何一つ取り繕っていない、呆《あき》れるほどに真《ま》っ直《す》ぐな想《おも》い。

そんなものを真正面から受け止めて——俺は、静かに一つ頷《うなず》いた。

「俺からの返事はさっきも言った通りだよ、風見。敵の敵は味方だ、俺たちは共同戦線を張れる。だから……なあ、潰されたくないなら潰し返してやろうぜ？　何せ、こっちは学園島《アカデミー》最強に6ツ星の箱入りお嬢様だ。そこに天下無敵の《ライブラ》まで乗っかるってんだから、見た目を変えるしか能がない《百面相》如《ごと》き端《はな》から敵じゃねえんだよ」

「あ……う、うん、うん……っ！」

自信満々に言い切る俺と、涙交じりではあるもののようやく笑顔を見せてくれる風見。

すぐ隣ではソファに座った彩園寺《さいおんじ》が「……誰が箱入りお嬢様よ、誰が」と文句を言っているが、せっかく良い雰囲気なので聞こえなかったことにしよう。

＃

『……んっ』

静寂と暗闇に包まれた狭い空間の中に、突如艶っぽい声が響いた。

『ちょ、ちょっと篠原《しのはら》……暗いからっていきなりどこ触ってるのよ』

『……は？　何言ってんだよ彩園寺。ひゃっ！　俺は何も触ってないぞ』

『嘘《うそ》。だって、何か当たって……ひゃっ！　ね、ねえ、ほんとに怒るわよ!?』

『だから触ってねえって！　そもそもお前の後ろにいるのは俺じゃなくて姫路《ひめじ》だぞ？』

『え。……で、でも、ユキがそんなことするわけ――ん、ぁっ！　……ゆ、ユキ？』

『違います、リナ。不可抗力です。こんな狭いところに三人も閉じ込められているのですから、身体《からだ》の自由など効くはずがありません』

『そ、そう……？　なら、まあ仕方ないけれど……ぁ、んっ！　う、ぅう……仕方ないのよね。触るどころか、もはや後ろからぎゅーっと抱き締められているような気がするのだけれど、これも不可抗力なのよね！』

『はい、それはもう』

　即答しながら彩園寺への抱き着きを継続する姫路。……彼女が彩園寺家に勤めていた頃はこういう光景もあったのだろうか、と思いを馳《は》せる反面、彩園寺の零《こぼ》すくぐもった嬌声《きょうせい》にいちいち反応してしまいそうになる。絶対に大声を出すわけにはいかないのに、だ。

　そう――実を言えば、俺たちは今、誰にも見つからずに《ライブラ》の拠点へ向かうため大胆なスニーキングミッションを敢行中だった。身を隠すのに使っているのは一台の大型コンテナ。俺と姫路と彩園寺が三人並んでその中に潜み、外では変装用の作業着に身を包んだ風見《かざみ》が当のコンテナを積んだ台車を押している。

　ちなみに、姫路に関しては、俺の片腕だからという言い訳――もとい正当な理由で風見から同行の許可を貰《もら》っている。これから《ライブラ》の情報を元に作戦会議を行う、ということで、《カンパニー》のリーダーである彼女は絶対に欠かせない存在だ。……そういえば、先ほど俺がその話を切り出した際に、何故《なぜ》か彩園寺が『ふーん、それってあたしじゃないんだ……ふーん』などと若干拗《す》ねた口調で呟《つぶや》いていたが、こいつは到底〝片腕〟なんて柄じゃないだろう。せいぜい背中合わせで立ってるくらいがお似合いだ。

　何せ、こいつは学園島《アカデミー》一のＶＩＰにして、史上最強の《女帝》なんだか――

「んぁっ……ユキ、そこ、そこダメ……ぁっ！」

「…………」

　聞いちゃいけない類《たぐい》の声が漏れ、すっと静かに視線を逸《そ》らす俺。

その直後、コンテナの外の風見《かざみ》が『……あの、更紗《さらさ》ちゃん？　何を言ってるのかは聞こえないけど、モゴモゴうるさいにゃ。出来れば静かにしてもらえると助かるにゃ』と小声で窘《たしな》めてくれたから良かったものの、それがなければ色々と危ういところだった。

──俺たちが《ライブラ》の拠点に到着したのは、それからすぐのことだった。

四季島《しきしま》グランドホテル地下一階。ホテルの館内図には載っておらず、エレベーターの操作盤で特殊な階数入力をしなければ入れないという、まさしく秘密基地のような場所。

風見に連れられた俺たちがその空間へ足を踏み入れてみると、そこにはある種異様な光景が広がっていた。中央には大きなモニターがあり、そこから放射状に配置されたデスクにはPCやら何やらの機材が所狭しと積まれている。映画でよく見るロケットの管制室のようなイメージだ。照明の一部が落とされているのか、室内はやや薄暗い。

そして──それよりもさらに異様なのが、視界の端々に映る少年少女の姿だ。比率としては女子が多めで、着ている制服はバラバラ。けれど、肩の辺りにお揃《そろ》いの腕章を付けているところを見るに、おそらく全員が《ライブラ》のメンバーなんだろう。デスクに突っ伏していたり床に座り込んでいたりと、全体的に生気の欠片《かけら》もないような状態だが。

「……みんな、ずっとこんな感じなのにゃ」

そんな仲間たちの様子を沈痛な表情で窺《うかが》いながら、風見は暗い声音で呟《つぶや》いた。

「《アストラル》を止めるわけにはいかないけど、続ければ続けるほど状況は悪くなる。どんなに頑張っても今以上に良くなることはない……それが分かってるから、みんなどんどん希望を失《な》くしてくのにゃ。それで空気も重くなって……」

「……まあ、分からないでもないけどな」

先ほど聞いた話が確かなら、そりゃそうなるだろうというのが正直な感想だ。

ただ、そんな状況でもさすがに意識までは手放していないらしく、俺たちの来訪に気付いたメンバーも少なくはなかった。最初はちらりと興味なさげな視線をこちらへ向けてきただけだったが、メイド服姿の姫路《ひめじ》にぱちくりと目を瞬《まばた》かせ、隣の彩園寺《さいおんじ》にポカンと口を開け、最後に学園島《アカデミー》最強たる俺を見て「え!?」と大きな声を上げる。

そんな反応は瞬《また》く間に連鎖していって、薄暗い室内は途端にざわざわとし始めた。疑問と混乱、それから困惑……それらの感情が向かった先は、当然ながら風見鈴蘭だ。この中で唯一事情を知っているだろう彼女に、《ライブラ》メンバーの視線が集中する。

そうして、それらを逃げずに受け止めた風見は、真剣な表情で大きく息を吸うと――

「――ごめんなさい、にゃ！」

がばっ、と、帽子が吹っ飛ぶくらいの勢いで思いきり頭を下げてみせた。

「みんなには内緒で、この三人に《ライブラ》の事情を打ち明けたのにゃ。ワタシたちの現状を話したのにゃ。助けて欲しいってお願いしたのにゃ！」

「え……でも鈴蘭《すずらん》、それは——」

「そうにゃ！　全部、全部ワタシの独断専行にゃ。だから、もしこれで今よりも状況が悪くなるようなことがあったら、その時はワタシが責任を取るにゃ！　だからっ……だからどうか、認めて欲しいのにゃ！」

「「「………」」」

自身の行動にケジメを付けるためか、失敗した場合の責任を主張する風見《かざみ》。そんな姿を見つめながら、《ライブラ》の面々は思い思いに頷《うなず》いたり、逡巡《しゅんじゅん》するように考え込んだりしている。見たところ賛成派が七割弱で、残りはまだ決めかねているといった感じか。

と……その時、

「——責任？　あら、そんなものは考える必要すらないわ」

小さく笑いながらそう言って、隣の彩園寺《さいおんじ》が静かに一歩前に出た。豪奢《ごうしゃ》な赤の長髪を靡《なび》かせた彼女はいつも通り右手を腰へ遣《や》ると、余裕に満ちた声音でこんな言葉を口にする。

「リリィ。貴女《あなた》の覚悟は、この私が——彩園寺更紗が受け止めてあげる。だから、貴女たちも大船に乗ったつもりでいると良いわ。どんなに状況が複雑でも、突き詰めればこれは単なる《決闘《ゲーム》》なんだから。……ふふっ、私、篠原以外に一度も負けたことないのよ？」

「あ……」

誰の声だか分からない、けれど納得を意味するのであろう呟《つぶや》きが複数耳朶《じだ》を打って。

結局――彩園寺の強引な言いくるめ、あるいは発破にも似た大見得《おおみえ》が功を奏し、《ライブラ》は俺たちとの共闘を全面的に受け入れてくれることと相成った。

《ライブラ》の拠点である管制室を、風見に連れられて歩く。

この部屋は元々、《アストラル》運営チーム全員で使っていた〝管理セクション〟だったそうだ。《アストラル》を運用するのに必要な全てのプログラムが動かせるようになっており、同時に《決闘《ゲーム》》内の情報も全てここに集約される。

そんなわけで、まずは《百面相《カメレオン》》のデータを覗《のぞ》かせてもらうことにしたのだが。

『うわぁ……これは、なかなかひどいね』

直後、イヤホンを装着している右耳から聞こえてきたのは加賀谷《かがや》さんの絶句めいた溜《た》め息《いき》だ。……が、それも無理はないだろう。画面に映る《百面相》の行動値はシステム上の最速で、スペルの供給速度は他のチームの十五倍。全役職の長所だけを兼ね備えているのみならず、LPを表すクリスタルは画面を埋め尽くさんばかりに増殖している。

『普段からイカサマばっかりのおねーさんたちが言えた義理でもないけどさ、でも《カンパニー》だってもうちょっとお淑《しと》やかにやるよ。これじゃ、《アストラル》が終わるより前に映像解析とかでバレちゃうんじゃない……？』

呆《あき》れたような声音でそんな感想を口にする加賀谷さん。……確かに、そうなっても全くおかしくないくらいの遠慮のなさだ。こんなのに《決闘《ゲーム》》を引っ掻《か》き回されていた《ライブラ》の心労の程が窺《うかが》える。

そして、特筆すべきことはもう一つ。

「《連合軍》アビリティ……か」

そう——こちらは、今日の交戦時に挙がっていた疑問点にも関わることだ。学園島《アカデミー》九番区・神楽月《かぐらづき》学園との交戦。俺たちは、というか秋月《あきづき》は彼らを全滅させたはずなのに、何故《なぜ》かエリアを奪うことが出来なかった。そして、そんな彼らが残した言葉というのが〝《百面相《カメレオン》》の傘下〟なるものだったのだが……その謎が、ようやく解けた。

《連合軍》というのは、《アストラル》に存在する《休戦協定》をグレードアップさせたようなアビリティだ。このアビリティを使うと——当然相手側の承諾は必要だが——他チームのメンバーをまとめて自身のチームに〝吸収〟することが出来るようになる。対等な協定ではなく一方的な合併だ。エリアは統合され、スペルや投票率も全て共有になる。

そうやって取り込まれたチームも、一応〝抜けた時点で最終順位が確定する（＝脱落したのと同じ扱いになる）〟というペナルティさえ受け入れれば《連合軍》を脱退することが出来るのだが……しかし、この状況でそれを選ぶメリットはほぼないだろう。何せ《連合軍》アビリティの仕様上、大元のチームが一位になると傘下のチームは一律で二位という扱いになる。最後まで生存していなくても問答無用で、だ。《アストラル》は五位以内に入れれば充分勝利と言えるんだから、この誘惑は非常に大きい。

「……本当なら、このアビリティも〝一チームだけ傘下に入れられる〟って効果だったはずにゃ。それが改変されてて、もう七チームが《百面相》の手下になってるにゃ……神楽月学園みたいにもうやられてるところもあるから、実際はあと四チームだけど」

申し訳なさそうに呟《つぶや》きながらすっとモニターを指差す風見《かざみ》。導かれるようにそちらを見れば、大きな画面の真ん中には《百面相》の傘下に入ったプレイヤーの名前が一覧で表示されている。その数、現在十三人だ。二チーム分のフルメンバーでもまだ足りない。

（どうして単独で参加してるんだ、って最初は疑問に思ってたけど……要は、後でいくらでも増やせるから初期人数なんてどうでも良かったわけか）

ようやくそのカラクリに気付き、内心でぐっと歯噛《はが》みする俺。

それから、改めて《連合軍》に下ったプレイヤーの内訳を眺めてみれば、そこには見覚えのある名前がいくつか見つかった。まず一人は、《鬼神の巫女《みこ》》——つい数時間前に俺たち英明《えいめい》を壊滅させかけた栗花落《つゆり》女子学園のリーダー、枢木千梨《くるるぎせんり》だ。最後の最後に切り札のアビリティを回避に使ったのが気になっていたが、もしも彼女が《連合軍》のことを知っていたのだとすれば納得できる。要するに、枢木はただ逃げたのではなく《百面相》の下に転がり込んだんだ。あんな状況からでも冷静に勝ちを狙っている。

そして、もう一人。

「うわ……嫌な名前が見えたわね」

微《かす》かに頬《ほお》を引《ひ》き攣《つ》らせながら、ほとんど素の声で呟《つぶや》く彩園寺《さいおんじ》。

彼女が人差し指でなぞってみせたのは、もう一人の強豪の名だ——七番区、森羅《しんら》高等学校所属、6ツ星ランカー霧谷凍夜《きりがやとうや》。相手の心を叩《たた》き折るプレイスタイルから〝絶対君主〟の二つ名を持ち、彼と戦ったプレイヤーが何人も島を去っているという要注意人物。

と、そんな彩園寺の反応に対し、姫路《ひめじ》が不思議そうに白銀の髪を揺らしてみせた。

「嫌な名前、ですか？　更紗《さらさ》様と霧谷様に深い因縁があったような記憶はありませんが」

「そうね、直接《決闘《ゲーム》》をしたことはないけれど……でも、こういうイベントではよく絡まれてたわよ？　アイツ、学校ランキングでも等級でも、とにかく自分が一番じゃなきゃ気に食わないみたいでね。変に目を付けられてたっていうか……実際、霧谷に邪魔されたせいで桜花《おうか》が勝ちを逃した《決闘《ゲーム》》だって少なくないわ。地味に色付き星《シングルカラー》所持者だし、下手したら《鬼神の巫女《みこ》》より厄介かも」

「……待て、霧谷は色付き星《ユニークスター》まで持ってやがるのか？」

「ええ、自分からは特に主張してないけどね。……ほら、貴方《あなた》も今ちょっと嫌だなって思ったでしょう？　そういうのが好きみたいなのよ、霧谷《アイツ》。要は性格が悪いってこと」

彩園寺の言葉に思わず押し黙る俺。……6ツ星かつ色付き星《シングルカラー》所持者。これまでの話を聞いている限り、霧谷凍夜という男は枢木《くるるぎ》と同じかそれ以上に警戒すべき相手のようだ。隙を見せたら一瞬で狩られるかもしれない。

（それに、久我崎《くがさき》も連合軍にいるんだよな……）

　モニターにある名前を見ながら小さく首を横に振る。あの久我崎が誰かの下に付く、というのは少し考えづらいが、彼のことだから何かしら思惑があるのだろう。

　ともかく、枢木千梨《せんり》に霧谷凍夜に久我崎晴嵐《せいらん》――中枢メンバーだけでも過ぎるくらいに強力なのに、七つものチームを吸収している関係上、《百面相》《カメレオン》のエリアはとてつもなく広大だ。モニター上に表示されたエリア所持数は実に２２４５マス。中立マスを除いたエリアの支配率で表すと48・1％という値になる。現状二位の勢力を持つ桜花学園ですらまるで足元にも及んでいないような状況だ。

（……ちょっと、マズいな）

　そんな現状を目の当《ま》たりにして、改めて思考を巡らせる俺。風見《かざみ》の話では、この管制室から出来ること――すなわち《ライブラ》に権限があること、というのはかなり限定されているようだ。配信に関わるカメラの調整と、各種情報の閲覧、あとはせいぜい各プレイヤーへの通信機能があるくらい。確かに、それだけじゃ《百面相》は止められない。

（しかも、俺がその《百面相》に挑むためには、これから《ＭＴＣＧ》に参加してワイルドカードを手に入れてこなきゃいけないわけだ。当然、その間は《アストラル》を離れることになる。ここさえ切り抜けられれば逆転の目はあるけど……本当に、それまで保つのか？　俺が悠長なことをしてる間に全部終わっちまうんじゃないか……？）

不意に強烈な焦《あせ》りに襲われて、座ったまま静かに目を瞑《つぶ》る俺。

と――そんな時、

「大丈夫ですよ、ご主人様」

聞き慣れた声音がそっと優しく耳朶《じだ》を打った。釣られて目を開けてみれば、俺の前には姫路《ひめじ》と彩園寺《さいおんじ》が二人並んで立っている。姫路の方は両手を身体《からだ》の前で揃《そろ》えながらほんの少しだけ口元を緩ませていて、彩園寺はむすっと腕を組んだまま小さく唇を尖《とが》らせていて。

「……全く、何を今さら弱気になってるのよ篠原《しのはら》。らしくないわ」

「更紗《さらさ》様の言う通りです。不安に思われるのは分かりますが、明日からは榎本《えのもと》様も浅宮《あさみや》様も《アストラル》に復帰していただけます。ご主人様がご不在の間は、わたしたちでしっかりと《百面相《カメレオン》》を抑え込みますので」

「そうよ。だから、あんたは一刻も早く《ＭＴＣＧ》をクリアして帰ってくる――ただそれだけ考えてればいいんだわ。あんたがいなくなったくらいであっという間に負けるほど英明《えいめい》も桜花《おうか》も弱くないから。だから………だから、早く帰って来なさいよ、バカ」

恥ずかしそうに付け加える彩園寺と、それに対して「なんてあざとい……」と呟《つぶや》きながら無表情で首を振る姫路。二人とも、無理して強がっているようには到底見えない。

――ああ、どうやら。

俺の不安は、いっそ笑えるくらいの杞憂《きゆう》だったらしい。

＃

五月期交流戦三日目、午後十時を少し回った頃。

状況の確認も出来たしそろそろ《ＭＴＣＧ》の作戦会議を、という段になったのだが。

「その前に、ちょっと休憩した方がいいと思うのにゃ」

「「……休憩？」」

風見《かざみ》の零《こぼ》した唐突な発言に、俺と彩園寺は揃って首を捻《ひね》っていた。

「そうにゃ！　休憩にゃ！　お洒落《しやれ》に言うならブレイクタイムにゃ！」

ピンと来ない、というような反応を返す俺たちに対し、最初に比べれば随分まともな顔色になってきた風見は帽子《キャップ》を跳ね上げながらタンッと両手をデスクに叩《たた》き付ける。

「篠原くんも更紗ちゃんもメイドちゃんも、今日の後半が終わってからずっと頭を働かせてるにゃ。お風呂もまだだし、ご飯もまだ……これじゃ良い案なんて出てこないにゃ！」

「え、ええ、それは一理あるかもしれないけれど……でも、今から上の大浴場に行くわけにもいかないでしょう？　行きも帰りもコンテナよ？」

「ノン！　それが、ビッグな朗報があるにゃ！　実はこのホテル、一階だけじゃなくて地下一階――つまりこのフロアにもおっきな浴場があるのにゃ！　他の参加者は入れないから秘密のお話にはぴったりだし、気にせずあったまってくるといいにゃ！」

「へえ……うん、なかなか悪くない提案ね。……それじゃ、甘えちゃっていいかしら？」

「もっちろんにゃ！」

嬉《うれ》しそうに口元を緩めた彩園寺《さいおんじ》の問いかけに、風見《かざみ》は両手を腰に当てた仁王立ちの体勢で元気よく頷《うなず》いてみせる。そうして一転、微《かす》かに悪戯《いたずら》っぽい笑みを浮かべて続けた。

「ち・な・み・に……ここのお風呂は、一階の大浴場と違って男湯女湯って分かれてないのにゃ。いわゆる混浴、ってやつにゃ」

「……え？　待ってリリィ、今なんて言ったの？」

「混浴にゃ、混浴！《ライブラ》《ワタシたち》は男子と女子で時間を区切って使ってるけど、今はあんまりゆっくりもしてられにゃい……なら答えは一つにゃ。水着を貸してあげるから、三人で一緒に入ってくるといいにゃ！」

（!?　……！？！？）

風見の爆弾発言に、表情こそ変わっていないもののろくに言葉も発せなくなる俺。混浴だから水着でも付けて一緒に入ればいい？　馬鹿な、そんな暴挙が許されてたまるか。

「な、な、な……」

彩園寺は俺と同じく真っ赤になって唸《うな》り声を上げていたが、やがてぎゅっと身体《からだ》の前で腕を組んだ。そうして彼女は、微かに声を上擦らせながらも反論を開始する。

「何を言っているのかしら？　私と姫路《ひめじ》さんはともかく、篠原《しのはら》まで一緒に入る理由は一つもないわ。どうせカラスの行水みたいなものでしょう？　普通に時間をズラして――」

「――いいえ、それは駄目です更紗《さらさ》様」

しかし、それを遮ったのは意外にも風見ではなく姫路の方だった。彼女は白銀の髪をさらりと揺らしながら小さく首を横に振ると、真《ま》っ直《す》ぐで澄み切った瞳を彩園寺に向ける。

「このような千載一遇のチャンスを逃すわけにはいきません。ご主人様と更紗様のお背中はわたしが流します――というわけで、ぜひご一緒してください更紗様」

「ちょっ、え、待って待って、だって篠原《こいつ》に裸を見られるのよ⁉　い、いいの⁉」

「裸ではなく水着です。更紗様も夏のビーチでは不特定多数の異性にビキニ姿を見せつけることになるわけですし、全く問題ないかと思いますが？」

「言い方に悪意が感じられるわ……私、見せ付けたりなんかしないもの。……まあ、確かに水着なら見られてもいいのかもしれないけど、でも……」

「いいからいいから、更紗ちゃんも頑張るにゃ！　そんなんじゃ一生カレシが――」

「り、リリィはちょっと黙っててっ！」

茶化《ちゃか》すような風見の追撃を即座に一蹴する彩園寺。……けれど、姫路がかなり乗り気だったのと、《ライブラ》の女子連中が既に水着を選別し始めているのを見て、最後には蚊の鳴くような声で「……わ、分かったわ」と答えてみせる。

だから――まあ、何というか。

（超VIPなお嬢様とお抱えメイドを引き連れて混浴風呂に入ることになった件……）

つまりそういうことだった。


「いい湯だ……」

広い浴室に俺の声が木霊する。

風見《かざみ》に案内された地下一階の浴室は、さすがにメインの大浴場よりは手狭に感じられるものの、充分すぎるくらいの広さを持っていた。タイル張りの壁と、それに面した半円形の浴槽。泳ぐのはあまり得意でない俺だが、何となくクロールでもしてみたくなる。

姫路《ひめじ》と彩園寺《さいおんじ》の二人はまだ着替え中だった。浴場が一つということで当然脱衣所も一つしかなく、であれば順番に使う以外に道はない。ちなみに入る時は俺が先で、出る時は俺が後じゃなきゃ許されないそうだ。……まあ、言いたいことは分からないでもない。

「あいつらの服が残されてる脱衣所とか……無理だから……」

想像するだけでも顔が熱くなってきて、俺は手のひらをぐりぐりと眉間に押し当てる。

と――その時だった。

「！」

がらり、と、俺の背後でゆっくりとドアが開け放たれる音がした。それから、ひたひたと水気を含んだ足音が二人分、焦《じ》らすように俺の耳朶《じだ》を打つ。

そんなものに思わず息を呑《の》みながら、俺は静かに後ろを振り向──

「待って！　……ま、まだ見ちゃダメだから」

──こうとしたものの、その動作は彩園寺の声によって遮られた。恥ずかしさが限界に達しているようなその命令はひどく可愛《かわい》く感じられて、俺は「お、おう……」としか言えずに視線を前で固定する。

「ふぅ……申し訳ありません、ご主人様」

続けて聞こえてきたのは姫路の発する涼しげな声だ。彩園寺のおかげで逆に平静を保てているのか、こちらは普段通りのそれに聞こえる。……いやまあ、風呂場特有の籠もったようなエコーのせいで、俺の方は常にドキドキさせられているのだが。

「更衣室の中でしばらく説得してみたのですが、やはり水着姿を見せるのは恥ずかしいそうです。海とお風呂とではまるで意味が違うのだと諭されてしまいました」

「うう……だって、そうじゃない。海とかプールみたいにみんなが水着を着てる場所ならそこまで気にならないけど、お風呂で水着なんて……逆に、え、えっちだわ」

「？　では、裸なら問題なかったということですか？　それは良いことを聞きました。ですが、そうなるとわたしも覚悟を決めなければなりませんので──」

「そっ、そういうことじゃないわよ、もう……っ！」

むっとしたような声音で姫路《ひめじ》の追及を断ち切ってから、彩園寺《さいおんじ》はひとまずシャワーを浴びに向かったようだ。それに応じて姫路も「では少々お待ちください」と言い残し、二人の足音が少しだけ遠ざかる。

そして——それとほとんど同時に、聞き心地の良いシャワーの音が浴室の中に反響し始めた。やけに繊細な水音や桶《おけ》を動かした際に生じる摩擦音、それ以外にも二人の所作から発せられる音の全てがダイレクトに俺の鼓膜を撫《な》でてくる。

(な、何だこれ……後ろでシャワーの音が聞こえてるだけなのに、視界には壁しか映ってないのに、なんかめちゃくちゃドキドキするんだけど……!)

表向きは平然とした顔でくつろぎながら、内心ではもはや頭を抱えんばかりに悶絶《もんぜつ》している俺。強気で照れ屋な完璧お嬢様と、クールで従順な銀髪メイド……アイドル顔負けの可愛《かわい》さを持つ彼女たちが、俺のすぐ後ろで一緒にシャワーを浴びている。もちろん二人とも《ライブラ》に借りた水着を着ているはずだが、そんなのは些細《ささい》な問題だ。視界が封じられているからこそ、耳から聞こえる音だけに思考が全部持っていかれる。

そんな生殺しタイムがしばらく続いた後——再び、二人分の足音が俺の方へと近付いてきた。同時に「すぅー……」と息を整えているような音も聞こえるが、これに関しては俺のモノなのか彩園寺のモノなのかいまいち判別が付かない。

そして、

「――それでは、失礼いたします」

案の定と言うべきか、先陣を切ったのは姫路の方だった。俺のすぐ隣でちゃぷんと湯船に足を入れ、そのままゆっくりと身体《からだ》を沈めていく。もちろん隣とはいっても肩が触れ合うほどの至近距離ではないが、手を伸ばせば簡単に届いてしまうくらいには近い。

やがて、肩まで湯船につかった姫路は俺の方に身体を向けてふわりと小さく微笑《ほほえ》んだ。

「お待たせしました、ご主人様。……ふふっ、とても心地良いお湯加減ですね」

「っ……あ、ああ。そうだな、うん」

しっとりと濡《ぬ》れた髪、乳白色の湯船からわずかに覗《のぞ》くすべすべの肩、全容は窺《うかが》えないながらチラリと紐《ひも》だけ見えている水着と、ぼやけた輪郭しか分からないのにはっきりと自己主張してくる大きな胸。色々と完璧すぎるそのバランスに、俺は言葉を詰まらせた。毎日のように思っていることだが、このメイドはちょっと可愛すぎる。両手を器のようにしてお湯を掬《すく》う仕草なんて、絵画にしたらきっと二億の価値が付くだろう。

「え、っと……」

そうやってしばらく姫路に見惚《みと》れていた俺だったが、さすがにジロジロと見つめ続けているのも失礼かと思い直し、どうにか話題を変えることにする。

「そういえば、彩園寺はどうしたんだ？　もしかしてまだ――」

「……こっちよ」

ちゃぷ…ん

ぶくぶく

と——そんな俺の言葉を遮るようにして、後ろからポツリと声が聞こえた。迷った挙句に絞り出されたか細い声。それを〝振り向いてもいい〟の合図だと判断した俺は、思い切って身体《からだ》を捻《ひね》ることにする。

「!! お……ぁ……」

そこで目に入った光景に、俺は思わず妙な声を上げてしまった。……俺の目の前で、いつものように腕を組んでいる彩園寺《さいおんじ》。ふんっと怒ったような視線は俺から逸《そ》らされているものの、その反面、首から上の部分が髪や瞳に負けないくらい真っ赤に茹《ゆ》で上がっているのがよく分かる。また、腕組みのせいで若干胸が強調されるポージングになっており、鎖骨から流れる水滴なんかにも目が吸い寄せられてしまう。普段は制服で覆われている二の腕がこうして晒《さら》されているだけでも、正直言ってかなり心臓に悪い。

「な……何よ篠原《しのはら》、黙ってないで何とか言ったらどうなのよ」

「…………に、似合ってる……とか？」

「…………水着、見えてないのに？」

動揺で全く言葉が出て来なくなる俺。姫路《ひめじ》相手ならともかく、彩園寺に対して素直に可愛《かわい》いだの何だのというのはプライドが許さない——というわけで、どちらが先に折れるか耐久勝負でもするみたいに至近距離からじっと視線を交わし合っていたところ。

「あの、更紗《さらさ》様……いえ、リナ？　ご主人様といちゃいちゃするのは構いませんが、それは少々見せつけすぎです……ズルい、です」

「「っ!!」」

ちょっと拗《す》ねたような姫路の声がポツリと響き、慌てて姿勢を正す俺たちだった。


「それにしても……」

――俺たちが揃《そろ》って湯船に浸《つ》かり始めてからしばし。

未《いま》だに頬《ほお》の紅潮は収まっていないが、それでもこの状況には多少慣れてきたのか、彩園寺がふとそんな声を上げた。

「篠原が《決闘《ゲーム》》に戻ってくるまで耐えるのはいいとして、その後はどうするの？」

「ん？　……ああ、そのことか」

彩園寺の問いかけに対し、俺はそう言って小さく首を縦に振る。彼女とはある程度の作戦を共有しているが、その先――俺が《ＭＴＣＧ》から無事に復帰した後の話はほとんど相談できていない。それはもちろん、姫路も同じことだ。

当の姫路は、微《かす》かに頬を上気させながらこくりと頷《うなず》いている。

「そうですね。ご主人様が戻ってくること自体は全く疑っていませんが、それだけでご主人様がいなくなる前と比べて大きく状況が変わるものなのでしょうか？　確かに《ライブラ》の協力は得られますが……逆に言えば、そのくらいの変化しかないのでは」

「そうよ。《百面相《カメレオン》》の連合軍には《鬼神の巫女《みこ》》とか霧谷凍夜《きりがやとうや》も含めて十三人もメンバーがいて、エリアの広さは現状二位の桜花《おうか》と比べても三倍近いわけじゃない。ちょっと情報収集能力が上がったくらいじゃどうにもならないわ」

お湯をちゃぷちゃぷ揺らしながら窺《うかが》うような口調で呟《つぶや》く彩園寺《さいおんじ》。

まあ——確かに、それは二人の言う通りだ。現状は圧倒的な大敗で、英明《えいめい》に限らず《百面相》と渡り合えるような力を持つ学区なんて一つもない。このまま《決闘《ゲーム》》が進行すれば、《アストラル》は間違いなく《百面相》の勝利で終わるだろう……が、

「見方を変えるんだよ。……いいか？　《連合軍》が所持してるエリアは現状で２２４５マス。中立エリアを除いて48・1％の支配率だ。ってことはつまり、《百面相》の一派が持ってるエリアより残りの全学区が所持してるエリアの方が若干広いってことになる」

「……？　ええ、それは、そうだけど……それが何？」

「要するにさ、今は俺たちがバラバラに戦ってるから勝てないんだよ。もしも今《アストラル》に残ってるチームが一つになれば、《百面相》とも充分以上にやり合える」

「え、でも……そんなの屁理屈《へりくつ》じゃない。《百面相》以外の全チームが協力するような展開になるなら話は別だけど、いくら篠原《しのはら》でもそんな魔法みたいなこと——」

「——出来ない、と思うか？」

彩園寺の台詞《せりふ》を遮ってニヤリと不敵に問い返す俺。……いや、もちろん彼女の言ってい

ることは何も間違っちゃいない。この《決闘《ゲーム》》ではチームメイト以外の誰もが敵なんだから、普通はチームの垣根を超えて協力するなんて有り得ない。

「でも、ちょっと思い出してくれ――《百面相》が使ってる《連合軍》アビリティは他のチームの連中を吸収するわけだけど、その状態で《百面相》が優勝したら配下のチームは一律で二位って扱いになるらしい。で、《百面相》はこれまで七チームも傘下に入れてるわけだから、もしあいつが勝ったらその時点で絶対に五位以内には入れなくなる」

「……なるほど、そういうことですか」

　俺の言いたいことを理解してくれたのか、こくりと小さく頷《うなず》く姫路《ひめじ》。

「つまり――逆に言えば、今《百面相》に与《くみ》せずに残っている方々は、何とかして《百面相》を引き摺り下ろす必要があるということですね。そうしないと自動的に六位以下になり、星を失ってしまいますので」

「ああ。だとすればそれは、充分共闘の理由になるはずだ。……だけど、全員で手を組むためにはもう一つ必要なものがあるんだよ。そいつが、先導者の存在――要は、リーダーだ。急造の合体チームなんて作ったって、引っ張る誰かがいないと簡単に崩壊しちまうだろ？　今だと順当なのは彩園寺だけど、多分それでもまだ弱い。説得力が足りない」

「そうね……だって、相手は〝正体不明のダークホース〟だもの」

「ああ。だからリーダーには、それと対峙《たいじ》するのにふさわしいくらい圧倒的なストーリー性が必要なんだよ。全チームを一発で納得させられるような、視聴者の票を一気に動かせるような……例えば最下位のチームの【司令官】がわざと一旦《決闘》を降りて、ワイルドカードを手に入れてもう一回《アストラル》に這い上がってくるような」

「！……そう、そういうことだったのね。確かに、そこまで出来たらあんたはきっとヒーローになれるわ。下克上って、何だかんだでみんな大好きだもの」

「だな、俺もそう思う」

微《かす》かに高揚した彩園寺《さいおんじ》の同意に対し、俺もニヤリと笑みを浮かべてみせる。

そう、そうだ――相手が〝正体不明のダークホース〟なんだから、こちらもそれに並ぶくらいの格が必要になる。ただの学園島《アカデミー》最強じゃまだ弱いだろう。けれど、そこに逆襲のテイストを加えたら？　最下位からの大逆転なら？　……きっと、資格は充分だ。

「だから、そいつを手に入れに行くんだよ――もう一つのゲーム《ＭＴＣＧ》にな」

そのためにも、念入りに作戦を練っておくことにしよう。

＃

姫路《ひめじ》と彩園寺に続いて風呂を出て、風見《かざみ》が調達してきてくれた弁当を食べて一息ついた少し後。俺たちは、改めて《Mulch-Trading Card Game》――通称《ＭＴＣＧ》の攻略会議を始めることにした。

「――まず、《MTCG》にはいくつかの要素があるにゃ」

放射状に並んだデスクに思い思いに腰を下ろし、ひとまず風見の説明に耳を傾ける。

「カードとクエスト、それからコイン……他にもあるけど、重要なのはこの三つにゃ。まずはカードの説明から――《MTCG》には、1〜9までの〝数字カード〟っていうのが存在するにゃ。数字カードは端末の中の〝手札〟ってところに入ってて、最初はみんな一律で【1・1・1】の三枚。そして、この数字カードの合計値は、そのプレイヤーが使役する〝使い魔〟のレベルになってるにゃ」

「……使い魔？」

「そうにゃ！《MTCG》ではプレイヤーそれぞれに固有の使い魔が与えられて、会場に入るとAR機能で表示できるようになってるにゃ。種類はランダムだから何が出るかは始まってからのお楽しみだけど、まあ見た目と強さは全く関係ないにゃ。とにかく《MTCG》ではどのプレイヤーも使い魔を使役してて、そのレベルは数字カードの合計値ってことだけ覚えててくれればOKにゃ！」

「へえ……要は、盛り上げるための演出ってわけね」

小さく頷《うなず》く彩園寺。彼女は、いつも通りに胸元で腕を組みながら小首を傾《かし》げる。

「それで？　そのレベルっていうのをひたすら上げていけばいいのかしら」

「まあまあ、早まっちゃダメにゃ更紗《さらさ》ちゃん。《MTCG》でのレベルはただ上げればいいいってものじゃないにゃ——というわけで、クエストの方に話を移させてもらうにゃ」

ルールを完全に理解しているというだけじゃなく、《ライブラ》関連の業務で司会やら審判やらを務めまくっているからだろう。風見《かざみ》は淀《よど》みなく説明を続ける。

「クエスト——こっちが、《MTCG》の本筋にゃ。各プレイヤーには全五段階のクエストが用意されてて、それを一段階目から順番にクリアしていく。そして、最後のクエストまでクリアすると晴れて攻略完了、報酬ゲット！　となるにゃ」

「うんうん」

「そして、そのクエストっていうのは、どれも〝レベル○○の相手を倒すこと〟って形で統一されてるにゃ。指定されたレベルのプレイヤーを見つけ出して、その人を倒せばクリア。ただ、ここで一つ問題なのが——《MTCG》でいう〝他のプレイヤーを倒す〟っていうのは、言い換えると自分の使い魔を相手の使い魔と同じレベルにすることにゃ。そこが一番の要注意ポイントにゃ！」

「同じレベルに……ふぅん。相手より高く、じゃダメなのね」

「そうにゃ。要は〝数合わせ〟のゲームだから、ぴったり同じじゃなきゃいけないにゃ」

彩園寺《さいおんじ》の言葉にこくりと頷《うなず》いてみせる風見。……三枚の数字カードによって決定される使い魔のレベル。これを、狙うべき相手の数値と合わせなきゃいけない。

じゃあ、その数字というのはどうやって上げられるのかという話だが——

「ここで関わってくるのが、カードの〝強化〟と〝交換〟にゃ」

まるで俺たちの内心を読み切っているかのように、風見はぴっと人差し指を立てた。

「まずは〝強化〟。これは端末から使えるコマンドで、コインっていうモノを消費することで数字カードをレベルアップさせることが出来るにゃ。【1】を【2】にするのに50コイン、【2】を【3】にするのには1000コイン、【3】を【4】にするには2000コイン……って感じで、だんだん高くなってくにゃ。それと、強化の場合、コインだけじゃなくて時間もそれなりにかかるから気を付けなきゃいけないにゃ。元のカードレベルの十倍……だから、例えば【2】を【3】にするには二十分かかるにゃ」

「ああ」

「そして次が〝交換〟にゃ。こっちはそのままの意味で、他のプレイヤーとカードを交換することが出来るのにゃ。つまり、篠原《しのはら》くんの【2】と他の人の【3】を交換すれば、さっき説明した二十分はかからずにさくっとカードを手に入れられるにゃ！」

「なるほど……ん？　でも、それって向こうに何の得もなくないか？」

「このままだとそうにゃ。だから、その場合は追加でコインを支払う必要があるにゃ。強化のレート以上のコインを支払えるなら、交換してもらえる可能性は充分あるにゃ！」

「ああ、そういうことか……」

要するに、カード同士の価値の差をコインで埋めるというわけだ。さっきの例なら【2】

と【3】の価値には〝1000コイン〟に加えて〝二十分〟の差があるわけだから、200コインくらい払えれば確かに交換してもらえそうに思える。

「ちなみに、コインの入手方法ってのはどんな感じなんだ？」

「時間経過と交戦報酬、それから交換入手の三パターンあるにゃ。交戦と交換はそのままだけど、時間経過は……まあ、時間経過もそう難しいことじゃないにゃ。クエストの進行状況に応じて額は変わるけど、とにかくコインは常に増え続ける。なくなることはないから、安心してカードを強化して欲しいにゃ！」

「なるほど……そういった要素もあるのですね」

得心したように頷《うなず》く姫路《ひめじ》。そんな俺たちの反応を見てから、風見《かざみ》は一つ頷いて続ける。

「そうやって手持ちのカードをレベルアップして、使い魔を強化して、そして交戦に挑むのにゃ。基本的にはクエストで指定されたレベルの相手を見つけて〝数合わせ〟をするわけだけど——ここで、もう一つの要素を紹介するにゃ。《MTCG》には、数字カードの他に技カードって種類のカードが存在するにゃ。一回使うとなくなる使い切りのカード。プレイヤーの手札にはカードが五枚まで入るから、数字カード三枚と技カード二枚……っていうのが基本形になるにゃ」

こんな感じにゃ、と言いながら、風見は俺たちにも見えるように端末の画面を投影展開してみせた。そこに映し出されていたのは〝技カード〟と題された三種類のカードだ。

——曰《いわ》く、

《レベルアップ》——この交戦中に限り、自身の使い魔のレベルを【1】だけ上げる。

《報酬アップ》——この交戦の勝利報酬を10％増加させる。

《技無効》——交戦相手が直前に使用した技カードの効果を無効にする。


「ん……」

そんな技カードの一覧を見つめながら、最初に声を発したのは姫路だった。

「こちらのカードというのは、具体的にどういった流れで使うものなのですか？」

「いい質問にゃメイドちゃん！　まず、《ＭＴＣＧ》の交戦は〝カード使用〟のフェイズと〝レベル開示〟のフェイズの二つに分かれてるにゃ。そのうちカード使用のフェイズでは、交戦を申請した方が先手、受けた方が後手になってそれぞれ使いたいカードを選ぶのにゃ。これを〝先手↓後手↓先手〟の順で行うにゃ！」

「ふむ……相手がどのカードを使ったか、というのは全く分からないのですか？」

「ええと、カードの種類までは見えないけど、技カードを使ったかどうかだけは分かるようになってるにゃ。だから、例えばブラフ用に《報酬アップ》を握っておくとか、《レベルアップ》を二枚積んで一気に高レベルの相手に挑むとか……そういう読み合いが《ＭＴ

CG》の神髄にゃ！」

　ぴんと立てた人差し指をフリフリとしながら元気な口調で説明を続ける風見《かざみ》。多分、彼女自身もルール作成に関わっているんだろう。その表情はさっきから楽しげだ。

「そうして、カード使用フェイズが終わったらいよいよレベル開示になるにゃ。ここでお互いのレベルがぴったり合ってたら申請側の勝ち！　撃破報酬のコインがもらえるのと同時に、クエストの段階が一つ進行することになるにゃ」

「なるほど。で、それを五段階目までクリアすると報酬が手に入るってわけか。……だけど、報酬ってのは一種類だけじゃないんだよな？」

「そうにゃ！　クエストを五段階目までクリアする、っていう流れはどのプレイヤーでも同じなんだけど、そもそも《MTCG》のクエストはいくつかの〝難易度〟に分かれてるにゃ。一つの段階ごとに三つの〝分岐〟があって、その都度どのルートを進むか選んでもらう……そして、最終的にどれだけ難しいルートでクリア出来たかによって報酬が決まることになるにゃ。限定アビリティとか、島内通貨とか……そして、最難関ルートの報酬こそが〝ワイルドカード〟というわけにゃ」

「……ああ」

　風見の説明に小さく唾を呑《の》み込む俺。……オープンゲーム《MTCG》を最難関ルートでクリアした一人だけに与えられる報酬。それを狙っている以上、俺にルートの選択肢などない。最初から最後まで最も難易度の高いクエストに挑み続ける必要がある。

「ただ……ただ、にゃ」

と、帽子の位置を整えながら、風見がじっと俺の目を見つめてきた。

「この最難関ルートだけど……普通にやったら早くても二日はかかると思うのにゃ。コインの入手とかカードの強化が時間に依存しちゃうから、高速クリアは至難の技にゃ」

「二日か……ダメだ、それじゃ意味がない。今はもう《アストラル》の三日目が終わったところだぞ？　ここから二日もかけて《MTCG》をクリアしたって仕方ない」

「ま、まあ、それはそうだけど……でも、じゃあどうするにゃ？」

不安そうな風見の問いかけに、俺は一旦言葉を切って思考に耽《ふけ》ることにする。……早くても攻略に二日はかかるという最難関ルート。当然《カンパニー》の支援はフル活用するつもりだが、それだけじゃきっと間に合わない。

……だから、

「なあ、風見——確か、《ライブラ》は絶対中立で公平公正な組織なんだよな？　誰かを贔屓《ひいき》したり不正をしたりは絶対しない」

「？　そ、そうにゃ。何か嫌な予感がするけど、その通りにゃ」

「そうか。……それ、今回だけ諦めてくれないか？　はっきり言うけど、俺は遅くても明日の前半が終わるまでにはワイルドカードを手に入れなきゃいけない。九時に《決闘》《ゲーム》が始まって、リミット、は十、二時――つまり、使えるのはたったの三時間だ。こんなの普通にやってたら絶対間に合わない。どう考えてもシステムへの干渉が要《い》る」

「う……で、でも……」

「頼むよ、風見《かざみ》。……要は、考え方の問題なんだ。今回、先に不正をしてきたのは向こうだろ？　なのにこっちだけお行儀よく戦って、それで潰されるなんて悔しすぎるじゃねぇか。そんなことになるくらいなら、言い訳まみれでも抗《あらが》った方がずっとマシだ」

「…………」

俺の説得を受け、左腕の腕章に触れながら考え込んでしまう風見。けれど、やがて踏ん切りが付いたのだろう。彼女は真《ま》っ直《す》ぐに俺の目を見つめてこくりと首を縦に振る。

「分かった、にゃ。……みんなにはワタシの方から説明しておくにゃ。任せるにゃ！」

「ああ、助かる」

安堵《あんど》の吐息と共にゆっくりと頷《うなず》く俺。

《ＭＴＣＧ》最難関ルート――確かに高速でのクリアというのはかなりハードルが高そうだが、《カンパニー》に加えて《ライブラ》の協力まであるなら決して不可能ということはないだろう。もちろん他のプレイヤーにイカサマがバレないよう上手《うま》く立ち回る必要はあるが、そんなのは常日頃からやっている。俺にとっては日常だ。

「……ん？　っていうか、あれ……？」

と――そこで一つの疑問が脳裏を掠《かす》め、俺は小さく顔を持ち上げた。

「最難関ルートってのは最速二日でクリア出来るんだよな。……おかしくないか？　今日は五月期交流戦が始まってから三日目だ。なのに、まだワイルドカードが取られてない」

「……そうにゃ、その説明をすっかり忘れてたにゃ」

俺の問いに対して微《かす》かに苦い顔を浮かべると、風見はふるふると首を横に振った。

「実は……《MTCG》の最難関ルートは、他のルートと違ってクエストを五段階終わらせるだけじゃクリアにならないのにゃ。エキシビションマッチというか、真のラスボスというか……とにかく最後にもう一人、六人目の刺客を倒さなきゃいけないのにゃ」

「六人目の刺客？　えっと……そいつは、普通のプレイヤーじゃないってことか？」

「そうにゃ。《ライブラ》の外部協力者っていうか、中学生の子が一人いるんだけど……」

「外部協力者……中学生？　それって、もしかして椎名紬とかってやつなんじゃ――」

「へ？　……な、何で知ってるにゃ篠原《しのはら》くんっ!?」

ポカンと呆気《あっけ》に取られる風見に対し、俺は「やっぱり……」と肩を竦《すく》めてから簡単に事情を説明してやることにした。まあ、とはいえほんのさわりだけだ。ばったり会ってゲーセンで遊んだことと、彼女が《ライブラ》の関係者として《MTCG》に参加していることを聞いた、という程度。

「ふぅん……」

そんな話を最後まで聞くや否や、彩園寺《さいおんじ》が不満げにこちらへジト目を向けてきた。

「深夜のホテルで中学生の女の子とばったり会って、そのまま夜通し遊んでたんだ……ふうん……」

「まずはその悪意に満ちた解釈を止《や》めろ、彩園寺」

こいつだけならともかく、姫路《ひめじ》にまで勘違いされたらシャレにならない。

「で、今は椎名《しいな》の話だって。……確か、《ライブラ》メンバーの妹とかだったよな？」

「そう聞いてるにゃ。ただ、《ライブラ》には椎名なんて子いないし、何かの手違いとかかもしれないけど……まあ、そんなことはどうでもいいにゃ。とにかく、その紬《つむぎ》ちゃんが六人目！　使い魔のレベルはなんと【30】にゃ！」

「……【30】？　待て、確か数字カード一枚の最大値は【9】だったよな。三枚の数字カードを全部【9】まで強化して、そこに《レベルアップ》を二回使っても【29】止まりだ。【30】には届かないぞ？」

「ん、普通ならそうにゃ。だから、紬ちゃんに勝つには特殊技カード……クエスト三段階目で解放される〝一回限定の必殺技〟みたいなモノがあるんだけど、その中の《限界突破》ってカードを使って手札の【9】を全部【10】に書き換えなきゃいけないにゃ。だから、それまで特殊技カードを温存してなきゃいけない。……でも、ちょっと変なのにゃ」

途中までハイテンションだったにも関わらず、急激に萎《しお》れた口調で風見《かざみ》は続ける。

「今説明した通り、特殊技カードの温存さえ出来てれば〝六人目〟——紬ちゃんには普通に勝てるはずにゃ。一応みんなに見せてる《MTCG》のルールテキストにもそれっぽい描写は入れてるから、五人目じゃ終わらないって気付いてる人は多いはず。なのに、今日までに最難関ルートの五段階目をクリアしたプレイヤー三人は、一人残らず紬ちゃんに負かされてる。それも、一人はちゃんと特殊技カードを温存してたのに、にゃ」

「…………」

「だから……何か、あると思うのにゃ。ワタシたちも気付いてない、何かが……」

自分の中でも答えが固まり切っていないのか、それきり黙り込んでしまう風見。

そんな彼女をぼんやりと見つめながら、俺は改めて思考を巡らせることにした——。

♯

「〰〰〰〰〰〰〰〰〰〰〰〰！　まーたーまーけーたー!!」

——時刻は回って、深夜一時頃。

《ライブラ》との作戦会議を終えた俺は、人目を忍んで椎名の部屋を訪れていた。

食事を持ってきたついでに格ゲーを挑まれ、せがまれるままにズルズルと長居する一連の流れ。この辺りも含めて昨日までと全く同じ展開だが、今日は昨日よりもさらに俺の圧勝が続いてしまっている。それも、別に俺が実力を隠していたとかじゃなく、椎名の方がやたらふわふわしていてゲームに集中できていなかった、というのが主な要因だ。

「ったく……」

コントローラーを傍《かたわ》らに投げ出しながら、呆《あき》れた声で訊《き》いてみる。

「どうしたんだよ、お前。さっきから良いのは威勢だけじゃねえか」

「あはははははっ！　違う、違うのお兄ちゃん！　なんか、すっごい楽しくてっ！」

「……いや、はしゃぎすぎじゃね？　そんなに盛り上がるような場面あったか……？」

「あははっ……違うの、違うの！」

ベッドの上に倒れ込んで足をバタバタとさせながら笑っていた椎名《しいな》は、可笑《おか》しそうに涙を拭ってから勢いを付けて上体を起こしてみせた。そうして、ばふっと俺のすぐ近くに両手を突きつつ身を乗り出すと、オッドアイの瞳をキラキラと輝かせて続ける。

「聞いてお兄ちゃん。今日ね、今日ね、イベントがすっごい楽しかったんだよ！」

「イベントって……ああ、《ＭＴＣＧ》がそんなに盛り上がってたのか。……いやでも、それって夕方頃の話だよな？　それでこの時間までずっとテンション高かったのかよ」

「だって楽しかったんだもん！　ほら、わたしって闇の住人みたいなところあるから、やっぱり戦いの中でしか生きられないっていうか……あとあと、こうやってご飯を持ってきてくれるお兄ちゃんもいるから、そっちもすごく幸せだよ？」

「へえ……ま、それなら良かった」

純粋な感謝の言葉を真正面から受け止めて、俺は小さく首を横に振った。そして——そろそろ眠気がキツくなってきたこともあり——今日の本題に入ることにする。

「……なあ椎名。お前さ、《MTCG》ではラスボスみたいな立ち位置なんだって？」

「うん、そうだよ！　RPGでいうなら、魔王を倒し終わった勇者の前に現れて『ぐわっはっは！　アレはこの世の魔王の中でも最弱っ!!』とか言っちゃう感じの！」

「……いや、魔王を雑魚《ざこ》呼ばわり出来る存在って何なんだよ」

「あれ、知らないのお兄ちゃん？　それこそがこのわたし——《神に抗《あらが》いし漆黒》だよ」

ふふん、とニヒルな口調で呟《つぶや》いて、傍らに寝かせていたロイド——ケルベロスのぬいぐるみと共に何やら決めポーズらしきものを取ってみせる椎名。それから一転、彼女はいつものあどけない表情に戻ると、不思議そうにこてんと首を傾《かし》げてみせる。

「っていうか……どうしたの、お兄ちゃん？　急に《MTCG》の話なんかして」

「ああ、俺もそっちに参加することになったからさ。ちょっと訊いておこうかなって」

「え？　でも、お兄ちゃんには《アストラル》が……って、もしかしてお兄ちゃん、脱落しちゃったの!?　い、いつの間にっ!?」

「いつって、今日の午後だけど。……何だよ、そんなに意外か？」

「う、うん、だって……へぇ～、そっか、そうだったんだぁ。ちょっと残念なような、残念じゃないような……むむむ」

そんなこんなでしばらく唸《うな》っていたものの……やがて、椎名《しいな》の興味は俺が《アストラル》から脱落したことよりも、むしろ明日の《ＭＴＣＧ》の方へ移ったようだ。彼女は静かに顔を持ち上げて、オッドアイの瞳でじいっと俺の目を覗《のぞ》き込んでくる。

そうして、一言。

「ね、お兄ちゃん。お兄ちゃんはすっごく強いから、もしかしたら《ＭＴＣＧ》でもすぐに五人目まで倒せちゃうかもしれないけど……それでも、わたしだけは絶対に倒せないよ？　お兄ちゃんがいくら強くても、わたしは絶対負けてあげない。お兄ちゃんとゲームできるのはすっごく楽しみだけど、それとこれとは話が別！」

「……へえ？　やけに自信満々だな」

「うん、もちろんだよ！」

ベッドの上にぺたんと座り、胸元にはケルベロスのぬいぐるみを大事そうに抱き締めながら……すっと楽しげに目を細めた椎名紬《つむぎ》は、意味深な口調でこう言った。

「ふふん――だってわたしは、無敵だからね」

第二章　五月期交流戦オープンゲーム：《MTCG》

＃

五月期交流戦四日目の朝は、英明《えいめい》メンバーとの打ち合わせに費やされた。

「昨日も話した通り、俺はこれから〝ワイルドカード〟を手に入れるために《MTCG》に参加する――だから、少なくとも今日の《アストラル》前半は四人だけで凌《しの》いでもらうことになる。当然、っていうのもアレだけど、指示出し役は榎本《えのもと》だ」

「榎本先輩、だ。相変わらず敬語がなっていないぞ篠原《しのはら》」

「いやどうでもいいじゃん、そんなの。ってゆーか、シノがいなくなったら進司《しんじ》の命令聞かなきゃいけないのかぁ……まあ、我慢するけどさ～」

俺の言葉に憮然《ぶぜん》とした顔で文句を付ける榎本と、そんな榎本にジト目を向けながら不満そうに足をパタパタさせる浅宮《あさみや》。その言い方は刺々《とげとげ》しいが、実際そこまで嫌がっている様子はない。これなら、二人とも本来の力を発揮してくれることだろう。

「えへへ……」

そして秋月《あきづき》に関しては、作戦の概要を話し終えた俺にそっと身体《からだ》を寄せながら、蕩《とろ》けるような笑みでこんなことを言ってくる。

「頑張ってね、緋呂斗《ひろと》くん♪　《アストラル》の方は英明《えいめい》の大エース・乃愛《のあ》ちゃんがいるから全然心配しなくていーよ♡」

「……なるほど。確かにご主人様と秋月《あきづき》様を引き離せるという意味では、《ＭＴＣＧ》もそう悪くないのかもしれません」

「ひどい!?　あ、でもでも、たまには遠距離恋愛の気分を味わうのもアリかも♡」

「ポジティブですね……」

　こちらはこちらで、いつも通り仲良さげな姫路《ひめじ》と秋月。そんな二人のやり取りで場の空気が上手《うま》い具合に中和され、話題も一頻《ひとしき》り出尽くした辺りで……俺の対面に座る榎本《えのもと》が、少し姿勢を正しながらこんな言葉を口にした。

「改めて――篠原の留守は、僕たちが任された。６ツ星として、英明学園の生徒会長として、僕がこのチームの指揮を執り戦線を維持してみせよう。故に、こちらのことは気にせず、篠原《しのはら》は《ＭＴＣＧ》に専念するといい。……ダラダラしていると、僕たちだけで《百面相》を倒してしまうかもしれないぞ？」

　冗談交じりにニヤリと笑うその表情は、榎本にしては非常に珍しい類《たぐい》のものだった。

　――そんな打合せが終わって少し経《た》ち、迎えた午前九時。

「意外と近いんだな……」

俺は、《ライブラ》から貰《もら》った地図データを端末のアプリに読み込ませ、音声ガイド（もとい加賀谷《かがや》さん）にも案内されながら《ＭＴＣＧ》の会場に到着していた。

五月期交流戦オープンゲーム《ＭＴＣＧ》は、学園島《アカデミー》零番区の中心部に位置するイベントホール・セントラルガーデンにて行われる。俺たちが泊まっているホテルからは徒歩十分くらいの位置関係で、収容人数は五千人超とかなり大きい。

そんなホールの中にある、メインフロアと題された円形の会場——受付でゲームの参加手続きを済ませてからそこに足を踏み入れてみると、四日目の開始直後にも関わらず、およそ千人近い高校生たちが集っているのが見て取れた。ホール自体が巨大なため窮屈という印象はほとんどないが、それでも人数の多さには圧倒される。

フロアそのものに関しては、基本的にだだっ広いだけで何もない空間だ。ただ、円の外周付近には《アストラル》の中継を映すスクリーンが設置されていたり、またその並びにはドリンクから軽食まで様々な種類の出店が揃《そろ》っていたりする。そして、フロアのド真ん中には、他の場所とは明らかに雰囲気の違う〝決闘場《フィールド》〟らしきものがあった。

「……？」

そんな光景に俺が小さく首を傾《かし》げた、瞬間。

『——説明するにゃ！』

パッ、と、ほんの一瞬だけ視界が明るくなったかと思えば、何もなかったはずの場所から突然一匹の三毛猫が現れた。それも、ただの猫じゃない。なんとその猫は、風見の声で喋っている。

そう――こいつは、《MTCG》における演出的要素の一つ〝使い魔〟だ。AR技術によって投影されているだけで当然実体はないのだが、ともかくその使い魔であれば誰にも違和感を持たれないまま一人のプレイヤーに同行できる……というわけで、現在この猫の視覚やら聴覚やらといった部分は会場の裏手にいる風見鈴蘭《かざみすずらん》と同調《リンク》しているのだった。

そんな風見、いや三毛猫は、俺の肩に座ったままにゃおんと可愛《かわい》く鳴いて続ける。

『あの特設フィールドは、最終決戦――つまり、紬《つむぎ》ちゃんと戦う時にだけ使う専用の決闘場にゃ！　それ以外の用途はないにゃ！　全く!!』

（単なる目立ちたがり屋じゃねえか……）

小さく嘆息する俺。椎名《しいな》は極度の人見知りなはずだが、まあ〝人見知り〟と〝目立ちたがり屋〟は共存しないこともないだろう。だって、一対一で喋《しゃべ》るのと大勢の前でちやほやされるのとではそもそもベクトルが全然違う。

ともかく――風見の説明を聞いている間にも辺りを見渡していたが、やはり俺がここにいるのが目を引くのか、あるいは昨日の〝自滅〟が記憶に新しいからか、普段よりもずっと密度の高い視線が肌に突き刺さるのが分かった。疑問に警戒、あるいは嘲笑。無数の視線が無遠慮に俺を穿《うが》つ。

（でも、そんなのはどうでもいい……今は、一秒だって無駄に出来ない）

ポケットに突っ込んだ右手で端末の表面をなぞりながら、俺は内心でそっと呟《つぶや》いた。

《ＭＴＣＧ》の最速攻略——昨日も少し話は出ていたが、結局のところこのゲームで最も重要なのはいかにしてコインを溜められるかだ。極端なことを言えば、コインが無限に手に入る状況なら《ＭＴＣＧ》をクリアするのに時間なんてほとんどかからない。

が、もちろん、そんなのはあくまでも理想論だ。団体《チーム》で動いているなら交換を駆使してある程度は効率よくやれるが、必ずどこかで限界が来る。

だから——俺の場合は、ちょっとした小細工を使う必要があった。

（少し待ってからにしようかと思ってたけど……どっちにしろ注目はされそうだし、さっさと動いちまってもいいかもな）

周囲の様子を確認しつつ、内心でそんな結論に至る俺。と、その前に端末のトップページから《ＭＴＣＧ》の専用アプリを開いてみれば、そこには自身の現在状況《ステータス》が記載されているのが見て取れた。【所持コイン１０００／クエスト進行度１／レベル３】。そして最難関のルートを選ぶ場合、最初の標的《ターゲット》は【レベル６】とある。

それらを一通り確認してから、俺が悠然と足を進めようとした——その時だった。

「くっ……くくっ、あははははは！　これはこれは、実に滑稽だねぇ！」

（……ん？）

受付に程近いスペースでたむろしていた五人ほどの集団、そのリーダー格に当たる一人の男が不意に声を掛けてきた。見覚えのある……というか、つい先日《アストラル》で相対したばかりの男だ。十五番区茨《いばら》学園所属の5ツ星、結川奏《ゆいかわかなで》。

彼は、いかにも愉《たの》しげに嗤《わら》いながら前髪を掻《か》き上げると、大きく頬《ほお》を歪《ゆが》ませた。

「やあ、二日ぶりだね篠原緋呂斗《しのはらひろと》くん。ぼくのことは覚えてくれているかな？　君のせいで早々に《アストラル》から蹴落とされた茨学園の結川だよ！」

「……ああ。まあ、そりゃ覚えてはいるけど」

「そうかい！　それは良かった。本当に、嬉《うれ》しい限りだよ——君が、ようやく僕らと同じ次元まで落ちて来てくれて。直接叩き潰せる位置に来てくれて」

煽《あお》るような口調で言いながら、分かりやすく頬を歪めて嘲笑を浮かべる結川。

「血気盛んな君のことだから、どうせワイルドカードを狙っているんだろうけど……遅いよ、あまりにも遅すぎる。こんなタイミングで《ＭＴＣＧ》を初めて、どうやって最難関ルートをクリアするって言うんだい？　計画性がなさすぎるよ」

「…………」

「それに引き換え、ぼくは最初から準備していた。もし《アストラル》で脱落したらすぐにワイルドカードを手に入れて復帰できるよう、予《あらかじ》め〝ぼくにコインやカードを横流ししてくれる〟面子《メンツ》を揃《そろ》えていた。そのおかげで、ぼくは今クエストの五段階目に挑戦しているところだ——君が追い付くのは不可能だよ、篠原くん」

にこやかな笑顔と共に両手を広げ、突き付けるようにそんな言葉を口にする結川。

確かに——それが、《MTCG》の攻略における最も正しい道順なんだろう。同じ学園ないしは仲間同士で結託して、お互いにカードを融通し合う。もちろん後半になればなるほどそう上手《うま》くはいかなくなるが、効率がいいことには変わりない。

そんな風に俺が黙り込んでいるのを見て、結川はさらに口角を吊《つ》り上げた。

「ふっ……ああ、そうだよ、その顔だよ！　一見平静を保っているように見えるけど、内心ではひどく焦《あせ》っているんだろう？　それを見られただけでも大収穫だよ！」

「……お前、そんなに性格悪かったか？　それとも、単に猫被《かぶ》ってただけとか？」

「人聞きの悪い言い方するなあ。単に空気を読んでただけだよ、ぼくは。……それで篠原くん、君の欲しいカードは【3】かな？　それとも【4】かな？　もし急いでるなら、心優しいぼくが交換に乗ってあげてもいい。相場にほんのちょっとだけ、ほんの10万コインくらい上乗せしてくれるなら喜んで」

「…………」

「ああ、でも君にそんな大金を支払える甲斐性《かいしょう》はないよね。ううん、弱ったなあ……そうだ、それじゃあ土下座でもいいよ？　みんなに見えるところでぼくに土下座をしてくれるなら、何ならタダであげてもいい。うわ、破格だなぁ。ちょっと親切過ぎたかも？」

狂ったようにも見える爽やかな笑みでひたすらに俺を煽《あお》ってくる結川《ゆいかわ》。

分かっていたことではあるが……〝交換〟という要素にはプレイヤー同士の利害が絡むため、どうしてもこの手の輩《やから》が発生するようだ。普段から挑発めいた態度も織り交ぜつつ学園島《アカデミー》最強を演じている俺だから、必然的に敵を作りやすいというのもある。

（英明《えいめい》の生徒なら協力してくれるかもしれないけど……とはいえ、そいつが都合よく俺の欲しいカードを持ってるとも限らないしな。どっちにしても根回しは必要だ）

そんな現状を鑑みながら小さく溜《た》め息《いき》を吐《つ》く俺。

そうして、目の前の結川は完全に無視して作戦を進めようとした……瞬間だった。

「――ねえ」

まるで俺と結川との会話になんて一ミリも興味がないとでもいうように、一人の少女がゆっくりと俺の眼前に割り込んできた。もはや見慣れた栗花落《つゆり》女子学園の制服。俺の記憶が正しければ、こいつはあの《鬼神の巫女《みこ》》のチームメイト――昨日の交戦で最後まで枢木《くるるぎ》の隣にいた少女だろう。

そんな彼女は、長い前髪の隙間から俺を見つめてこんなことを言う。

「あなたが欲しいのはどのカードなの？」

「え？　……【4】だ。【4】が欲しい」

「分かった。それなら、あなたの【1】とわたしの【4】を交換してあげてもいい。レートは、今回限りのお試し価格で……100コイン」

「……はぁあ？」

　そんな提案に真っ先に反応したのは、俺ではなく結川の方だ。彼は威圧的な足取りで少女の前に回り込むと、先ほどよりも少しだけ低い声音で告げる。

「いきなり出てきたかと思えば何を言っているのかな、君。今はぼくが彼と話してるところだったんだけど……っていうか、あはは。いいのかな？　ここで彼に手を貸すと、ぼくら茨《いばら》学園は今後全力で君たちの邪魔をすることになるけど」

「それとも、100コインじゃちょっと高い？」

「……おい、このぼくを無視して話を進めるなよ」

　少女の肩を乱暴に掴《つか》みながら勢い込んで語調を荒くする結川。けれど、それでも彼女は微動だにしない。透き通った瞳でただ俺だけを見つめている。

　そんな様子に軽く気圧《けお》されながらも、俺はゆっくりと口を開くことにした。

「……【1】から【4】まで数字カードを強化しようと思ったら、普通は3500コインに加えて一時間くらい待たなきゃいけない。それを100コインで交換してくれるっていうならもちろんありがたい話だけど、先に理由を訊《き》いてもいいか？」

「理由……そんなの、必要？」

「ああ。何せ、枢木には逃げられちまったけど、栗花落を半壊させたのは俺たちだ。そこのそいつと同じように、恨んでるって言われた方がまだしっくりくるんだけどな」

「…………」

俺の問いかけに、不思議そうな表情でしばし俯《うつむ》き気味に考え込む少女。

そして――数秒後、再び顔を持ち上げた彼女は小さく首を傾《かし》げてこう言った。

「だって……倒そうとしてるんでしょ？　《百面相》のこと」

（っ!?　何で、こいつがそれを……）

内心で思わず息を呑《の》む。……俺が《アストラル》を離脱して《MTCG》に参加している ることは当然ながらisland tube《アイ・チューブ》やSTOCKでも大きな話題になっているが、その〝目的〟に関しては未《いま》だに不明のままで議論が止まっている。それこそ英明《えいめい》の面子《メンツ》や《ライブラ》でもない限り知っているはずがないのだが。

そんな俺の困惑に構うことなく、少女は淡々とした口調で続ける。

「あなたが――自分から《アストラル》を放棄したはずのあなたがワイルドカードを求めて《MTCG》に参加する理由なんて、それ以外に考えられない。多分、何か策があるんでしょ？　あなたがここにいるのを見た時、すぐに分かった」

「……へえ？　だったら、何だって言うんだよ」

「そんなの決まってる」

はぐらかすような俺の返答に対し、少女は気丈な声を返してきた。

「わたしたちのリーダーは――千梨《せんり》は、栗花落《つゆり》のために《百面相《カメレオン》》の下についた。千梨はいつも強くて、冷静で、合理的で、間違えない。だから、今回だってきっとそれが正解なんだと思う。思う、けど……でもそれは、やっぱり歪だから。わたしたちが弱いせいで千梨にそんなことをさせるのは、やっぱり悔しいから。誰かに頭を下げなきゃ手に入らない紛《まが》い物の二位なんて要《い》らない。わたしたちは――栗花落は、自分の力で上に行く」

「………………」

「だから――だから、あなたには《アストラル》に復帰して欲しい。千梨を休ませてあげて欲しい。……ワイルドカードを手に入れるべきは、あなた以外にいないと思う」

彼女の真摯な主張に、俺だけでなく結川《ゆいかわ》やギャラリーまでもが押し黙る。

そして、そんな空気の中――俺は静かに端末を取り出すと、取引画面《トレードモード》からカードの〝交換〟を実行することにした。【１】のカードを選ぶと共に、１００コインの支払いを入力する。するとそれらが一瞬にして俺の端末から消滅し、代わりに【４】が現れる。

交換が成立したのを確認してから、俺は感謝のつもりで軽く端末を振ってみせた。

「ありがとな。……それと、楽しみにしててくれよ？　別に栗花落のために戦うってわけじゃないけど、どっちにしろ俺は《百面相》を倒す。枢木《くるるぎ》千梨も、当然な」

「……わかった、それでいい」

最後に少しだけ口元を緩めると、栗花落の少女は音もなくどこかへ去っていった。その傍《かたわ》らでは、結川《ゆいかわ》がつまらなそうにチッと舌を打ち、仲間の元へ戻っていく。

予期せぬ遭遇、ではあったが——ともかく、僥倖《ぎょうこう》には違いない。今の交換で、俺の手札は【1・1・4】の【レベル6】まで強化された。最難関ルートのクエスト一段階目は【レベル6】の相手が標的だから、これで数字カードの方は準備が整ったことになる。

『——それじゃ、あとは技カードの補充にゃ』

そこへ、再び姿を現した三毛猫姿の風見《かざみ》が囁《ささや》くようにそんなことを言ってきた。

『交戦の申請側——先手のプレイヤーは、後手よりも一枚多く技カードを使えるにゃ。だから、実は《技無効》のカードがあれば〝必勝〟になるんだけど、かなりお高いからそう気軽には使えないにゃ。《レベルアップ》を最低一枚は用意しておいて、それを使うかどうかで読み合いをするのが基本だにゃ！』

おさらいも兼ねて序盤のセオリーめいたことを教えてくれる風見。特に逆らう理由もなかったため、俺は端末から《レベルアップ》と《報酬アップ》を一枚ずつ購入する。

そうして、風見に言われるがまま端末を顔の高さまで持ち上げる——と、瞬間、目の前を行き交う生徒のうち何人かに一人の割合で頭上に地図アプリの目的地マーカーのような表示が現れた。《ライブラ》が用意してくれた特注の検索機能だ。このマーカーが出ている相手こそが俺の標的、すなわち現在【レベル6】のプレイヤーということらしい。

そんなわけで、適当に一人捕まえる。

「なあ」

「え？　……って、し、篠原《しのはら》!?　な、何だよいきなり!?」

「何って、決まってるだろ？　お前に交戦の申し込みをしてるんだよ」

「交戦!?　ウソだろ、まだ《MTCG》を始めてから十分も経《た》ってないんじゃ……」

呆然《ぼうぜん》と目を見開き、微《かす》かに震える声を突き付けてくる男子生徒。

けれど、彼の焦《あせ》りや動揺なんてものは全て置き去りに、俺の交戦申請が受理されて二人の端末が青く点灯した——交戦の参加費用（クエスト一段階目だと500コインだ）が自動で支払われると同時、お互いの使い魔がAR技術で顕現する。俺の方は、風見と感覚を共有している可愛《かわい》らしい三毛猫。そして対するは、鋭い牙を持つ蛇だ。

『記念すべき第一戦……見せ付けてやるにゃ、篠原くん』

小声で俺に激励を送ってから、三毛猫はするすると器用に肩から降りて相手の蛇と対峙《たいじ》した。どう見ても向こうの方が強そうだが、使い魔のビジュアルは完全にランダム。強さには一切関わらない。

そして、次の瞬間、俺の目の前には合計五枚のカードが手札として展開された。三枚の数字カード【1・1・4】と、先ほど購入した二枚の技カード。後者はどちらも青く光っており、使用する場合は該当のカードをタップしろとある。

「………」

ちらり、と相手の顔を見ながら静かに思考を巡らせる俺。

この交戦で考えるべきは、対戦相手が《レベルアップ》を使うかどうか――ただそれだけだ。今現在は間違いなくお互い【レベル6】なんだから、二人とも《レベルアップ》を使わなければそのまま俺の勝ちになる。けれど《MTCG》の仕様では、相手が〝カードを使ったこと〟自体は分かっても〝どのカードを使ったか〟までは分からない。あいつは十中八九カードを切ってくるだろうが、それが《報酬アップ《ブラフ》》の可能性もあるわけだ。

――ただ、

（あいつは、俺が交戦を仕掛けただけでかなり驚いてた……多分、この時間で最初の標的に挑めるのはペースとしてめちゃくちゃ早いって認識があいつの中にあるんだ。だとすれば、あいつが《レベルアップ》を使ってくる可能性はかなり高い。初心者を相手取るなら可能な限りレベルを引き上げた方が安全だって思うはず）

表情は一切変えないままに、内心でそんな推測を立てる。

そうして俺は、まず先手で《報酬アップ》のカードを使うことにした。直後、相手側にカードの使用権が移り、こちらもすぐに選択を終了する。結果は読み通りカードの使用アリだ。これに対し、俺は残していた《レベルアップ》を追加で使用する。

「っと……これでカード使用のフェイズは終了、だな。後はレベル開示を待つだけだ」

「あ、ああ。いや、さすがに十分前にゲームを始めたばっかのヤツには勝てると思うんだけど……どうだ？」

自信ありげな発言に反して不安そうな視線を自身の使い魔に注ぐ彼。

直後、レベル開示フェイズに入って技カードの効果が反映されたんだろう——お互いの使い魔に一瞬だけ青い光が宿り、身体《からだ》の一部に鮮やかな刻印が現れた。俺の三毛猫は額の真ん中に、相手の蛇は伸ばした舌先に、それぞれレベルを表すⅦの数字が刻まれている。

つまり、

「ピッタリ同値。……ってわけで、俺の勝ちだな」

「なぁっ……!?」

やはり《レベルアップ》のカードを使っていたらしい男子生徒は、驚いたように呟《つぶや》きながら力なく崩れ落ちた。……風見《かざみ》によれば、交戦を〝申請された側〟のプレイヤーは勝ち続けている限り〝連勝数〟が加算されていき、それに応じてボーナスコインが支払われるらしい。ただしそのカウントは、一度負けると0に戻ってしまうそうだ。

が、まあともかく——チュートリアルとしてはこんなところで充分だろう。一段階目のクエストをクリアしたことで報酬のコインが手に入り、同時に次の標的となるレベルが端末上に表示される。ここまでの経過時間は、ゲーム開始から約二十分だ。

（悪くない……悪くないけど、余裕もない。……そろそろ、本格的に動くとするか）

幸いにして、イカサマの準備ならとっくに出来ている——。

再び肩に乗ってきた猫と頷《うなず》き合ってから、俺はとある場所へと足を運ぶことにした。

＃

――《MTCG》には、調整員と呼ばれるスタッフが存在する。

指定されたレベルのプレイヤーを倒す、というクエストの性質上、特に後半になればなるほど〝倒したいレベルの相手がフロア内に一人もいない〟可能性はどうしても出てきてしまう。それを回避するため、《ライブラ》は〝レベル調整〟が可能な交戦要員を一人だけゲームに投入しているというわけだ。

そんな調整員だが、実は非常時の交戦相手という以外にもう一つ役割があった――それが、いわゆるショップのような使い方だ。間違えて購入してしまったカードや、クエストの進行状況によって要《い》らなくなってしまったカード。そういったものを、レート通りの差額を支払う（あるいは受け取る）ことで別のカードに交換してもらえる。

ただ、技カードを全力で使って一つ目のクエストを終えたばかりの俺は、そもそも交換に出せるようなカードを一枚も持っていない。クエスト二段階目の標的である【レベル13】のプレイヤーなんてそこら中にいるし、調整員を頼る理由は一つもないと言える。

それなのに、

「お前が〝調整員〟でいいんだよな？」

一段階目のクエストを超速でクリアした俺は、その足でホール端に設置されたスクリーンの前まで移動し、最後列のベンチに座る少女に向かってそんな言葉を投げ掛けていた。

「……はい、私は調整員〝アルファ〟です。何をご希望ですか？」

昨日の打ち合わせの段階で俺がここに来ることは知っていたはずの彼女だが、もちろんそんな事情は一切顔に出すことなく淡々と尋ね返してくる。対する俺は、彼女から少し離れた位置に腰を下ろすと、一つ頷いて静かに続けた。

「カードの交換を希望する」

「はい。調整員との〝交換〟では、カード同士の価値の差を埋めるために《ＭＴＣＧ》の正規レートに従った額のコインがやり取りされます。値下げ、あるいは値上げの交渉などは一切行えませんが、それでもよろしいですか？」

「ああ、問題ない」

ギャラリー対策のためか定型文らしき質問を投げかけてくる彼女に対し、俺は短く肯定を返してみせる。……まあ、そんな分かりやすい不正をするつもりはない。ここで彼女から安くカードを手に入れたり不当にコインを融通して貰《もら》ったりしたら、あっという間に繋《つな》がりがバレて俺も《ライブラ》も大炎上だ。

（だから、わざわざルールを逸脱する必要はない……）

必ずレートに従った額のコインで交換が発生するということは――逆に言えば、どんなに無茶な要求をしても必ずレート通りに対価を支払ってくれるということなんだから。

「じゃあ俺は、数字カード【1】を交換に出す。代わりに《報酬アップ》を一枚くれ」

「――――」

『『……は？』』

俺の要求に、アルファはぱちくりと目を瞬《まばた》かせ、ギャラリーは大きくざわついた。

が、まあそれも当然のことだろう――本来、カードの〝交換〟というのは数字カード同士、あるいは技カード同士でしか行われない。それは、プレイヤーの数字カード所持上限が三枚と決まっているからだ。数字カードはどうやっても増やせない。ならば当然、減らすことも出来ない……というか、普通なら数字カードを削る利点なんて一つもない。

「……正気、ですか？」

だからこそ、アルファは怪訝《けげん》そうな表情を作って小首を傾《かし》げている。

「確かに、わたしは正規のプレイヤーではありませんので、数字カードを四枚以上所持することも可能です。ですがそんなことをすれば、あなたの数字カードは二枚になってしまいます。数字カード一枚の上限値は【9】ですから、その状態で到達できるレベルは最大でも【18】……ごく簡単なルートでない限りゲームのクリアが不可能になりますが」

「いいんだよ。とにかく、交換してくれるんだろ？」

「……もちろん、交換自体は可能です。数字カード【1】と技カード《報酬アップ》のレート差は――っ⁉」

「どうした？　……いくらなんだよ、その二枚のレート差は」

「し、失礼いたしました。改めて、数字カード【1】と技カード《報酬アップ》のレート差は、99000コインです――そちらの額でいかがですか？」

アルファがその金額を口にした瞬間、集まっていたギャラリーが『⁉』と一気に騒ぎ始めたのが分かった。……だって、99000コインだ。クエストの二段階目に挑んでいる今、俺の所持コインが自動的に増加する速度は一時間あたり1000コイン。それを考えれば、単純に九十九時間分のリソースを一瞬で獲得したことになるんだから。

けれど、それはそうだろう――ついさっきアルファ自身も言っていた通り、気軽に購入できる技カードと基本的に増やすことの出来ない数字カードとじゃそもそもの価値が全く違う。それを〝レートに従って〟交換するのなら、莫大《ばくだい》な差額が生じて当然だ。

（……とはいえ、ちょっとしたズルはしてるんだけどな）

不敵な笑みを浮かべながら、内心でポツリとそんなことを呟《つぶや》く俺。

そう、そうだ――実を言えば、調整員という存在は昨日まで正規のプレイヤー扱いだった。レベル以外の諸設定は通常のプレイヤーに準拠していて、それ故に数字カードの所持上限も普通に持っていたらしい。そいつを《ライブラ》に頼んで変更してもらったというわけだ。……かなり強引な方法に聞こえるかもしれないが、少なくとも初日から三日目までの間、調整員を介して数字カードの枚数を増減させようとしたプレイヤーは一人もいなかったと聞いている。であればこれは、絶対にバレない不正になる。

「——了解だ、その条件で交換してくれ」

そんなわけで、俺は小さく頷《うなず》いてから端末を差し出すことにした。直後、俺の手札から数字の【1】が消滅し、代わりに《報酬アップ》と9000コインが追加される。

「よし。……サンキュな、アルファ」

「いえ、わたしはレート通りの交換をしたまでですから。……ただ、今の支払いでわたしの所持コインが底を突いてしまいました。時間回復するまで、しばらくどなたとも交換は差し控えさせていただきます」

にこりともせずにそう言って、アルファはすっと俺から視線を逸《そ》らす。……やたらと塩対応に見えるが、それはおそらく表情を一定に保つためのテクニックなんだろう。風見《かざみ》の指示でこの役に抜擢《ばってき》された時の彼女はそれはもう盛大に慌てていたし、何ならその後、姫《ひめ》路《じ》による〝無表情〟のレクチャーを受けていたはずだから。

『にゃふふ……合格にゃ。将来有望なメンバーばっかりでワタシは嬉《うれ》しいにゃ！』

俺の肩では《ライブラ》のエースが目を細めていたが、まあ触れないでおくとしよう。

＃＃

「ああ、そうだ。もちろん、出来る範囲で良いんだけど……頼めるか？」

　――午前九時五十二分。

　調整員アルファとの交換によって大量のコインを手に入れた俺は、その財力をもって手当たり次第にカード交換を申し込み、最難関ルートのクエスト二段階目にあたる【レベル13】の標的を至極あっさりと撃破していた。

　この間、手札の数字カードを【1・4】から【6・7】まで強化するのに70000コインほど消費してしまったが、これを通常の〝強化〟のみで行うと仮定すれば、50000コインに加えて二時間半ほどの時間がかかってしまう。たった20000コインで大幅な時間短縮が出来たと考えればそう高い買い物じゃないだろう。

「了解だ――それじゃ、また後で」

　二段階目のクエストをクリアしてすぐに繋《つな》いでいた通話を終わらせ、端末をポケットに突っ込む俺。……今の連絡は、まあちょっとした〝仕込み〟みたいなものだ。すぐに効果を発揮する類《たぐい》のモノではないが、後々のクエストを突破するために必須となる布石。

「よし……」

　そうして俺は、思考を〝今〟に戻す――本来なら、次の三段階目のクエストというのは俺にとってかなりの障壁になるはずだった。何せ、最難関ルートにおける三段階目の標的レベルは【21】だ。手札が二枚に減っている俺では絶対に達成できない。

けれど、それにも一つの〝抜け道〟があった。

まず、そもそもの話として……《MTCG》では、全プレイヤーの【レベル】というのは当然ながらリアルタイムで管理されている。強化や交換によってレベルの変動が起こる度に情報が更新され、それを元に各プレイヤーの標的が絞り込まれている。

ただし唯一、交戦中のレベル変動に関してだけはその限りではない。技カードによる一時的な修正の可能性が高いため、一旦全ての処理が保留《ストック》されるのだそうだ。……まあ、当然と言えば当然だろう。交戦中のレベル増減で標的が変わってしまったら、クエストの達成なんて一生できなくなってしまう。要するに、標的のレベルというのはあくまでも交戦開始時のものが参照されるわけだ。そして《MTCG》における〝カード交換〟というのは、交戦時でも普通に行える。

そんな前提を踏まえれば、後はそう難しいことじゃなかった。複数人のチームで行動している【連勝数0】の標的を探し出し、交戦が成立した後に『仲間とカードを交換して一時的にレベルを下げてくれないか』と交渉すればいい。もちろんタダでは受けてもらえないだろうが、俺の端末にはまだ30000以上のコインが残っているわけで。

……加賀谷《かがや》さんに頼んで条件に合うプレイヤーを探してもらうこと、ほんの数分。

『え!?　レベルを下げてくれって、そんなの嫌に決まって――』

『……言うこと聞いたら30000コイン？　え、貰《もら》えるんですか？　……全部!?』

『じゃ、じゃあ、その、えっと……お、お願いしてもいいですか？』

こうして俺は、【レベル13】から一切手札を強化することなく三段階目を突破した。

＃

手持ち数字カード【6・7】及び所持コイン4000。

リソース的にはかなり寂しくなってきたが、ともかく最難関ルートのクエスト三段階目を突破した俺は、円周付近の休憩スペースに移動して自身の端末と睨《にら》めっこしていた。

というのも、

「特殊技カードの開放……か」

そう――ルール説明の際にも触れられていた通り、《MTCG》には通常の技カード三種の他に〝特殊技カード〟なるものが存在する。クエストの三段階目をクリアすることで自動的に開放され、いくつかあるうちから一つだけ選べる必殺技のようなものらしい。

風見《かざみ》の話では、最難関ルートの六人目《ラスボス》である椎名《しいな》紬《つむぎ》が【レベル30】に設定されているため、それを実現できる《限界突破》を買う必要があるとのことだったが……

『……昨日も言ったけど、そうじゃない可能性もあるにゃ』

相変わらず俺の肩に座っている三毛猫が、ポツリとそんな言葉を零《こぼ》した。

『というか、間違いなく何かされてると思うのにゃ。だって、もし紬ちゃんのレベルが本当に【30】なら、《MTCG》の最難関ルートはとっくにクリアされてるはずだから』

「ああ。……だから多分、弄られてるんだろうな。椎名《しいな》本人なのか協力者がいるのかはまだ分からないけど、誰かがデータを弄《いじ》ってる。だってあいつは、絶対に負けないって言ったんだ。もしあいつのレベルが【30】なら、そんな言葉は出てこない」

昨日の夜に突き付けられた〝無敵宣言〟を思い出しながら、俺は小さく首を振る。そんな推測を聞いて、俺の肩に乗ったままの三毛猫はにゃおんと（多分）悲しげに鳴いた。

『わたしたちが作ったゲームなのに、勝手にサーバーにアクセスされて勝手にデータを書き換えられて、なのに手も足も出ないにゃんて……』

「……？　何で手も足も出ないんだ？　椎名は正規のプレイヤーじゃなくてスタッフ側の人間なんだろ。誰が困るわけでもないし、無理やり書き換えても問題ないと思うけど」

『そうだけど……実は、紬《つむぎ》ちゃんのデータ周りには固い固いプロテクトが掛けられてるにゃ。元々のアクセス権限は《ライブラ》が持ってるんだけど、そのプロテクトがどうしても壊せなくて……悔しいにゃ。《ライブラ》がただの広報組織じゃなくて、ＰＣにも強い最強のグループだったら――』

『――ふぅん？　それは良いことを聞いたねん』

『ふにゃっ⁉』

と……そこに割り込んできた眠たげな声に、風見《かざみ》（三毛猫）は俺の肩の上でぴょんと小さく飛び跳ねた。声の主はもちろん加賀谷さんだ。おそらくいつも俺のイヤホンに流している声をそのまま風見のヘッドセットにも強制的に送信しているんだろう。

突然の干渉に驚いたのか、三毛猫はふしゃあと威嚇するように毛を逆立たせている。

『だ、誰にゃ!?　何者にゃ!?』

『んー、名前はちょっと名乗れないけど、怪しい人じゃないよん。通りすがりの正義の味方。……で、とにかくさっきの話。アクセス権限はあるのにプロテクトが突破できなくて困ってる、だよね？』

『は……はいにゃ。正義のミカタ……？』

『うむ、おーけーおーけー。実はおねーさん、プロテクトは楽々突破できるのに肝心のアクセス権限がなくてどうしようもなくなってたところなんだよねん。だーからー……協力しよっか、猫ちゃん』

ふふん、と妖《あや》しく笑う加賀谷《かがや》さん。

風見は当然ながらその誘いを不審がってはいたものの、やがて覚悟を決めたように小さく頷《うなず》いてこれを受け入れ——ここに、《カンパニー》と《ライブラ》という最強のタッグが完成した。

＃

が、とにもかくにもまずは椎名《しいな》まで辿《たど》り着かないことには話にならないわけで。

「……負けました」

午前十時四十九分——俺は、最難関ルートのクエスト四段階目にあたる【レベル5】の標的を撃破していた。

【レベル5】。そう、【レベル5】だ。実は《MTCG》における四段階目のクエストというのは少しばかり特殊で、全五段階のうち唯一標的の【レベル】が引き下げられる。一見簡単そうに思えるが、このゲームに〝弱体化〟なんてコマンドは存在しないため、カードのレベルを下げたければ他のプレイヤーとの交換を繰り返すしかない。このタイミングだけは調整員の利用が封じられることもあり、総じてかなりの難所と言っていいだろう。

けれど……それは、あくまでも普通にプレイしている場合の話だ。《カンパニー》の協力で〝誰がどのカードを欲しがっているか〟を調べられれば、この四段階目は一気にボーナスステージになる。【6・7】の手札を【2・3】にまで落とすのに、そう時間はかからなかった。

（よし……いいぞ、悪くない）

表面上はクールな風を装いながら、内心でそんな呟《つぶや》きを零《こぼ》す俺。……現在、五月期交流戦の四日目が始まってからおよそ二時間が経過しようとしている。目標よりは多少遅れているが、まあ許容範囲内には充分収まるはずだ。

『それじゃあ、次はクエスト五段階目……最難関ルートだと標的レベルは【27】だね』

右耳のイヤホンからは、プロテクト突破中の加賀谷《かがや》さんの代理として駆り出された《カンパニー》の不憫《ふびん》担当・稲村《いなむら》さんの声が聞こえてくる。

標的レベル【27】――技カードがあるから実際には少し違うが、数字カードだけで作るなら手札が【9・9・9】でなければならないという事実上の最高レベルだ。直前の四段階目で最底辺までレベルを落とすことも相まって、相当な鬼畜難易度になっている。

『というか……篠原《しのはら》くんの場合、そもそも手札が二枚しかないからね。三段階目と同じ手を使おうにも、今は交渉に使えるだけのコインがない』

「……ま、そうですね」

稲村さんの言う通りだ。対価が払えないのであれば、相手のレベルを下げさせるという手は使えない。というか、【レベル27】のプレイヤーなんてほぼ皆無のはずだから、交戦相手は自動的にアルファになるだろう。ならば当然、交渉の類は一切効かない。

（だから、さっきの〝仕込み〟が上手《うま》く行ってくれなきゃ困るんだけど――）

ジリジリと急《せ》かされるような思考でそんなことを考えた、瞬間だった。

「――篠原くんっ!!」

たたたっと元気よく後ろから駆け寄ってきて、俺の肩をトンっと叩《たた》いたかと思えばそのまま前方に回り込み、くるりとこちらを振り向いた一人の少女。短めのポニーテールが背中で跳ね、適度な短さのスカートがふわりと浮き上がる。

「お待たせ、篠原《しのはら》くん。みんなの頼れる委員長、多々良楓花《たたらふうか》ここに参上だよっ！」

そう――つい一時間と少し前、クエスト二段階目を終えた俺が連絡を取っていたのは他でもない彼女・多々良楓花だった。2-Aの委員長にして突き抜けた明るさを持つ3ツ星少女。彼女が《MTCG》に参加していることはイベントの前から知っていた。

そんな多々良に一つ頷《うなず》きを返し、俺は静かに言葉を紡ぐ。

「ありがとな、多々良。まさかこんなに早く来てくれるとは思わなかった」

「ううん、全然だいじょーぶだよ篠原くん！　クラスメイトが困ってたら助ける！　それがクラス委員長たる私の使命なんだから！」

俺の感謝に対してびしっと心強いサムズアップで応えてくれる多々良。

「えと、それで……篠原くんに頼まれた通り、協力してくれそうな人を探してみたよ。確か、【9】のカードを持ってる人を三人！で、いいんだよね？」

「ああ、それで大丈夫だ」

純粋な口調で尋ねてくる多々良に、俺は小さく首を縦に振る。……そう。要するにこれは、結川《ゆいかわ》と同じ〝仲間を頼って無理やりレベルを上げる〟戦法だ。クラスメイトを始めとした英明《えいめい》学園の面子《メンツ》に声を掛け、【9】のカードを譲ってくれるやつを探す。ここまで極端だと仲間同士でもまず頷いてもらえないだろうが、相応の理由があるなら話は別だ。

「あいにく対価になるようなコインは払えないけど、もし俺が《ＭＴＣＧ》をクリア出来ればワイルドカードが手に入る。そうすれば、《アストラル》で英明が勝てる可能性が多少は高くなる……つまり、英明の星が増えるわけだ。この理屈で納得してくれるやつがいれば、って話なんだけどな」

「うん！　ちなみに私は、もちろんＯＫだよ！　だって私、委員長だもん！」

「……いや、全然理由になってないぞそれ」

「いいのいいの、こういうことを自然と出来るのが私の理想の〝委員長〟なの！　だから篠原くんは気にせず受け取って！」

　眩《まぶ》しいくらいの持論を展開しつつ、屈託のない笑顔を浮かべる多々良。……まあ、譲ってくれるのであればもちろんありがたい。ほっと胸を撫《な》で下ろす俺の前で、多々良はきょろきょろと辺りを見回しながら続ける。

「あとね、辻《つじ》くんも協力してくれるって。多分、もうすぐ来ると思うけど……」

「――うん。もうすぐっていうか、もう来てるんだけどね」

（おぁっ⁉）

　多々良の声に応じるようにして、俺の真後ろから突然そんな返答が聞こえた。内心で驚《きょう》愕《がく》の声を上げながら振り向くと、そこに立っていたのは俺のクラスメイトにして中性的な美少年、その名も辻祐樹《ゆうき》だ。

「いつ気付いてもらえるんだろう、ってドキドキしてたのに、結局自白するんじゃドキドキし損だよ。もう、どうしてくれるのさ多々良《たたら》さん」

「わ、そうだったんだ！　ごめんごめん、ちょうど篠原《しのはら》くんの影に隠れてて！」

「いいけど……実際、ちょっと隠れてたとこあるし」

言いながらぐるりと俺の前に回り込み、多々良の近くに歩み寄る辻《つじ》。彼は改めて俺に視線を向けると、微《かす》かに口元を緩めながらこう言った。

「ともかく――そんなわけで、二人目の協力者は僕だよ篠原くん。いや、もしかしたら三人目も兼ねてるって言った方がいいのかもしれない」

「……？　どういうことだ？」

「うん。えっと、どこから説明しようかな……ほら、前にちょっと話したでしょ？　英明《えいめい》学園の〝六人目〟の話」

「六人目？　ああ……まあ、そりゃ確かに聞いたけど」

辻の話にこくりと頷《うなず》く俺。……英明学園の六人目。この五月期交流戦が始まる前に榎本《えのもと》も言っていたが、英明は《ＭＴＣＧ》に強力なプレイヤーを潜ませており、そいつにワイルドカードを取らせることで《アストラル》に〝六人目〟を送り込もうとしていた。それこそが隠れた実力者・水上真由《みなかみまゆ》――けれど、その後の辻の報告により、彼女は既に《ＭＴＣＧ》から離脱していると聞いている。

「そうそう、その水上さん」

目の前の辻は軽快に相槌《あいづち》を打ってから、どこか呆《あき》れたような仕草で肩を竦《すく》めた。

「あの人、才能はあるんだけどやる気の方が皆無なんだよね。《MTCG》にも一日目から参加してて、初日のクエスト進行度はぶっちぎりのトップだったのに、二日目からぱたりと来なくなっちゃった。推しの実況者がisland tube《アイ・チューブ》で耐久配信やるから、ってさ」

「ええ……」

「あはは……ともかく、そういうわけで水上さんはとっくにこのゲームを降りてる。だけど、代わりに端末だけ僕に預けていったんだよ。好きに使ってくれ、ってさ」

苦笑交じりの声音で続ける辻。英明の〝六人目〟候補が不真面目だというのは聞いていたが、まさかそれほどとは知らなかった。というか、真面目とか不真面目とかいう問題以前に、この学園島《アカデミー》において〝スマホかつ財布かつ身分証明書〟みたいな役割を持つ端末を他人に預けてしまうという行為自体がどうかしている。ある意味最強の怠惰《メンタル》だ。

「で、ここにも【9】があるみたいだから、水上さんの言う通り好きに貰《もら》っちゃっていいんじゃない？　適当な技カードと交換して足りない手札の埋め合わせをするといいよ。最後に僕の【9】を進呈して、これでちょうど三枚だ」

「水上はともかく、辻もいいのか？」

「ん、まあそりゃね。多々良さんが協力するなら僕もしないわけにはいかないでしょ。自称・篠原《しのはら》くんの友達第一号としてさ」

「……そりゃどうも」

「いえいえ。……ま、僕みたいな一般人にとってはさ、《MTCG》なんてただ楽しいだけのお祭りなんだ。仮に僕がこのままゲームをクリアしたって、貰《もら》えるのはせいぜいアビリティ一つ。だけど、篠原くんが勝てば《アストラル》にも影響が出るかもしれない。英明が逆転するかもしれない――僕はそれが見たいんだよ。だから気にしないで、ね？」

相変わらず美少女と見紛《みまが》うような可憐《かれん》すぎる笑みでそんな言葉を紡ぐ辻《つじ》。

（可愛《かわい》い……じゃなくて、マジで助かるな、これ……）

辻と多々良《たたら》と、それから顔も知らない水上真由《みなかみまゆ》――彼らが俺を〝信じて〟くれたおかげで、ほとんど時間をかけずに【２・３】の手を【９・９・９】にまで引き上げられることが確定した。あとはカード交換の際に水上の端末から可能な限りコインを回収し、それを使って《技無効》でも購入しておけばクエストの五段階目は確実に突破できるだろう。

けれど、そんな折。

『――ヒロきゅん、ちょっといい？』

イヤホンから聞こえてきた加賀谷《かがや》さんの声に、俺はそっと右手を耳に押し当てた。

『猫ちゃんのおかげでツムツム――紬《つむぎ》ちゃんのデータにはアクセス出来たんだけど、最後の認証がどうしても突破できないいんだよね。パスワードを入れなきゃいけないみたいなんだけど、無理に解除すると弾《はじ》かれちゃいそうで……』

『だから、その解析だけヒロきゅんにお願いしてもいい？』

『〝椎名《しいな》紬の本当のレベル〟……これが、最後のパスになってるみたいだから』

そんな、珍しく懇願するような声を聞きながら――

「…………」

俺は、静かに思考を巡らせていた。

＃

――五月期交流戦オープンゲーム《ＭＴＣＧ》最終節。

クエストの五段階目に関しては、特に波乱と呼べるほどの展開も起こらなかった。《技無効》を介することで【レベル27】の調整員《アルファ》を難なく倒し、これで《ＭＴＣＧ》に用意されたクエストは全て突破したことになる。よって、本来ならこの時点で報酬獲得の基準は満たされているはずだが、しかしそうは問屋が卸さないのが最難関ルートだ。

（この後で裏ボスにあたる椎名を倒して、それでようやく完全クリアってわけだ。……でも、おかしいな。にしては端末の標的情報が更新されな――）

「――あはははっ‼」

と……その時、嘲るような笑い声が俺の思考を遮った。当然ながら、というのも妙な話だが、それを発しているのは結川奏《ゆいかわかなで》だ。フロアの中心、最終決戦のためだけに用意されたという特設会場の上から、彼は両手を広げて悠然と俺を見下している。

「篠原《しのはら》！　ああ篠原、惜しかったね！　確かに君は強かった。強かったけど、ぼくに追い付くにはほんの少しだけ早さが足りなかったみたいだ！　君はそこで、地べたの上で、指を咥《くわ》えてぼくの勝利でも見守っているといい!!」

大量のギャラリーに囲まれているせいもあってか、かなりハイになっている結川。

そんな彼の対面には、一人の少女が佇《たたず》んでいる。華奢《きやしや》で小柄な身体《からだ》から大体の年齢には想像がつくが、ゴスロリ風の衣装の上から丈の長いローブを羽織っており、さらには深々とフードまで被《かぶ》っているため誰なのかは全く分からない……こともないだろう。羽織っているローブにやたら複雑な文様が刻まれていたり、フードの隙間から真紅の眼光が覗《のぞ》いていたりする辺り、アレは間違いなく中二病全開の椎名紬《しいなつむぎ》だ。

俺から視線を切って椎名に向き直った結川は、相変わらず気取った口調で続ける。

「やあ、ラスボスさん――初めまして。もしかして女の子なのかな？　ごめんね、幼気《いたいけ》な子をいたぶる趣味はないんだけど……仕方ないよね？　これは勝負だからさ」

「…………」

「……残念、お喋《しやべ》りはしてもらえないみたいだ」

そう言うや否や、さっと端末を横薙《よこな》ぎに振るう結川。刹那、彼の動きに応じるようにして、《ＭＴＣＧ》のＡＲ機能が猛々しい黒龍をその頭上に顕現させる――見るからに巨大で凶悪なそいつにちらりと視線を遣《や》ってから、結川はふっと口元を緩めた。

「怖がらせてしまったなら申し訳ない……彼がぼくの使い魔だよ。《ＭＴＣＧ》のルールによれば使い魔の種類はランダムに決まるそうだけど、もしかしたら少しくらいは適性を考慮されているのかもしれないね？　そう考えると、確か篠原緋呂斗《ひろと》の使い魔は――三毛猫！　猫か！　やあ、可愛《かわい》いね！」

「……うるさい……」

「え？　……ああ、ごめんね。ちょっと楽しくなり過ぎてしまった。いいよ？　そんなに言うならさっさと勝負を終わらせようか」

　少しだけ機嫌の悪くなった声音でそう言いながら、結川は一歩前に出た。そうして、まるで推理小説《ミステリー》における名探偵のような仕草で椎名に指を突き付ける。

「最難関ルートのクエスト五段階目を突破した後に現れる〝ラスボス〟――君の下まで辿《たど》り着いたプレイヤーはこれまで数人いたのに、彼らは誰も君を倒せていない。中には特殊技カードを温存していた者もいたのに、だ。……何故《なぜ》か？　答えは簡単――君が、もっと強いからだ！　《限界突破》で作れるレベルは最大で【30】、そこに《レベルアップ》を二枚使っても【32】。故にぼくは、君のレベルを【33】だと読んでいる！」

　大見得《おおみえ》を切るような口調で激しく叫ぶ結川。……まあ、ある種真っ当な考え方だ。【レベル30】で勝てないのならもっと上。椎名紬《しいなつむぎ》は、誰よりも高い位置にいる。

「でもね、ぼくはそれすら超えていくんだよ――知っているかい？　特殊技カード《限界突破》には、手持ちの【9】を【10】に変えるだけじゃなく、カードの上限数値を一時的に取り払うという副次的な効果がある。もちろんその交戦中に限った話だけど、ともかくレベルの上限という概念がなくなるんだ。じゃあ次に、強化というのは交戦中には使えないコマンドか？　……いいや、そんなことはない。《MTCG》の交戦にタイムリミットなどないし、交戦中の強化も禁じられていない！」

ざわ、とギャラリーに動揺が走る。対する椎名は、何も言わずに俯《うつむ》いたままだ。

「あはは、図星過ぎて声も出ないか！　そうだよ、ぼくは《限界突破》で【10・10・10】を作ったのち、カード三枚を同時に強化する！　【11・11・11】で【レベル33】！　これがぼくの答えだ、ラスボス!!」

渾身《こんしん》の読みを披露して、堪《こら》え切れない笑みを浮かべる結川《ゆいかわ》。

――けれど、

(そうじゃない。……推理としては悪くないけど、残念ながら間違いだ)

そんな結川の姿を見つめながら、俺は内心で小さく呟《つぶや》いた。

確かに彼の発言は何も矛盾していない――が、そもそも根本からしてズレている。《限界突破》を絡めた無限レベル上昇は俺だって少しは考えたが、それじゃ普通に椎名を倒せてしまうだろう。あいつはきっと、そんな次元にはいやしない。

　そして、案の定。

「……やだよ、そんなに待てない」

　俯いたままの椎名がポツリとそんなことを言った、瞬間……ドッ、と凄《すさ》まじい熱気やら風圧が全身を打ち付けてきて、俺は思わずぎゅっと目を瞑《つぶ》った。もちろん単なる演出のはずだが、あまりのリアルさにジリジリと後退《あとずさ》りしてしまいそうになる。

　そうして、一瞬の静寂の後、恐る恐る目を開いてみれば——そこにいたのは、いつの間にかフードを脱ぎ捨ててオッドアイの瞳を爛々《らんらん》と輝かせる少女と、そんな少女の前に悠然と立ち塞がる三つ頭の地獄の番犬《ケルベロス》。

「……外れだよ、全部外れ」

　彼女は、椎名紬は、淡々と切り捨てるような口調でそう呟いた。

「わたしのレベルが【33】？　そんなわけない。わたしはそんなに弱くない——だからこの勝負はこれでお終《しま》いだよ。そんなに待ってられないもん」

「な……ま、待ってくれ、まだ答えが——」

「だから、うるさい」

　そう言って椎名が華奢《きゃしゃ》な腕を振り、全身で「行け《ＧＯ》！」の合図を出した次の瞬間、彼女を守るように立っていたケルベロスがタンッと勢いよく地面を蹴って対峙《たいじ》する黒龍《こくりゅう》の喉元に食らいついた。突然の攻撃に咆哮《ほうこう》を上げる黒龍《こくりゅう》だが、どう見てもケルベロスの速度についていけていない。すぐさま翻弄され、何も出来ずに傷だらけになっていく。

『グォ……オ……』

そして、ほんの数十秒後――結川《ゆいかわ》の黒龍は、ドウッと地に伏せていた。

純粋な瞳でそんなものを見つめながら、椎名《しいな》は少し不満そうに「もう……」と呟《つぶや》く。

「ダメだよ？　遅延行為は。勝ち目もないのにダラダラ続けるのはマナー違反だから」

「ま、マナー違反？　違う、これはれっきとした戦略で――」

「だから、それじゃ勝てないんだってば。もう一回、やり直し」

まともに目も合わせないまますげなくリトライを宣告する椎名。……いや、彼女は本来極度の人見知りだ。冷たくしているというより、単に緊張しているだけかもしれない。

が――まあ、そんなのはどっちでもいいか。

「あはっ……」

呆然《ぼうぜん》とした足取りで特設ステージを降りる結川の背をしばらく見送ってから、椎名はようやく俺に視線を向けた。そして、先ほどまでとは打って変わってにぱっと嬉《うれ》しそうな笑みを浮かべると、強さをアピールするように腕組みをしてこんなことを言ってくる――。

「上がってきてよ、お兄ちゃん――待ってたんだから」

＃

——特設ステージの上で椎名と対峙《たいじ》する。

「嬉《うれ》しいな、《MTCG》でもお兄ちゃんと戦えて」

ファンタジー世界の魔王めいたゴスロリ衣装で俺の前に立つ椎名。彼女はニコニコと上機嫌に口元を緩めながら、跳ねるような口調でこんなことを言ってくる。

「ね、ね、お兄ちゃん、このバトルにも何か罰ゲーム付けてみない？　前と同じで、勝った方が相手に何でも命令できるとか！」

「……相変わらず自信満々だな。一昨日《おととい》はあっさり負けたくせに」

「大丈夫だよ！　だって、このゲームなら絶対わたしの勝ちだもん！」

寄り添うような格好で佇《たたず》んでいるケルベロスの頭を順番に撫《な》で、意気揚々とそんなことを言う椎名。それに対し、俺は静かに思考を巡らせる。

（〝絶対勝てる〟……昨日から、椎名が何回も使ってるフレーズだ。このゲームで俺は椎名に絶対勝てない。少なくともあいつはそう思ってる）

ここまでは、おそらく間違いないだろう。

そして、もしそうだとすれば、椎名のレベル候補になり得る数字というのはかなり絞られてくる。だって、つい先ほど結川が実践していたように、【レベル30】より上の数字であれば《限界突破》を経由することで無理やり達成することが出来るんだ。確かに〝強敵〟には違いないが、〝無敵〟かと言われればそうでもない。

「っていうか……そもそも《MTCG》は〝標的と全く同じレベルを作る〟ことでしかクエストをクリア出来ないんだから、必ずしもレベルが高ければ高いほど強いってわけじゃないんだよな。【33】でも【99】でも結局は同じことだ。《限界突破》があれば極論いくらでもカードの強化は出来るんだから、どの道〝無敵〟にはなり得ない」

　であれば、答えは決まっているも同然だろう。

「マイナス、だよ——椎名《しいな》、お前のレベルは0未満だ。正確な値は知らないけど、少なくとも0以上のレベルじゃない。それなら、絶対勝てないって表現も頷《うなず》ける」

「————」

　満を持して繰り出した俺の推測に、呆《ほう》けたようにポカンと口を半開きにする椎名。

　そして——、

「……すごい」

　次の瞬間、彼女は静かにそう言った。

「ほんとにすごいね、お兄ちゃん。大正解だよ——この子のレベルは【マイナス99】。ほら、ロイドは地獄の番犬でしょ？　地獄はレベルが反転するんだよ、多分」

「ああ……まあ、そんなことだろうと思ったよ。やっぱり器用だな、ロイド」

「もっちろん！　だって、お兄ちゃんがくれた宝物だもん！」

微塵《みじん》も恥じらうことなく楽しげな口調で言い放つ椎名。……【マイナス99】。確かにそれは勝てないわけだ。数字カードの売却を行えば【レベル0】までは作れるが、それよりも下の値というのは《ＭＴＣＧ》のシステム上絶対に作ることが出来ない。文字通りの無敵。プレイヤーからすれば、こんなの負けイベントみたいなものだ。

（レベルの反転とか0以下の数字とか、椎名らしいっちゃらしいけど……）

やっていることは可愛《かわい》らしいが、引き起こされる事象はちっとも可愛くない。

けれど――そんな状況にも関わらず、俺はニヤリと笑みを浮かべた。……だって、それが聞ければ充分だ。俺の勝利条件はたった今完全に満たされた。

トントン、と右耳のイヤホンを叩《たた》きながら、静かに一歩前に出る。

「ま、何でもいいか。とにかくさっさと交戦しようぜ、椎名」

「？　え、いいけど……普通に、わたしが勝っちゃうよ？　わたしが勝ったら、お兄ちゃんは一生わたしのゲーム相手の刑だよ？」

「罰ゲームが重すぎる……けど、別にいいよ。どうせ勝つのは俺だから」

端末を軽く振って使い魔たる猫を顕現させながら、俺は静かにそう呟《つぶや》いた。風見《かざみ》と同調《リンク》しているその三毛猫は、俺の方を振り返ってこくりと首を縦に振る。まるで〝準備は全て整った〟と言わんばかりに、だ。

そんなものを確認してから、俺はそっと端末を掲げてみせた。

「交戦開始——俺は、【9・9・9】の手札に特殊技カード《限界突破》を使って【10・10・10】の【レベル30】にする。で、もう一枚のスロットには《技無効》が入ってるから、お前が技カードを使おうが使わなかろうがこれでお互いの数値《レベル》は確定だ」

「え、えっ？　それだけ!?　でもでも、わたしのレベルは【マイナス99】だって——」

「何言ってるんだよ、そんなのブラフに決まってるだろうが」

慌てたような椎名《しいな》の発言を、しかし俺はバッサリと否定する。

「いいか、椎名？　お前のレベルがマイナスの値だって言ったのは、単に〝それなら辻褄が合う〟ってだけの意味だ。っていうか、お前のレベルが0未満だったらそもそもクリア出来なくなるじゃねえか。《ライブラ》のゲームにそんな不備があって溜《た》まるかよ」

「で、でもほんとにっ——」

「でもじゃない。……とにかく、俺のレベルは【30】だ。ほら、開示してみろよ椎名」

「う、うぅ～……」

余裕ぶった態度の俺に、いかにも不服そうな唸《うな》り声を上げる椎名。

そして、彼女はしぶしぶといった様子でちらりと端末に視線を遣《や》って——刹那、その表情が一変した。怪訝《けげん》そうな顔から驚愕《きょうがく》の色へ、ほんの一瞬で塗り替わる。

だって、

「なっ……な、なんで!?　なんでロイドのレベルが【30】になってるのっ!?」

　――そうだ。

　種を明かしてしまえば、今回の構図はひどく単純だった。元々《ＭＴＣＧ》の各種設定を管理していたのは《ライブラ》であり、椎名はそこにハッキングを仕掛けることで自身のレベルを書き換えていただけ。それを《ライブラ》がどうにも出来なかったのは、変更されたデータに強力なプロテクトが施されていたからだ。

　けれど、俺には《ライブラ》だけじゃなく、ＰＣ周りに滅法強い《カンパニー》が付いている――要するに、二重の協力者がいたわけだ。だから、あとは最後のパスになっていた〝椎名のレベル〟さえしっかりと突き止められれば、彼女の不正をさらに上書きして元の設定に戻すくらい造作もない。

「……さあな。無敵なんてのは、最初からお前の勘違いだったんじゃないか？」

　ニヤリと不敵に笑って呟《つぶや》く俺。

　そして、流れるような挙動でさっと右手を振るった瞬間、その命令に従って青いオーラを纏《まと》った三毛猫がタンッと勢いよく地を蹴った。猫は乱れ引っ掻《か》きの要領でケルベロスに連続攻撃を加えると、瞬《またた》く間にその身体《からだ》を粒子に変える。一瞬後、椎名の腕には元のロイドのぬいぐるみがすっぽりと納まっていて。

　すなわち――《ＭＴＣＧ》最難関ルート、完全クリアだ。

「…………」

俺と相対している椎名《しいな》はと言えば、負けて悔しがっている……と思いきや、何やらぼーっとした顔で俺の方を見つめていた。彼女は、そのまましばらく黙り込んだ後、ぎゅっとロイドを抱き締めながら喜々とした口調でこんなことを言う。

「すごい……すごい、すごいすごい！　ほんとに強いんだね、お兄ちゃんっ！」

「…………」

「嬉《うれ》しいな、嬉しいな！　昨日も今日もずっと楽しかったけど、もっと楽しくなってきちゃった……！」

ハイテンションで大はしゃぎしながらパタパタと俺の目の前まで駆け寄ってきて、えへへぇと多幸感に満ちた笑みを浮かべる椎名。無邪気さの中に、どこか狂気じみた〝ゲームへの執着〟が窺《うかが》える。

「絶対勝てないって思ってたのに、それでも勝っちゃうんだ……！　うん、うん！　じゃあ、やっぱりこれでいいんだよ！　お兄ちゃんは《アストラル》に戻るべき！」

「……それは、どうしてだ？」

「どうしても！」

明るく楽しく、されど断固とした口調できっぱりと言い放つ椎名。

ずっと、ずっと違和感は覚えていたが……もう、確定と言ってしまってもいい頃合いだろう。俺と戦いたいと言い続け、ゲームを引っ掻《か》き回すことに快感を覚え、そして俺に

《アストラル》へ戻れと告げてくる少女。そんなやつに、俺はもう一人心当たりがある。

「なあ、椎名《しいな》──確か、俺が勝ったらお前に何でも命令して良いんだったよな？」

「あ、そうだ、忘れてた……うん、いいよお兄ちゃん。何して欲しい？」

胸元にケルベロスのぬいぐるみを抱いたままこてんと首を傾《かし》げる椎名。こうしているとただの可愛《かわい》い後輩、あるいは妹のような存在にしか見えないが……しかし、

「一つ答えろ。……お前が《百面相》だな？」

「っ──！」

俺の質問に、椎名はくわっとオッドアイの両目を見開いた。事情を知らなければ唐突にしか思えないだろうその単語に、ギャラリーが大きくざわつき始める。

けれど、そんなものは一切聞こえていないかのように、椎名は俺の目を見つめ返した。

「それ、は……それが、命令なの？　ぜっっったい答えなきゃダメ？」

「ダメだ」

「……むぅ、じゃあしょうがないよね。だって、罰ゲームだもん」

さほど抵抗することもなくそう言って、椎名はにっこりと笑みを浮かべてみせた。そうして一転、彼女は羽織ったローブをまるで悪魔の羽根のようにはためかせると、抑えきれない興奮を滲《にじ》ませながらこんな言葉を口にする──。

「そうだよ――わたしが《百面相》だよ、お兄ちゃん。《ＭＴＣＧ》最難関ルートの攻略おめでとう。でも、ここからが本番だよ？　こんなのはただの準備。お兄ちゃんが帰ってくるための単なる儀式――だから、今度は《アストラル》で戦おう？　いっぱいいっぱいゲームして、ちゃんと決着を付けようよっ!!」

……《アストラル》を支配し、問答無用で蹂躙《じゅうりん》している《百面相《カメレオン》》。

その表情にはやはり邪気など欠片《かけら》もなく、ただただ純粋な〝歓喜〟に溢《あふ》れていた。

＃

「い、急ぐのにゃ篠原《しのはら》くんっ！　もう、あんまり時間がないにゃ……！」

「っ……ああ、分かってる！」

――《ＭＴＣＧ》のクリアから少し後。

俺は、予《あらかじ》め呼び付けていたタクシーで《ＭＴＣＧ》の会場から四季島《しきしま》グランドホテルに舞い戻ると、風見《かざみ》に先導されつつ《ライブラ》の拠点――昨日の夜にも訪れたばかりの地下一階へと向かっていた。

時刻は午前十一時四十七分だ。……ギリギリセーフ、と言ってしまっていいだろう。もう少し余裕は欲しかったところだが、まだ四日目前半は終わっていない。

「――到着、にゃ！」

管制室に足を踏み入れるなり、風見《かざみ》は大きな声でそんな言葉を口にした。それに釣られて、《ライブラ》メンバーの視線が一斉に俺たちの方へ向けられる――おそらく《アストラル》の運営を行いながらも《MTCG》の顛末《てんまつ》を見守っていたんだろう。彼ら彼女らの瞳には、昨日はなかった希望の色が微《かす》かに宿っているように見える。

「はぁ、はぁっ……えと、とりあえずワタシは〝ワイルドカード〟のプログラムで篠原《しのはら》くんの復活処理を済ませてくるにゃ。そこの機材は好きに使っていいから、何かあったらすぐに呼んで欲しいにゃ！」

「ああ、そうする。……そっちは任せた」

「任されたにゃ！」

勢いよく肯定の返事を口にするや手近なデスクに座り、猛然とキーボードを叩《たた》き始める風見。そんな彼女を横目に、俺は俺で管制室の真ん中にある大きなモニターの前へ歩み出る。《アストラル》の全てを映し出している、この部屋のメインモニターだ。

「…………」

そこには、相も変わらず絶望的な光景が広がっている。既に支配されているフィールドのうち半分近くを占める聖城《せいじょう》学園の黒のエリア。圧倒的な戦力を持つ《百面相《カメレオン》》――もとい、椎名紬の《連合軍》。

彼女が《百面相》ということは《アストラル》と《ＭＴＣＧ》の二つを掛け持ちしていたことになるが、それ自体はまあ不可能でもないだろう。《百面相》は元々映像を投影しているだけで実体があるわけじゃないんだから、椎名《しいな》自身が《アストラル》のフィールドにいる必要はない。ホテルの自室や《ＭＴＣＧ》の控室から、それこそゲーム感覚で参加すればいいだけなんだから。

そんな彼女の《連合軍》は、今日もじわじわとエリアを広げている。そして反面、英明《えいめい》の勢力図は昨日とさほど変わっていない。

が、しかし、そんな現状を突き付けられた俺は――

（よし……間に合った）

心の底から安堵の声を零《こぼ》していた。……これだけの差があるんだから、普通ならとっくに呑《の》み込まれていてもおかしくない。均衡を維持してくれただけで充分すぎるくらいだ。

とにかく、そんなこんなで一通りの状況確認が終わってから、俺は近くにいた《ライブラ》の少女にモニターの操作方法を尋ねることにした。教えられるがまま目の前に横たわる機材に自身の端末をセットすると、直後、モニターの一部に《アストラル》のサイトモード――各種情報を管理する画面が展開する。そして、画面の中央を占拠しているのは《決闘《ゲーム》》中にはなかったはずのコマンドだ。

（業務連絡コマンド……か）

そう……それは、昨夜風見《かざみ》に教えてもらった〝《アストラル》のプレイヤーたちと強制的にコンタクトを取ることが出来る〟機能だった。俺が〝今日の後半が始まるまで〟ではなく〝今日の前半が終わるまで〟に《ＭＴＣＧ》をクリアしたかった理由というのは、実を言えば前半のうちにこれを使いたかったからに他ならない。
と、いうわけで。

「――――よお、お前ら。聞こえるか？」

『『『！？！？！？』』』

《百面相《カメレオン》》の配下に入っていない全チームのプレイヤーを対象に取った一斉通信――普段よりも殊更に不敵な態度を意識した俺の呼びかけに対し、モニターに映し出された二十人近いプレイヤーたちは思い思いの反応を返してきた。心底驚いたような表情を浮かべるやつ、困惑に眉を顰《ひそ》めるやつ、こっそり胸を撫《な》で下ろしている彩園寺《さいおんじ》に、無表情のまま綺麗《きれい》に一つ礼をする姫路《ひめじ》……と千差万別だが、多数派なのはやはり驚愕だろうか。
が、まあそれもそのはずだ。基本的に他のチームと連絡を取ることが出来ない《アストラル》で、しかも既に脱落しているはずのプレイヤーがいきなりコンタクトを取ってくるなんて、正直なところホラー以外の何物でもない。

それを理解していながら、俺は——向こうには音声しか届いていないが——ニヤリと笑みを浮かべて続けた。

「俺だ、篠原緋呂斗《しのはらひろと》だ。今日の前半戦はあいにく不参加だったけど、調子はどうだ？」

『な、な……何が起きてんだ、おい!?』

ざわついた反応ばかりが耳朶《じだ》を打つ中、最もストレートに疑問をぶつけてきたのは十番区だかどこだかの生き残りだった。裏返ったその声に宿る色は、俺を責めているというよりもむしろ動揺と混乱に満ちている。

『篠原緋呂斗、だと!?　何でお前が……って、違う！　まさか《百面相》か!?』

「俺が《百面相《ニセモノ》》だって？　その頭の回転は褒めてやりたいところだけど、残念ながらそうじゃない。っていうか、あいつが俺に成り代わる理由なんて一つもないだろ？　既に脱落してるやつに化けたって、今みたいに一瞬でバレちまうんだから」

『た、確かにそうだけど……でも、本物だとしたら余計におかしい。だって、今言った通り、お前はもう脱落してるはずだろ？　それにこの通信は一体——』

「ああ、どうやってこの通信を成り立たせてるのか、か」

続けざまに放たれる質問をいい具合に遮りながら、俺は微《かす》かに右の口角を上げた。そうして、画面の向こうの彩園寺や英明《えいめい》のメンバーを見つめつつ……一言。

「そいつは、俺が《ＭＴＣＧ》をクリアしてワイルドカードを手に入れたから、だよ。正式に《アストラル》へ復帰できるのは今日の後半になるみたいだけど、参加資格そのものは既に取り戻してる」

『なッ……ま、マジかよそりゃ⁉』

「マジだよ。それこそ、今俺がやってる〝これ〟がその証明だ。こんな機能――他チームのメンバーとの通信機能なんて、《アストラル》のコマンドにはなかったはずだろ？　だけど、現に俺はやってる。十番区のお前だけじゃなくて、俺の声は二十人近くに聞こえる。何故《なぜ》か？　……そうだよ。そんなのアビリティか、もしくは役職の効果くらいしか有り得ない。んで、その推測は大正解だ――何せ、《MTCG》をクリアして蘇った俺の役職は、単なる【司令官《コマンダー》】じゃなくて【亡霊／司令官】ってのに変化してるからな」

『【亡霊／司令官】……？　なるほど。それがワイルドカード獲得の報酬、ってことか』

堂々とした声音でそんなことを言い放った俺に対し、十番区の彼はごくりと唾を呑《の》み込みながら引き下がってくれる。……もちろん、俺が話した内容は全て嘘っぱちだ。端末の表示は後で《ライブラ》に変えてもらうつもりだが、実際の役職は【司令官】のままで変わらない。ワイルドカードを取ったからと言って、別に特殊能力なんてもらえない。

が、正直なところ、そんなことはどうでも良かった。《MTCG》を勝ち抜いて《アストラル》に参加できるのは一人だけなんだから、俺がどれだけ適当なことを言ったとしてもその真偽は確かめようがない。だから、この場で重要なのは真実なんかじゃなくて、いかに彼らにとって魅力的な〝嘘〟を紡げるかどうか——そして、それをここにいる全員に信じさせられるかどうか、それだけだ。

「……いいか、みんな」

すぅ、と息を吸ってから、俺は改めて彼らに声を掛ける。

「さっきの話はあくまでも前置きで、重要なのはここからだ——【亡霊／司令官】にはもう一つ、対戦相手の情報を詳細に調べられるっていう便利な特性が備わっててな？　一回しか使えないそいつを《百面相《カメレオン》》に適用してみたら、面白いことが分かったんだ」

『面白いこと……？』

「ああ、それもとびっきりな。……よく聞けよ？　あいつは——《百面相》は、このイベントの正式な参加者じゃない。運営側が用意した純粋な敵キャラクターだ」

『は？』

「……ふにゃ!?」

俺の断言に画面の向こうのプレイヤーたちは怪訝《けげん》そうに首を傾《かし》げ、逆に風見《かざみ》を始めとする《ライブラ》の面々は慌てたような声を上げる。けれど、俺はそんな風見たちを安心させるように一度だけそちらを見遣《みや》ってから、そのまま口端に笑みを浮かべて続けた。

「だからさ、あいつはただの〝敵〟なんだよ。後で《ＭＴＣＧ》のハイライトでも見てもらえれば分かると思うけど、中身は椎名紬《しいなつむぎ》って名前の中学生。《アストラル》の正規プレイヤーどころか星獲りゲームの参加者ですらない……このバトルロイヤルを引っ掻《か》き回すための舞台装置に過ぎないんだよ、あいつは」

『え、いや、でも、そんなわけ……』

「嘘《うそ》だと思うか？　だけど、おかしいだろ。あいつの《連合軍》アビリティ——アレのせいで、これまでに七つの学区が《百面相《カメレオン》》の傘下に入ってる。どう考えても異常なのに、それが見逃されてる。……なら、可能性は一つだろ。《百面相》は、元々運営側が用意したキャラクターなんだ。そう考えれば、あいつが摘発されてないのも頷《うなず》ける」

『っ……』

「いいのかよ、そんなやつに負けて。……多分、このままじゃ《アストラル》はあいつの一人勝ちだ。んで、イベントが終わった後の閉会式か何かでその正体が明かされて、今回は勝者なしですって言われるんだぜ。それ、悔しくないのかよ」

一つ一つの言葉を噛《か》み締めるように、聞いている連中の表情から思考を読み取りつつ話を続ける俺。もちろん本当のことを話すわけにはいかないが、このロジックならギリギリ成立するだろう。《百面相》は違反者ではなく、運営が用意した理不尽な敵キャラ。正規のプレイヤーじゃないんだから、ルールを守っていなくても仕方ない。

そして、

「だけど——今なら、まだ間に合う」

『ッ!!』

誰もが沈痛な表情で黙り込む中、俺はその空気を叩《たた》き壊すようにそんな言葉を投げ掛けることにした。すると狙い通り、弾《はじ》かれるようにして何人かの顔が持ち上がる。俺のことは見えていないはずだが、それでも縋《すが》り付くように端末を見つめているのが分かる。

それらを見つめ返しながら——俺は、《アストラル》中のカメラを全停止するよう《ライブラ》に指示すると、まるで秘密を共有するかのような口調で〝説得〟を始めた。

「——いいか？　現時点で《百面相》のエリアは２４８８マス。中立マスを除いた支配率は49・２％……あれだけやっておきながら、半分にも届いちゃいないんだ。つまり、《休戦協定》でも使って俺たち全員で協力すれば、勢力としてはこっちの方が大きくなる」

「いや、もちろん《百面相》と違って俺たちは《連合軍》じゃない。せいぜい同じ相手を敵に持つ〝同盟軍〟ってところだ。色はバラバラだし、支持率もごっそり奪われたまま」

「だけど、支持率なんてのはここからいくらでも引っ繰り返る——だって、そもそも《百面相》が視聴者から膨大な票を集めてたのは、あいつが〝正体不明のダークホース〟だったからだ。あれだけ注目度が高かったんだから支持率が伸びるのは当たり前。ただ、あまりにも一方的すぎるから今は反感を買って票が割れ始めてる。……なら、今度はその票がどこに流れるのかって話だろ。《百面相《カメレオン》》の蹂躙《じゅうりん》に――強キャラが暴れるだけの展開に嫌気が差した連中が、一体誰を支持するのか」

「考えてみろよ？　今の俺は、運営が用意した理不尽な強キャラを倒すべく、一旦《アストラル》を離脱してまで迎撃準備を整えた無謀な【司令官】だ。しかも、率いる英明は現状最下位。逆転の目なんてほとんどないように見える。……なあ、もしもみんなが視聴者ならどう思う？　ここから《百面相》が何もかも薙《な》ぎ倒して優勝するっていう味気ない展開と、ドン底にいる俺がみんなと協力して《百面相》を討伐する逆転劇と――一体、どっちの方が好みだよ？」

『『『………』』』

　俺の言葉に対し、モニターの向こうのプレイヤーたちは一様に黙り込んでいる。……おそらく、どちらに付くのが正解か迷っているんだろう。《百面相》に下るべきか、あるいは俺を信じるべきか。どちらかを選ばなきゃいけない。傍観なんて成立しない。

　そして――、

『旗頭《リーダー》が篠原《しのはら》だってところだけが少し気に食わないけれど……まあ、仕方ないわね』

誰もが周りの出方を窺《うかが》う硬直状態の中、そんな空気を突き動かすように彩園寺《さいおんじ》が英明《えいめい》との《休戦協定》を承諾した。《百面相》に次ぐ二番手、桜花《おうか》学園の参戦表明――それが引き金になったんだろう。堰《せき》を切ったかのように賛同の声が上がり始め、《休戦協定》が結ばれる。《百面相》を引《ひ》き摺《ず》り下ろすための同盟軍が形成されていく。

数にして、六学区二十人。わずかにだが《百面相》の連合軍をも上回る一大勢力。

そんなデータをじっと静かに見つめてから、俺はもう一度顔を持ち上げた。

「ハッ……分かってるじゃねえか。いいか？　俺たちの《決闘《ゲーム》》は、《アストラル》はここから始まる。正体不明の《百面相》に翻弄されるフェイズはもうお終《しま》いだ。あいつは単なる理不尽な敵キャラで、その配下に移ったやつは裏切り者。そんなやつらに好き勝手させるわけにはいかないんだよ。負けるわけにはいかない。さあ、見せてやろうぜ――」

一息でそこまで言い切ると、俺は、気取った仕草で端末を目の前に持ち上げて。

「――今度は、俺たちが攻める番だ」

ニヤリと笑ってそう言った。

Island tubeコメント欄／《MTCG》終了時

11:35「やっっっっぱ…ヒロト様カッコ良すぎ…」

11:35「え、俺が飯食ってる間に篠原が《MTCG》勝ち抜けたってマジ?」

11:35「圧倒的過ぎて笑う。やっぱやべーわ7ツ星」

11:35「いや、てか3時間かかってないって冷静にヤバくない…?あたしの友達とか初日から参加しててまだ3段階目なんですけど」

11:35「まあでもワイルドカードの渡り先としては妥当でしょ。」

11:35「それ。個人的には《百面相》正体バレの方が大ニュースだけど」

11:36「【速報】【朗報】:《百面相》は美少女JCだった…!」

11:36「つむぎちゃんマジかわいー!撫でたげたい!めっちゃ嫌がられそうだけど!」

11:36「あんな顔して《女帝》に喧嘩売ってその上《アストラル》蹂躙してるとか強キャラすぎるだろ…惚れたわ。《ライブラ》も粋な演出するじゃん」

11:36「《百面相》の不正疑惑もこれで晴れたな」

11:36「プレイヤーじゃないんじゃなあ。…てか超今さらだけど、茨の結川ってあんなにウザかったっけ?」

11:36「それな」

11:36「それ」

11:36「思った」

11:36「わかる」

11:36「満場一致で草」

第三章　〝鬼神の巫女〟と〝絶対君主〟

＃

「――お帰りなさいませ、ご主人様」

五月期交流戦《アストラル》四日目、昼休み。

俺は、四季島《しきしま》グランドホテル二階の貸し会議室にて英明《えいめい》のメンバーと再会していた。

目の前で深々と頭を下げ、それから柔らかく笑んでいるのは当然ながら姫路《ひめじ》だ。彼女は澄んだ碧《あお》の瞳を俺に向けて、いつもより少しだけ高揚したような口調で続ける。

「もちろん、ご主人様なら必ず戻ってきてくれると信じてはいました。《ＭＴＣＧ》の攻略など容易《たやす》いことだと。ですが、まさか本当に最速でクリアしてしまうとは……本当に、驚きです。ご主人様はいつもわたしの想像を超えてきますね」

「ん……まあ、今回は《ライブラ》の協力もあったし、そもそも俺は７ツ星だからな。有言実行も出来ないようじゃ最強の名が廃るだろ」

「いえ、常に有言実行し続けるというのはそう簡単なことではありません。それがどんな内容であろうとも、です」

ふわりと笑う姫路。そうして彼女は、改めて俺が《アストラル》を離れていた間の状況をざっくりと教えてくれる。

「本日の前半ですが、これと言って大きな出来事はありませんでした。発生した交戦は一度だけで、襲ってきた二名のプレイヤーは無事に撃退。おそらく《連合軍》の所属かと思われますが……残念ながら、倒し切る前に逃げられてしまいました」

「なるほどな。……いや、あいつらと戦って脱落者が出てないなら充分すぎるくらいの戦果だ。【司令官】《俺》がいないせいで行動値も下がってたってのに良くやってくれた」

「いえ、ご主人様のチームメイトとして、メイドとして当然のことをしたまでです。それに……ご主人様の留守を預かることが出来たのは、わたしだけの力ではありません」

言って、姫路《ひめじ》はちらりと視線を隣へ投げた。そこに佇《たたず》んでいたのは、秋月乃愛《あきづきのあ》——ふわふわのツインテールをしゅんと萎《しお》れさせた彼女は、ちょっと涙ぐんだような瞳で俺のことを見つめている。

「ま、待ってたよぉ……緋呂斗《ひろと》くんの馬鹿、遅刻魔ぁ！　こんなに可愛《かわい》い乃愛ちゃんを何時間も待たせるなんて、他の人なら絶対許さないんだから！」

「……いや、何で泣いてるんだよ秋月。遅いも何も、これは一応最速だぞ？」

「そ、そんなの知らないもん。乃愛が寂しかったんだから関係ないもんっ！」

潤んだ声と瞳を隠すように、俺の前で小さく俯《うつむ》く秋月。

と、そんな彼女のフォローに回ったのは、意外にも榎本進司《えのもとしんじ》だった。

「一応言っておいてやるが……篠原《しのはら》が《アストラル》を離脱していた間、秋月は〝英明《えいめい》のエース〟として申し分ない働きをしてくれたぞ。それは、この僕が保証する」

「そうですね。特に、男子生徒の行動心理をえげつないほどに読み切り、利用し、最小限のスペル消費で次々と《罠《わな》》に嵌《は》めていく手管は圧巻の一言でした。おそらく、今回のイベントでも秋月様――英明の小悪魔にトラウマを抱えた方は少なくないでしょう」

（うわぁ、見たかったような、見なくて良かったような……）

　こっそりと顔を引《ひ》き攣《つ》らせる俺。……詳細はよく分からないが、ともかく秋月の大活躍もあって《百面相《カメレオン》》軍の侵攻を抑えられた、というのは間違いないようだ。

　と――そんな秋月に〝ご褒美〟を要求された俺が言われるがままに彼女の頭を撫《な》で始めた頃、少し離れた位置に立っていた浅宮《あさみや》が「こほんっ」と一つ咳払《せきばら》いをした。彼女は右手の指先で鮮やかなブロンドを弄《いじ》りつつ、ジトっとした目を隣の榎本に向けている。

「ちょっと進司、おかしくない？　乃愛ちが大活躍だったのは認めるけどさ、ウチだって超頑張ってたじゃん。なのに乃愛ちばっかり褒めるとか……もしかして進司、乃愛ちのこと好きなわけ？　それで無理やりアピってる感じ？」

「……どうしてそうなる」

「あ、そうだったの？　えへへ、ありがと♪　乃愛も会長のことは嫌いじゃないけど……でもでも、男の子としては見れないかなぁ。だって、乃愛ちゃんってば一途《いちず》だから♡」

「……どうしてフラれる！」

拗《す》ねたような口調で糾弾する浅宮《あさみや》と小悪魔笑顔で便乗する秋月《あきづき》に翻弄され、不機嫌そうな顔をさらに歪《ゆが》める榎本《えのもと》。彼は仏頂面で腕を組みながら「全く……」などとぶつぶつ呟《つぶや》いていたが、やがて思い直したようにそっと顔を持ち上げた。

「……まあ、何だ。振り返ってみれば、確かに七瀬《ななせ》も活躍していなかったことはないかもしれないな。僕に比べれば些細《ささい》なものだが、0か1で言うなら1だった」

「！　あ、ありが……じゃ、ないっ！　何それ、全然嬉《うれ》しくないし！　ウチが1なら進司《しんじ》なんてマイナス500億だから！　借金まみれだからっ！」

「0か1ならと言っているだろう、馬鹿め。まさか記憶容量まで0になったのか？」

「ば・か・に・す・ん・な！」

榎本の煽《あお》りに対し、浅宮は軽く身を乗り出しながらそんな返事を叩《たた》き付ける――が、まあこのくらいなら彼らにとって日常的なやり取りだ。秋月《あきづき》も何やら微笑《ほほえ》ましげに眺めているし、気を揉《も》む方が馬鹿らしい。というわけで、

「それじゃあ――改めて、今の状況を整理しておこうぜ」

俺は、チームメンバーとの再会で少し緩んだ思考を《アストラル》へと引き戻すためにも、落ち着いた口調でそんな言葉を口にした。先ほどの一斉通信で他チームとの作戦共有やら行動指示は一応終えているが、時間がなかったため最低限の概要しか伝えられていな

い。英明《えいめい》のメンバーにくらいは詳しい状況を知っておいてもらうべきだろう。

「今日の前半が終わる直前——要するについさっきのことだけど、俺は《百面相《カメレオン》》の傘下に入ってない全チームのプレイヤーとコンタクトを取った。表向きには【亡霊】役職の特性だってことにしてるけど、当然アレは《ライブラ》の協力で実現できた通信《もの》だ。ちなみに、その〝《百面相》の傘下に入ってないチーム〟っていうのは、具体的に六学区——二番区彗星《すいせい》、三番区桜花《おうか》、四番区英明、十番区近江《おうみ》、十三番区叢雲《むらくも》、十九番区双鍵《そうけん》だ」

「はい。各チームの生存者を足し合わせますと、合計で二十名ですね」

「二十人かぁ……ねえねえ白雪《しらゆき》ちゃん、《百面相》の《連合軍》にはどれくらいのプレイヤーが参加してるんだっけ？」

「《百面相》自身も含めて十四名ですね。チーム単位で言えば——もはやチームという概念に意味はないのかもしれませんが、ともかくこちらは聖城《せいじょう》に加えて四学区です。七番区森羅《しんら》、八番区音羽《おとわ》、十四番区聖ロザリア、そして十六番区栗花落《つゆり》。本来はもう少し大規模でしたが、既に三チームほど脱落していますのでやや控えめな人数となっています」

「だね。……ま、戦力は全然控えめじゃないけど」

ポツリと零《こぼ》す浅宮。……言いたいことはよく分かる。久我崎《くがさき》や枢木《くるるぎ》なんて強豪が束になったって敵《かな》わないんだから、一人とカウントするのは若干卑怯《ひきょう》なレベルだ。

そして、もう一つ。

「みんなにはちゃんと言っておくけど、《百面相《カメレオン》》——椎名《しいな》紬《つむぎ》ってのは《ライブラ》が用意した敵キャラなんかじゃなくて、いわゆる違反プレイヤー《チーター》ってやつだ。不正な手段で《アストラル》に入り込んで、不正な手段で一大勢力を築き上げた。……だけど、それを明かすのは《ライブラ》と組んでる俺たちにとって得策じゃない」

「はい。もし《百面相》が違反者だとバレれば、イベントが崩壊した挙句《ライブラ》が集中砲火されてしまいますからね。それは、あまり好ましい未来ではありません」

「そういうことだ。でも、どっちにしてもあいつが強すぎることには変わりない——行動値最速、スペルの供給速度最速、全役職のメリット効果だけを併せ持ってる上にマップも最初から全開放……極め付きに、あいつのLP上限は999だ」

「LP999……!?　そ、それはさすがの乃愛《のあ》ちゃんでもちょっと倒しにくいかも」

「や、倒しにくいってゆーか、倒せないじゃんそんなの……無敵ってことじゃないの？」

俺の説明に揃《そろ》って難しい顔をする秋月《あきづき》と浅宮《あさみや》。ただ、そんな二人とは対照的に、一人だけいつも通りの仏頂面で腕を組んでいるやつがいた。

「違うぞ、七瀬《ななせ》。無敵とLP999では全くもって意味が違う」

「え、何で？　999なんてどうせ削り切れなくない？」

「僕たちでは、な。だが、この《決闘》には鬼が——《鬼神の巫女》が存在している。LPが無限にあるのならそれはすなわち倒せないという意味だが、有限の値を持つのなら話は別だ。枢木千梨の《一射一殺》で狩れる可能性は充分にある」

「ぁ……」

「……ま、そういうことだ」

相変わらず鋭い榎本《えのもと》に心の中で称賛を送りながら、俺はニヤリと頬《ほお》を歪《ゆが》める。

「枢木千梨《くるるぎせんり》のアビリティ《一射一殺《ワンショット・キル》》。あれを使えれば、もしかしたら《百面相》を倒せるかもしれない。っていうか、現状それが唯一の可能性だ。だから、まずは枢木を捕まえること――《連合軍》から奪い取ることが最大の目標ってことになる」

説得か、あるいは脅迫か。俺たちを恨んでいるだろう枢木がそう簡単に靡《なび》いてくれるとは思えないが、どちらにしても彼女には協力してもらわなきゃいけない。《連合軍》は〝抜けた時点で最終順位が確定する〟というペナルティさえ受け入れれば脱退可能だし、そもそも《アストラル》は仲間にも攻撃できる仕様だ。システム的には何ら問題ない。

（一応、サブ的な案として姫路の《入れ替え》を無理やり成立させる手もあるにはあるけど……その場合、英明《えいめい》のメンバーが全滅してないと《一射一殺》の条件が満たせないことになるからな。準備はしておくけど、あくまでも最終手段ってことで）

こっそりと思考を巡らせる俺。その目の前で、浅宮がこくこくと首を縦に振る。

「ん……確かに、それならイケるかも。……でもさ、《連合軍》って全部で十何人もいるんでしょ？　その中から一人だけ裏切らせるって、結構難しいこと言ってるような……」

「ああ――だからこそ、これからやるのは全面戦争だ」

そんな浅宮《あさみや》の不安そうな問いに、俺は平然とした口調でそう返すことにした。

「実際、この状況で枢木《くるるぎ》を引き抜いて椎名《しいな》を攻撃してもらう、なんてのは作戦として無茶《むちゃ》苦茶《くちゃ》だ。どう考えても取り巻きが邪魔になる。だけど、プレイヤーの数で言ったら今はこっちの方が大所帯だろ？　それにあいつらが支配してるのはエリアの中央付近……マップの上下に追いやられてる俺たちは、逆に言えば挟撃が出来る構図になってる」

言いながら、俺は《アストラル》のマップを投影展開することにした。六角形のフィールドの中心を横一文字に聖城《せいじょう》の黒いエリアが塗り潰し、その上下に計六色のエリアが点々と存在している。ちょうど、六つのチームで挟み撃ちにしているような格好だ。

「で、《ライブラ》によれば、《連合軍》は《連合軍》で三つのチームに分かれて行動してるらしい。簡単に名前を付けとくと、まずマップ右側に陣取ってるのが《百面相《カメレオン》》――椎名紬《つむぎ》が率いるチームA。左側が《鬼神の巫女《みこ》》枢木千梨《せんり》率いるチームB。そして最後、マップの真ん中辺りにいるのが、霧谷《きりがや》やら久我崎《くがさき》やらが参加してるチームCだ」

「はい。……相変わらず、眩暈《めまい》のするようなラインナップですね」

「そうだな。人数が絞られてきてるせいもあって、もはや高ランカーしか残ってない」

姫路《ひめじ》の呟《つぶや》きに対し、躊躇《ためら》いもなく同意を返す俺。……本当に、姫路以外の三人がいなければ乾いた笑いが出ていたところだ。容赦ない違反者に、チートレベルのワンショットキラー、さらには厄介すぎる不死鳥に6ツ星の絶対君主。もはや化け物の見本市だ。

　けれど——それでも、ここで〝退《ひ》く〟という選択肢は既に残っていないから。

「この三つのチームを、俺たちは三ヶ所で同時に攻撃する。本当はマッチングも吟味したいところだったけど、エリアの有利不利が大きいから今の配置通りに行くしかないな」

「今の配置っていうと……えと、マップ右側の《百面相》部隊《チームA》にあたるのが三番区と十三番区、真ん中の絶対君主さんたち《チームC》にあたるのが二番区と十九番区、そして左側——十番区と乃愛《のあ》たちで挑むのが《鬼神の巫女》《チームB》ってことだよね」

「ああ。……けど、さっきも言った通り、少なくとも《百面相》本人は枢木がいなきゃどうにもならない。だから《女帝》には——というか桜花《おうか》と叢雲《むらくも》の連中にはひたすら椎名の侵攻に耐えてもらって、他の戦線に〝偽物《ニセモノ》〟が出ないようにしてもらう。その間に俺たちが枢木を連れていくって流れだな。んで、中央は霧谷たちを足止めしてもらう係だ」

　倒してもらう、とは言わないでおく。相手の戦力が凶悪だからというのもあるが、実は二番区・彗星《すいせい》学園というのはこういったイベントに主戦級を投入しないことで有名なんだそうだ。実際、今回も三年生は一人も参加していない。相方となる双鍵《そうけん》学園も学校ランキングは下位だし、これでチームCを倒せというのはさすがに高望みし過ぎだろう。

　と、まあそれはともかく。

「そうやって枢木の引き抜きに成功したら、後は《一射一殺《ワンショット・キル》》で椎名を撃ってもらえばいいだけだ。それで俺たちの下克上は完遂。《アストラル》も正常に戻ってくれるはず」

「ん……でもでも、本当に大丈夫かな？　緋呂斗《ひろと》くんを疑うわけじゃないけど、普通に裏切りとか仲間割れとか起こっちゃいそうっていうか……」

「ああいや、その辺は多分大丈夫だ。確かに、《休戦協定》を結んでるとはいえ普通なら裏切りも警戒しなきゃいけないけど……感情はともかく、理屈で考えれば今裏切るのは得策じゃない」

「……？　でも、例えばちょっとでも順位を上げたいとかは？」

「ないな。だって、《連合軍》の仕様的に〝《百面相《カメレオン》》が優勝すればその傘下に入ってるチームは一律で二位〟って扱いになるんだから、もし現状でそれが達成されちまったら他の連中は誰も五位以内に入れなくなる。つまり、《百面相》を倒さない限り、絶対に星が奪われるんだよ。だから、みんな俺に乗るしかない。《百面相》を倒す方法が他にないんだから、嫌でも手を組むしかない」

「わ、確かに……！　えへへ、やっぱり緋呂斗くんカッコいい♡」

甘えるような声を零《こぼ》しながらくねくねと身を悶《もだ》えさせる秋月《あきづき》。それを隣で見ていた榎本《えのもと》や浅宮《あさみや》も、どうやら俺の作戦に異論はないようだ。そして最後に姫路《ひめじ》の方を窺《うかが》えば、彼女はほんの少しだけ口元を緩めながらこくりと小さく頷《うなず》いてくれる。

そんなわけで。

「《アストラル》四日目後半──《百面相》率いる《連合軍》との全面対決。ここで俺たちは、三チームの同時攻撃で《連合軍》の戦力を削りつつ、枢木《くるるぎ》の《一射一殺《ワンショット・キル》》アビリティで《百面相》……もとい、椎名《しいな》を攻撃してもらう」

「うんうん」

「そんな中で、英明《えいめい》が担当するのは当の枢木が率いるチームBの撃破だ。十番区近江《おうみ》学園の連中と協力して、なるべく早く枢木を奪い取る。早くしないと中央の戦線が崩壊して霧谷《きりがや》たちが合流しちまうかもしれないし、もしくは《百面相》が《女帝》を倒しちまうかもしれない……ってわけで、はっきり言って一番重要なパートだ。ここで失敗すると、下手したらそのまま《決闘《ゲーム》》が終わる」

チームメイトたちの目を順に見つめながら真剣な声音で呟《つぶや》く俺。……そして、同時に。

(ここだ──ここが勝負どころだ。椎名だけならまだしも、その後ろに倉橋《くらはし》がいることを考えれば長引かせるのは悪手でしかない。盤外戦術でやり合うような展開になる前に、《百面相》にはぜひ速攻でご退場願いたいところだ)

それも、具体的には今日中に。倉橋の邪魔が入らないうちに椎名を倒し切ってしまうというのが一番の理想と言えるだろう。

だから、俺は──微《かす》かに頬《ほお》を吊《つ》り上げながら、堂々とした口調で呟いた。

「行くぞ、みんな。……今回は、最初っから出し惜しみなしだ」

ʖʖ

五月期交流戦《アストラル》四日目後半。

その開始と共に、広大なフィールドのあちこちで同時に交戦開始が宣言された。

『と、と………とんっでもないことが起きてるにゃぁあああっ!!』

実況を務める《ライブラ》風見鈴蘭《かざみすずらん》の声もすっかり上擦ってしまっている――が、まあ無理もないだろう。何せ、この一斉蜂起に参加しているプレイヤーは六学区二十人。既に《百面相《カメレオン》》の《連合軍》に下っているプレイヤーを除き、《アストラル》に残留している全ての参加者が共謀している計算になるんだから。

文字通りの全面対決。《百面相》の牙城を崩すための大掛かりな博打《ばくち》。

『こ、これは、この展開は一体誰が仕組んだことなのにゃ！　《百面相》の暴走を止めるため、急遽《きゅうきょ》結成された同盟軍！　バトルロイヤルの最中なのにこんな無茶苦茶《むちゃくちゃ》を押し通せるプレイヤーとは一体誰にゃ!?』

『……ううん、違う。違うにゃ』

『そんなことが出来るのは、考えるまでもなくたった一人しかいないのにゃ！』

一言発するごとに、風見の実況はどんどんヒートアップする。その熱は端末を介して漏れなく伝染し、配信を見ている誰も彼もが知らず知らずのうちに高揚感を覚え始める。

そして――ヘッドセットのマイク部分に指を遣《や》った彼女は、心の底から喝采を上げた。

『死の淵から舞い戻った最強無敵の転校生・篠原緋呂斗!!　あの《女帝》に黒星を付けた史上最速の7ツ星が、今、強大なる災厄を打ち滅ぼそうとしているにゃ……ッ!!』

何が何でも視聴者の興味を引き寄せんとする全身全霊の煽《あお》り文句。

それと同時、island tube《アイ・チューブ》の画面上には篠原緋呂斗《しのはらひろと》の各種情報《ステータス》が現れた。エリアにスペル、それから支持率……全て現時点での最下位、あるいはそれに近いような数字だが、それでも彼が曲者揃《くせものぞろ》いのプレイヤーたちを仕切っているのは間違いない。一度は《アストラル》から離脱したものの《MTCG》最難関ルートを最速でクリアし、二つの《決闘》の裏側から戦況を操ってのけた天才なのは、もはや疑う余地すらありはしない。

そんな風見の実況を受けて、island tube のコメント欄も一気に加速し始めた。

『え、え、篠原？』『マジかよ、これあいつが仕組んでるのか？　しかも【亡霊】付き役職って……まさか《MTCG》から入ると特殊技能がつくのかよ!?』『熱すぎだろおい！　やっぱり学園島《アカデミー》最強は最強だった……！』『うぉおおおおお!!　最下位からの逆転劇とかあるのか!?　あるのかぁああああ!!』

もちろん全てが称賛の声というわけではないが、それでも《百面相》が周りを蹂躙《じゅうりん》するだけの展開に鬱憤が溜《た》まっていた視聴者も少なくなかったのだろう。まだ実際の交戦は始まってすらいないのに、徐々に支持率が動き始める。

（……お願い、にゃ）

そして、刻一刻と変わりゆく数字を見つめながら、風見鈴蘭《かざみすずらん》は静かに祈っていた。

（ワタシに出来ることなんて、もうこれくらいしか残ってないにゃ。だから……だから篠《しの》原《はら》くん、後は任せたにゃ！）

＃

相も変わらず電脳空間じみた《アストラル》のAR世界、そのマップ左側の一帯。

上の方には十番区・近江《おうみ》学園の持つ中規模エリアが、下には英明《えいめい》の小さなエリアが広がり、その二つに挟まれるようにして聖城《せいじょう》学園のエリアが横たわっている。

そして、そんな領土を守るべく配置されている部隊は——つまり、俺たちが相手をすることになるチームBのメンバーは、合計四人だ。《ライブラ》のデータベースによれば、役職構成は【剣闘士《ソルジャー》】【剣闘士】【魔術師《メイジ》】【守護者《ガーディアン》】。【剣闘士】のうち一人は他でもない枢木千梨《くるるぎせんり》で、残りは三人とも七番区・森羅《しんら》高等学校のメンバーらしい。

「どうして霧谷だけ別行動してるのかはよく分からないけど……ともかく、この森羅って連中もなかなか厄介な構成だ」

チームBの拠点に向かって足を進めながら、静かにそんな言葉を口にする俺。

昨年の学校ランキング第三位、七番区森羅高等学校——〝絶対君主〟霧谷凍夜《きりがやとうや》も在籍しているかの学校は、非常に好戦的な校風を持つことで有名だ。そして、今回のメンバーもその例に漏れず、かなり戦闘特化のアビリティ構成になっている。

「リーチを伸ばす《射程強化》やら必中攻撃の《イーグルアイ》を採用した遠距離特化型の【魔術師】と、ダメージ範囲を広げる《拡散》が厄介な【剣闘士】。この二人がアタッカーで、最後の【守護者】はサポート役だな。アビリティも防御と索敵に特化してる」

「ふむふむ……う～ん、そうなるとちょっと近付きづらいかも」

対戦相手の情報を一通り聞き、むぅとあざとく唇を尖《とが》らせる秋月《あきづき》。……まあ、確かにそうだ。【魔術師】の射程が長いため遠距離戦は分が悪く、かと言って無闇に近付くと【剣闘士】による範囲攻撃の餌食になる。【守護者】の補助《サポート》もあるため存外に崩しづらい。

そして——どんな風に連携を取るつもりなのかは知らないが——仮にその三人を突破できたとしても、待ち受けているのは十六番区栗花落《つゆり》女子学園所属、枢木千梨だ。多人数戦においては《女帝》と肩を並べる実力者。会ったら逃げろが定石の《鬼神の巫女《ワンショットキラー》》。

（だけど……同時に、《百面相》を倒せるかもしれない唯一のプレイヤー、ってわけだ）

そこまで思考を巡らせて、ごくりと小さく唾を呑《の》む俺。

と——そうこうしているうちに、俺たちはチームBの拠点付近まで辿《たど》り着いていた。先ほどの〝交戦開始〟宣言は彼らにも届いているため、当然の如《ごと》く厳重な警戒態勢が敷かれている。小柄な少女が一人と、端末を構えた少年が二人。そして、その三人に囲まれるような形で佇《たたず》んでいるポニーテールの少女・枢木千梨《くるるぎせんり》。

「なるほど……」

そんな彼らの様子を眺めながら、隣の姫路《ひめじ》がそっと小さく呟《つぶや》いた。

「典型的な迎撃特化の布陣ですね。移動する気は全くなく、全方位に目を光らせて反撃することだけを目的としているようです」

「だよね、どう見てもそういうアレだよね～……むむ。ねえシノ、あの人たちの行動値ってどれくらいなの？　ウチでもよゆーで負けてる感じ？」

「いや、そんなことはない。エリアと支持率の補正を差し引いても大体同じくらいになるはずだ。……ただ、枢木はちょっと厳しいな。アビリティを使っても追い付かない」

「あちゃぁ」

参ったな、とでも言いたげな口調で呟いて、思案するように片手を腰に当てる浅宮《あさみや》。素の行動値なら彼女の方が上だが、やはり敵エリアだとかなりの不利を負わされる。

が、しかし。

「それに関してはどうにでもなる――だって、要はここが聖城《せいじょう》学園のエリアだからマズいんだろ？　なら、この辺り一帯を英明のエリアで上書きすればいいだけだ」

「え？　そうだけど……いやいや、それが出来たら苦労しなくない？　シノ、ウチが馬鹿だからってついに適当なこと言い始めたんじゃ――」

「そんなわけないだろ。……いいか浅宮？　確かに今俺たちがいるのは聖城のエリア内だけど、ここを真《ま》っ直《す》ぐ上に突っ切ればマップの反対側——俺たちの同盟相手である近江《おうみ》のエリアに入る。で、そこの拠点を一つでも譲ってもらえれば、ちょうど聖城のエリアに上書きする形で俺たちのエリアが作れるだろ」

「あ……確かに」

呆気《あっけ》に取られたように呟いて、それからこくこくと頷《うなず》く浅宮。……《アストラル》におけるエリアというのは〝所持している拠点同士を結んだ多角形の内側〟という形で指定される。そして英明《えいめい》と近江のエリアは聖城のそれを挟むように存在しているわけだから、近江の拠点が一つ英明に移るだけでこの辺り一帯は全て俺たちのエリアに変わるんだ。

「……ですが、ご主人様」

と、そこで口を開いたのはすぐ隣にいた姫路だった。彼女は相変わらずの無表情にほんの少しだけ疑問の色を混ぜ込みながら、涼やかな声音で訊《き》いてくる。

「その場合、誰かが聖城学園のエリアを突っ切って反対側まで渡る必要があります。敵陣のど真ん中ですので見つかればただでは済みませんし、それにあちらの【守護者《ガーディアン》】は索敵も含むサポート特化型。簡単にバレてしまうのではありませんか？」

「ま、そうだな。でもさ、索敵ってのは基本的に〝潜んだ敵を感知する〟ために使うモノだろ。なら、もし目の前に明らかな敵がいたとしたら——どうだ？」

「敵、ですか？ ………ああ、なるほど。つまり、囮ということですね？」

一瞬遅れて俺の意図を正しく察し、白銀の髪をさらりと流しながら確認してくる姫路《ひめじ》。

そう――姫路の言う通り、これは一種の〝囮《おとり》作戦〟みたいなものだ。まずは数人で彼らの前に姿を晒《さら》し、ひたすら牽制《けんせい》しつつ注意を引く。そして、その間に残りのメンバーは《隠密《おんみつ》》を使い、どうにかして逆サイドまで回り込む。

「ただ、どっちにしても聖城《せいじょう》のエリアを縦断しなきゃいけないから、道中の《罠《わな》》を感知できる【斥候《スパイ》】は絶対に要《い》る。ってわけで、そっちの面子《メンツ》は榎本《えのもと》と秋月《あきづき》で決まりだな」

「はーい♪ えへへ……乃愛《のあ》、緋呂斗《ひろと》くんのためにいっぱい頑張っちゃうね♡」

あざとい声音でそう言いながらトンっと俺に近付き、上目遣いで見つめてくる秋月。

と、そんな彼女の反応からやや遅れて、榎本が「……待て」と呟《つぶや》いた。

「ならば、僕は一体何の要員だ？ 三番区桜花《おうか》と十三番区叢雲《むらくも》が《百面相《カメレオン》》を抑えている今、秋月が一人で行ったところで偽物《にせもの》の疑いは掛けられないと思うが」

「何言ってるんだよ、榎本は超重要な交渉要員だろうが――だって、一時的にとはいえ近江《おうみ》の拠点を奪わなきゃいけないんだぞ？ 一応《休戦協定》は結んでるけど、話が拗《こじ》れたらペナルティ承知で攻撃してくるかもしれない。そうなったらマズいんだ」

「？ それなら、篠原《しのはら》が――いや、無理か。この作戦はあくまでも〝目の前にいるのが油断ならない強敵だから〟成り立つものだ。学園島《アカデミー》最強くらいの格がなければそもそも囮としての機能を果たせない」

「まあ、確かにそういう意図もないわけじゃないな。でも……仮にそれがなかったとしても、俺は交渉なら榎本の方が上手《うわて》だって本気で思ってるけど」

「！　……ふん、持ち上げるならせめて敬語で喋《しゃべ》ったらどうだ？　篠原」

いつもの仏頂面でそう言うや否や、榎本は俺の返事を待つこともなく《隠密》スペルで姿を消した。直後、秋月が「え!?　ちょっと会長、乃愛ちゃん置いてくなんてひどくない!?」と不満げな声を上げ、榎本と同じく〝不可視〟の状態になる。

そんな二人を見送ってから、俺は小さく一つ頷《うなず》いた。

「よし……それじゃあ、俺たちも行くぞ。まずは囮としてあいつらの前に出て、エリアが書き換わったら一転攻勢だ。ただ、森羅《しんら》の連中はともかく、枢木《くるるぎ》に関してはエリアの補正があっても全く安心できない。多分、浅宮《あさみや》に対処してもらうことになると思う」

「まっかせといて！　ウチにとっては昨日のリベンジマッチだからね」

「よろしくお願いします、浅宮様。わたしも全力でサポートさせていただきますので」

「ゆきりんやっぱ大天使じゃん……進司《しんじ》にもこの百分の一くらい優しさがあればなぁ」

微《かす》かに唇を尖《とが》らせながら、それでも上機嫌に頷いてくれる浅宮。

ともかく――そんなわけで、俺たちの方も行動を始めることにした。堂々とした足取りでチームBの拠点に近付き、【魔術師《メイジ》】の射程にギリギリ入らない位置で立ち止まる。

「……んぁ？」

瞬間、周囲の警戒を欠かしていなかった彼らは当然ながら俺たちの接近にも気付いたようだった。黒髪の【魔術師《メイジ》】に茶髪の【剣闘士《ソルジャー》】、それから【守護者《ガーディアン》】の少女という七番区森羅《しんら》の面々が一斉にこちらへ視線を向ける。そして、当然ながら枢木《くるるぎ》も。

（ん……？）

けれど俺は、その光景に微《かす》かな違和感を覚えた。……枢木の様子が少しおかしい。森羅の三人に囲まれた彼女は確かにこちらへ視線を向けてはいるが、その眼光は昨日相対したときのような鋭いそれではなく、どこか冷めたようなもの。俺たちのことを恨んでいるはずなのに、敵意の一つも向けて来ない。

（攻撃スペルを使う気がない……いや、使えないのか？　例えば、別の交戦で封印系のアビリティを使われたとか……違うな。そんな交戦は起こってない）

小さく首を横に振り、自分の考えを否定する俺。……というか、

（よく考えてみたら、配置からしておかしいだろ。枢木を取り囲むみたいに森羅の連中が立ってるんだから、あいつの射線は塞がれてる。もしかして、枢木を戦わせる気がないのか？　あいつら自身が何かしらの方法で枢木のスペルを封じてる……？）

脳裏を過《よぎ》ったのはそんな可能性だ。突き抜けた交戦能力を持つ枢木千梨《せんり》を封印する意味なんて通常なら存在しないが、当然ながら《連合軍》も一枚岩じゃない。それは、このチ

ームBの編成を見ても明らかだろう。枢木一人に対して森羅が三人、その上彼らのリーダーである霧谷凍夜はここにはいない。……どう見ても作為的なモノを感じる。

が、まあとにもかくにも――接近する俺たちに対して最初に口を開いたのは、枢木の前に立つ黒髪の【魔術師】だった。

「よぉ、噂《うわさ》の英明《えいめい》か。どうした？　まさか今さら俺たちの仲間に入りたくなったのか？」

「仲間に？　へえ、頼んだら入れてくれるのか？」

「もちろんだぜ――とか、そんなこと言うわけないだろ。現段階で《連合軍》は十数人の大所帯だ。この上残りの連中まで仲間に入れてたらそのうち〝敗者〟がいなくなる。温《ぬる》い運動会じゃないんだからよ、あんたらは大人しく潰れとけ」

嘲るようにそう言って、口端に笑みを浮かべる黒髪。その発言に対して後ろの枢木がピクリと眉を動かすが、結局彼女は何も言うことなく、感情を抑えるようにそっと右手を左腕に添える。……やはり、何かしらの制限を受けているのは間違いなさそうだ。

　そんな彼女の様子を視界の端に捉えながら、俺はニヤリと口角を持ち上げた。

「ま、どっちでもいいけどな。それで、俺たちがここに来た理由だったか？　そんなの言うまでもない――バトルロイヤルなんだから、お前らを倒しに来たに決まってる」

「まあ、確かにそれもそうか。だけど残念だったな学園島《アカデミー》最強。俺たちは森羅――七番区森羅高等学校所属、チーム〝霧〟の選抜メンバーだ。強すぎる霧谷《きりがや》先輩を活《い》かすために組まれた迎撃戦特化のチーム……肝心の先輩はいないけど、防衛と迎撃なら誰にも負けない自信がある」

「へえ？　随分と強気だな。自力で勝てないからって得体のしれない《百面相》《カメレオン》の下についた負け犬の分際で」

「！　……あんた、やっぱり気に入らないぜ。正論で人を殴るのは気持ちいいか？　いちいち甘いんだよ、馬鹿が。経緯なんてどうでもいい、最後に立ってたヤツを〝勝者〟って呼ぶんだ。そんな簡単なことも分からないヤツは一生そこで吠《ほ》えてろよ！」

俺の挑発に感情を昂《たかぶ》らせながらも、さすがは高ランカーと言うべきか、黒髪は釣られて動くようなことはなく迎撃態勢を取り続ける。けれど、少なくとも視線と意識をこちらへ釘付けにすることには成功したようだ。時折浅宮《あさみや》によるフェイントなんかも交えつつ、彼らの〝警戒〟を俺たちから一切逸《そ》らせなくする。

そうして、ジリジリとした空気に黒髪が何度目かの舌打ちをした——その時だった。

「……え？」「！」「なッ……!?」

森羅《しんら》の面々が三人揃《そろ》って驚愕《きょうがく》の声を上げる。……まあ、何の心構えもなければそうなるのも無理はないだろう。何せ、彼らの立っている地点も含むこの辺りのエリア全体が、突如として漆黒から鮮やかな翠に塗り替えられたんだから。

（早っ……!?　あいつ、やっぱめちゃくちゃ凄《すご》いな!?）

そんな光景を当たり前のような顔で見つめながら、心の中で榎本《えのもと》に激賞を送る俺。さすがは百戦錬磨の生徒会長だ、予想していたより五分は早い。

「くっそ、何だよいきなり……！」

俺の視線の先では、エリアが塗り替えられたことに動揺した黒髪が激しく悪態を吐《つ》いている。そして、それと同時、彼の後方から一人の少年がこちらへ駆け寄ってくるのが見て取れた。十番区近江《おうみ》の【魔術師《メイジ》】——おそらく、榎本が拠点を占拠している間に先んじて参戦しに来てくれたんだろう。彼は黒髪の背後を取り、強烈な奇襲を仕掛けんとする。

が……しかし、その瞬間。

「——後ろっ！」

「チッ……こっちか！」

気弱そうな少女——索敵アビリティを採用している【守護者《ガーディアン》】の叫び声に超高速で反応し、黒髪はぐるりと俺に背を向けるやノータイムで《魔砲》を使用した。お互いに【魔術師】の役職を持つプレイヤーではあるものの、《射程強化》を持つ森羅の方が明らかにリーチが長く、それ故一方的に先制できる。一発、二発、三発——高い行動値を活《い》かした三連撃が叩《たた》き込まれ、次の瞬間にはプレイヤーの消滅エフェクトだけが残された。……ミスショットなんて一つもない、あまりにも鮮やかな迎撃だ。

しかも——当然ながら、彼らの脅威はそれだけじゃない。

「ッ……！」

黒髪が近江《おうみ》の【魔術師《メイジ》】を撃破した瞬間、混乱に乗じて一気に距離を詰めてきた茶髪が俺たちに向かって大きく端末を振るった。使っているスペルは射程の短い《剣閃《けんせん》》のようだが、《拡散》アビリティによってダメージ範囲が押し広げられている。咄嗟《とっさ》に横へ飛び退《の》いた浅宮《あさみや》はともかく、普通の反射神経ではまず避《よ》けられない。

（え、ちょ、ま——）

「——遅いですっ!!」

瞬間——殺意の高い範囲攻撃の餌食になりかけていた俺の前に立ち塞がったのは、白銀の髪を暴風に靡《なび》かせた【守護者《ガーディアン》】姫路白雪《ひめじしらゆき》だった。白手袋を付けた左手を身体《からだ》の前に差し出した彼女は、その体勢で《防壁》を展開し、【剣闘士《ソルジャー》】の攻撃を完全に流し切る。

「危ないところでした。……お怪我《けが》はありませんか？　ご主人様」

「ああ……俺なら大丈夫だ。ありがとな、姫路」

「いえ、ご主人様を守るのもメイドの務めですから」

ふわりと微笑《ほほえ》みながらそう言って、再び敵陣へと視線を向け直す姫路。今の攻防で一旦最初の衝突は落ち着き、再び睨《にら》み合いの構図に戻っている。

（さて……）

エリアも上書き出来たことだし、このまま接近戦に持ち込みたいところだが……しかしそれには一つ問題《ネック》があった。森羅《しんら》の構成は明らかに迎撃特化。これだけこだわっているんだから、当然俺たちを近付かせないための《罠《わな》》だって大量に張り巡らされていることだろう。【斥候《スパイ》】の秋月《あきづき》は今この場にいないが、わざわざ確かめてもらうまでもない。

けれど――、

（別に《罠》があろうがなかろうがどっちでもいいんだよな。《アストラル》の《罠》はどれも一回限り……つまり、無駄撃ちさせれば解除したのと同じことになる）

そんな作戦を頭の中で振り返りつつ、俺は端末を取り出して、そろそろこちらへ辿《たど》り着くであろう榎本《えのもと》にとある指示を出すことにした。そしてすぐさま画面を切り替えると、今度は《ライブラ》とコンタクトを取る。実況中の風見《かざみ》の代わりに出てくれた少女（名前は知らないが）に対し、ちょっとした操作を依頼する。

そして――フィールドの反対側から榎本と秋月、加えて近江の【斥候】が姿を現したのは、それから間もなくのことだった。忌々しげな舌打ちと共に黒髪が端末を構えるが、出方を窺《うかが》っているのかすぐに攻撃をする様子はない。

「……ふん。出来れば綺麗な手だけで片を付けたかったが……まあ、悪く思うな」

そんな黒髪とは対照的に一切躊躇《ためら》うことなく足を進めると、榎本は自身の《魔砲》が届く寸前の位置でようやく立ち止まった。そうして傍《かたわ》らの二人をわずかに退《ひ》かせ、片手で端末を持ち上げたかと思えば警告もなしにいきなりスペルを使用する。

けれど……射程から外れているんだから、当然その攻撃は誰に届くわけでもない。光線のようなエフェクトが生じはしたものの、そいつは重力に引っ張られるようにふらふらと下降し、森羅《しんら》の三人の眼前に——大量の《罠《わな》》が仕掛けられているであろうゾーンにぶち当たる。もちろん、ダメージなんて欠片《かけら》も発生しない。

が、しかし——

「……は？」

榎本《えのもと》の《魔砲》が地面に落下したその瞬間、何故《なぜ》か該当のマスで《罠》が発動したことを告げるシステムメッセージがこの場にいる全員の視界に表示された。そして、森羅の連中がその意味を理解するより早く、榎本は次々に《魔砲》を放っていく。その度に、入念に張り巡らされていたはずの《罠》が誰も仕留《しと》められずに虚《むな》しく散っていく。

そんな光景をしばし呆然《ぼうぜん》と眺めていた黒髪は、やがて絞り出すような大声を上げた。

「な……ど、どうなってるんだよ、おい!? 俺たちの《罠》が勝手に……！」

「どうもこうもねえよ。……お前らも知っての通り、《アストラル》の《罠》はプレイヤーが踏まなきゃ発動しない。で、そいつを判定してるのは当然この《決闘《ゲーム》》の管理システムだ。ってことはつまり、何かしらのアビリティを使ってそのシステムに〝誤判定〟を起こさせれば踏んでない《罠》も無理やり発動させられるってことだろ？　例えば、今のは《魔砲》が当たったんじゃなくてプレイヤーが足を踏み入れたんだ……って具合にな」

「！　システムの誤判定……《認識阻害》のアビリティか何かか？　くそ、言われてみれば確かに不可能じゃない……！」

ギリ、と悔しげに奥歯を噛《か》み締める黒髪と、そんな彼の忌々しげな視線を悠然と受け流す榎本。……が、もちろんそれは〝演技〟だ。この状況を《決闘《ゲーム》》の開始前から読んでいたわけじゃあるまいし、榎本は《認識阻害》なんか採用しちゃいない。《ライブラ》の協力で一時的に《罠》の発動条件を書き換えてもらっていた、というのが正直なところだ。

けれど、そんな事情は全くもってどうでも良かった。〝千里眼〟の二つ名を持つ榎本進《しん》司《じ》ならこの状況を読み切って《認識阻害》を採用していてもおかしくない――対戦相手が心からそう思ってくれたなら、それはこの場で真実となる。

「すぅー……」

そして刹那、微《かす》かに息を吸い込みながら行動を開始したのは浅宮七瀬《あさみやななせ》だ。鮮やかな金髪を風に靡《なび》かせながら、元地雷原の一帯を抜けてチームBの元へと駆け込んでいく。

「くッ……良い気になるなよ、クソアマがぁ！」

そんな浅宮の突撃に合わせて放たれた《イーグルアイ》の必中攻撃、及び茶髪による範囲攻撃。けれど、浅宮はそれを見透かしていたかのように《防壁》で黒髪の攻撃を無力化すると、続く【剣闘士《ソルジャー》】の攻撃は躱《かわ》しもせずに突っ込んで、多少のダメージを受けながらも最速最短で彼らの前に躍り出た。

そして、

「あのさ。――クソアマじゃなくて、ウチ浅宮七瀬《あさみやななせ》だから。ちゃんと覚えろ？」

「ッ……！」

役職同士の相性も手伝って、浅宮は森羅《しんら》の【魔術師《メイジ》】を《剣閃《けんせん》》スペル一枚で吹き飛ばしてみせた。その攻撃の硬直時間《クールタイム》もほんの一瞬で過ぎ去り、うねるように身体《からだ》を半回転させた彼女は瞬《またた》く間に【剣闘士】のLPを削り切る。まさに芸術、といった様相だ。

「ふっ……」

そうして、ドヤ顔がしたかったのか単に息を吐きたかっただけなのかは知らないが、ともかく浅宮はそこで一旦力を抜いた。それからゆったりと片手を腰に添え、残った二人――森羅の【守護者《ガーディアン》】と枢木千梨《くるるぎせんり》に身体を向ける。

「これでウチらの勝ちはほとんど確定なんだけど。……どうする？　こーさんしとく？」

「「…………」」

そんな浅宮の宣告を受け、相対する二人が返してきたのは沈黙だ。枢木は相変わらず静かにこちらを睨《にら》んでいるだけで、いっそ不気味なくらい大人しい。そして代わりに、【守護者】の少女は何やら思い詰めたような顔をしている。ぐっと下唇を噛《か》んで、それから迷いを振り払うように伏せていた顔を持ち上げて。

「――こ、《拘束の糸》を解除します!!」

彼女がそう言った、瞬間――見た目上の変化が起こったというわけではないのに、それでも傍《かたわ》らに立つ枢木の様子が明らかに変わったのが分かった。目付きが変わった。雰囲気が変わった。どう見ても何かから《鬼神の巫女《みこ》》が、ゆらりと一歩前に出る。

そして、一言。

「ふむ……霧谷《きりがや》の目立ちたがりにも困ったものだな。一応は《連合軍》の仲間だというのに、この私を縛り付けるとは」

「……縛り付ける？」

「ああ。件《くだん》の《百面相《カメレオン》》ではなく、この《連合軍》を実質的に仕切っている霧谷凍夜の指示によって、私は攻撃スペルの使用を全面的に封じられていた。他チームのメンバーを捕虜にする《拘束の糸》というアビリティらしいな。反逆を恐れてのことか自身がより目立つためなのかは知らないが――私は十中八九後者だと思っているが――ともかく自由に動けない状態にあったわけだ。そして、たった今その縛めが解かれたことになる」

ポニーテールを揺らしながら静かに端末を取り出す枢木。

そんな彼女がすっと軽く右手を振るった、瞬間――ギリギリで彼女の射程に入ってしまっていたらしい近江《おうみ》の【斥候《スパイ》】が、たった一発の《魔砲》で瞬殺されていた。攻撃した相手を確実に仕留《しと》める必殺のアビリティ《一射一殺《ワンショット・キル》》。これにより十番区が全滅し、聖城《せいじょう》のエリア及びスペル所持数がさらに増加する。

いや……けれど、どうでもいい。そんなことは、今この場においてはどうでもいい。

「ふぅ……」

カチャリと刀でも持つかのように端末を腰に当て、微《かす》かな呼気を漏らしながらこちらに鋭い視線を叩《たた》き付けてくる枢木《くるるぎ》。……本当に、先ほどまでとは別人のようだ。彼女こそが枢木千梨《せんり》。たった一人で英明《えいめい》を壊滅させかけた《鬼神の巫女《みこ》》。

「霧谷凍夜《きりがやとうや》に恩はないが……せっかく解き放たれたのだから、せいぜい暴れてみせるとしようか。ちょうど貴様らには〝借り〟もある。たっぷりと利子を付けて返してやろう」

「か、借り？　利子？　えっと、何言ってんのか分っかんないけど……でも、上等!!」

枢木の豹変《ひょうへん》に怯《ひる》みながらも、改めて端末を構え直す浅宮《あさみや》。それと同時、俺と姫路《ひめじ》の前には森羅《しんら》の【守護者《ガーディアン》】が立ち塞がり、そう簡単には浅宮のサポートに入れなくなる。

「ッ……」

抜群の反射神経と動体視力を併せ持つ浅宮七瀬《ななせ》と、どんな敵でも一撃で屠《ほふ》る《鬼神の巫女》枢木千梨。そんな二人の近くには榎本進司《えのもとしんじ》が控えており、純粋な戦力としては浅宮の方がやや優勢に思えるが……しかし、だからと言って安心なんかとても出来ない。

（榎本と浅宮……二人とも、昨日は枢木の策略で《決闘《ゲーム》》から排除されてたくらいだ。徹

底的に相性が悪いし、そのことは相手もよく知ってる）

「……ふっ」

そんな俺の内心を見透かしたわけではないだろうが、枢木は小さく笑ってみせる。

「榎本進司に浅宮七瀬、か。まさか、いつかのイベントで盛大に自滅していた二人《ペア》がこの私を倒すつもりだとは恐れ入った。冗談にしてはよく出来ている」

「はあ？　全然冗談なんかじゃないし。てかそれ、去年の話じゃん」

「昨日、無様にも私から逃げ出したのを忘れたか？　貴様ら二人など敵ではない——故にさっさと片付けて、私は篠原緋呂斗に挑みたいんだ。奴《やつ》をこの手で葬る、というのが、今の私を突き動かす至上命題なのだから」

「……むっか」

あくまでも淡々と言葉を発する枢木に対し、浅宮は分かりやすく苛立《いらだ》ちを表した。右手に持っていた端末をゆっくりと持ち上げ、その目を小さく細めてみせる。

そうして、一言。

「進司。……ウチ、勝手に動くから。だから、進司も勝手に合わせて」

「相変わらず無茶苦茶《むちゃくちゃ》を言うな、七瀬。それは作戦どころか指示ですらない、が——了承した。好きに動け、七瀬」

「りょーかいっ！」

言った、瞬間——浅宮《あさみや》はタンッと強く地面を蹴ると、《魔砲》を連打しながら一直線に枢木《くるるぎ》の元へと向かい始めた。補正を含めた現在の行動値は浅宮が〝2〟で枢木は〝4〟。そもそもの身体能力が高いこともあり、浅宮が一時的に枢木千梨《せんり》を圧倒する。

けれど……当然、たったそれだけで崩し切れるほど《鬼神の巫女《みこ》》は甘くない。

「私の間合いに足を踏み入れるとは、やはり軽率だな貴様——ッ！」

浅宮の連撃がわずかに収まったその瞬間、枢木は居合切りの要領で端末を引き抜きながら《剣閃《けんせん》》スペルを使用した。《一射一殺《ワンショット・キル》》の効果が適用された確殺の一撃。先ほどのように〝あえて受ける〟という戦法は成り立たないため、一旦回避に専念する外ない。

——けれど、

「避《よ》けるとか、ウチの趣味じゃないから……！」

「な⁉」

そうと分かっていながら、浅宮は一切止まることなく攻撃を続行した。あの枢木千梨が意表を突かれるほど突飛で無謀な選択。当然ながら、既に放たれた必殺の《剣閃》はいとも容易《たやす》く浅宮のLPを削り切る……はずだったの、だが。

「ッ⁉」

突如、《剣閃》の攻撃エフェクトが途中で無理やり方向を変え、浅宮に直撃することなく思いきり空を切った。何者かによって軌道を操作されたとしか思えない急転換。そんな芸当が出来るのは、この場には当然彼しかいない。

英明《えいめい》学園生徒会長にして〝千里眼〟の二つ名を持つ6ッ星――榎本進司。

「ふん……補助アビリティ《避雷針》だ。既に実行された攻撃の対象を無理やり〝僕〟にすり替える。その上で僕が相手の射程から外れていれば、当然その攻撃は届かない」

「な……貴様、何故《なぜ》そのようなアビリティを――」

「何故？　決まっている。相手がどんな手を隠していても一切構わずに突貫する馬鹿が相方なのでな。その無茶《むちゃ》をフォローできるアビリティは必須だろう」

「っ……」

「……ふぅん？　進司《しんじ》、そんなこと思ってたんだ。ウチが相方ねぇ……にへへ……」

「！　……なんだ七瀬《ななせ》、そのニマニマと気色の悪い顔は」

「わ、笑ってんだから可愛《かわい》いって言えバカ！　バカ進司！」

文句を言いながらもくすぐったそうな笑みを隠し切れていない浅宮。ともかく、榎本《えのもと》のサポートもあって初めてまともに攻撃が通り、枢木のLPが3だけ削れる。

「くっ……まだだ！」

が、枢木はそこで颯爽《さっそう》と身体《からだ》を翻《ひるが》すと、続けざまに《剣閃》を振るおうとしていた浅宮から大きく距離を取った。そうして一転、今度は浅宮ではなく榎本に狙いを定める。

「《避雷針》を持つサポーターがいるのであれば、先にそちらから倒すのが定石というものだろう。先ほどのダメージから鑑みるに、浅宮七瀬《あさみやななせ》の役職は【剣闘士《ソルジャー》】だ。誰かを庇《かば》えるようなアビリティなど採用できない——すなわち、貴様では榎本進司を守れない」

「っ……！」

「ふっ……惜しかったな。貴様らのチームワークなど所詮その程度だ」

勝利を確信したような宣告。事態に気付いて浅宮もすぐにその背中を追うが、枢木《くるるぎ》は既に榎本《えのもと》の正面にまで回り込んでしまっている。ポニーテールを勢いよく舞い上がらせながら、彼女は微《かす》かな呼気と共に自身の端末を横薙《よこな》ぎに振るう。

が——しかし、

「教えてあげる。……アンタの敗因は、ウチらのせーちょーを知らなかったことだね」

そんな枢木の攻撃は、実行されることなく途中で止まっていた。いや、それだけじゃない。彼女の身体《からだ》はいつの間にか《魔砲》スペルのエフェクトで豪快に貫かれている——サイトモードを開いて確認してみれば、枢木のLPを表すクリスタルが残り一つのところまで砕け散ってるのが分かった。

そのダメージが、というよりは状況そのものがよく分からない、といった顔で、枢木はゆっくりと浅宮の方へ視線を向ける。

「貴様……今、何をした？　どうやってその距離から攻撃を届かせた？」

「何って、そんなのアビリティに決まってるじゃん。プレイヤー一人を指定して、その人

が、ピ、ン、チ、に、な、る、と、諸、々、の、ス、テ、が、上、が、る《窮鼠《きゅうそ》》ってアビリティ。多分アンタが《一射一殺《ワンショットキル》》を持ってるからさっきの進司《しんじ》が〝絶体絶命〟だって判定されて、それでウチの射程が伸びたんでしょ」

「……？　つまり、貴様はそのアビリティの対象を榎本《えのもと》進司にしているのか？　ピンチに陥った際に守れる対象として彼を選んでいる……？」

「う……そ、そうだけど、なんかモンダイある？　別に、アレだから。進司がどうとかじゃなくて、ただサポーターが落ちたら困るっていうか……それだけだし」

「それほどまでに仲睦《むつ》まじくなっていたとは……計算外だ……」

「な、仲良くない!!」

微《かす》かに顔を赤くしながらぶんぶんと首を横に振る浅宮《あさみや》。それから、彼女はゆっくりと枢《くる》木《ぎ》に近付くと、意外にも丁寧な手付きで彼女の両手を拘束する。

「……これは、一体何のつもりだ？」

「まだ分かんないわけ？　さっき、ウチはアンタに《魔砲》を使った。《銃火》にしてれば役職の相性補正でアンタを倒せたのに、倒、さ、な、か、っ、た」

「…………なるほど。要するに、またもや篠、原、緋、呂、斗、の、策、略、というわけか」

溜《た》め息《いき》交じりに呟《つぶや》きながら、相変わらず鋭い視線を俺の方へと向けてくる枢木。……ちなみに、彼女が膝を突いたことで森羅《しんら》の【守護者《ガーディアン》】はとっくに戦意を喪失しており、近くに潜んでいた秋月《あきづき》によって既にさくっと葬られている。

　まあ、それはともかく——枢木の交戦能力が物理的に封じられたところで、俺は姫路《ひめじ》と共に彼女の元へと歩みを寄せることにした。浅宮が後ろ手に拘束しているためどこか捕虜のような格好だが、そうでもしないとこの《鬼神の巫女《みこ》》は抑えられない。

　小さく笑みを浮かべて声を掛ける。

「よお、一日ぶりだな枢木。お前が散々侮ってた二人に負けた気分はどうだ？」

「最悪だな。せめて貴様を倒せれば少しは違っていたかもしれないが」

「だろうな。ま、どっちにしろこんなチームじゃ無理だったと思うけど」

　俺の言葉にそっと視線を逸《そ》らす枢木。……先ほども少し零《こぼ》していたが、このチームBというのは決して彼女を活《い》かすためのチームじゃない。むしろ、どちらかと言えば封じるための編成だった。そんな中で、枢木が満足に力を発揮できるはずはないだろう。

「なあ、枢木。……確かにお前はめちゃくちゃ強いよ。《一射一殺》の性能はとんでもないし、それがなくても5ツ星の中じゃ普通に厄介な部類だ。でも、今回は俺たちに負けた」

「……人数差で押し勝っておいてよくもそこまで口が回るな、7ツ星」

「ああ。だって、俺の記憶じゃお前は〝一人の方が強い〟って言ってたはずだからな。これでもフェアにやったつもりだぜ」

「ッ……」

途端に黙り込む枢木《くるるぎ》。……そう、それは昨日の交戦の際に彼女が零《こぼ》した台詞《せりふ》だ。《一射一殺《ワンショット・キル》》の発動条件は〝仲間が既に脱落していること〟。だから自分は一人の方が強いと。

「けど――それ、多分お前の思い込みだぞ？　今日の交戦と昨日の交戦を見比べてみればよく分かる。お前は栗花落《つゆり》の面子《メンツ》といた時の方が明らかに強かった」

「馬鹿な……そんなはずはない。栗花落は元より私のワンマンチームだ。他の面子など数合わせの飾りに過ぎないし、彼女たちだってそれを望んでいるはず。付き合わされたくない、と、そう思っているはずだ。……そうだ、だからたとえ独りでも、私が頑張らないわけにはいかないんだ――栗花落女子を勝たせるために」

「付き合わされたくない、ね……そいつはどうかな」

自分に言い聞かせるように呟《つぶや》く枢木に対し、俺は小さく笑みを浮かべてそう言った。

「実はさ、俺が《アストラル》を出て《ＭＴＣＧ》に参加してた時、会場で栗花落のメンバーに会ったんだ。そこでお前の話も出たんだけど……あいつ、ちょっと怒ってたぞ」

「……怒って？」

「ああ。この《決闘《ゲーム》》の勝敗以前に、お前が《百面相《カメレオン》》に屈したのが――いや、自分たちが弱いせいでリーダーにそんな行動をさせちまったのが悔しい、って言ってた。んで、次はお前にそういう役回りを引かせないためにも、栗花落全員で強くなりたいって。……ったく、何が〝一人で頑張らなきゃいけない〟だよ。周りが見えてないだけじゃねえか」

「ッ……！」

そんな俺の言葉に、枢木千梨《せんり》は大きく目を見開いた。

彼女からすれば、予想外の方向から殴られたようなものだろう——枢木は確かに多人数戦の猛者として知られているが、実はその仲間に焦点が当たったことはほとんどない。それは枢木本人が圧倒的に強いからだ、他の面子に注目する余地がないほどに。

けれど、だからと言って寄せ集めのチームで良いわけがない。だってそもそも、ただ強いというだけならわざわざ〝多人数戦の〟猛者、なんて限定する必要はないわけだ。彼女がイベント戦を制した時、その隣にはいつも栗花落のチームメイトがいた。

「そう、か……」

俯《うつむ》いたまま力なくポニーテールを振って、悔しげに下唇を噛《か》み締めて。

「私は、間違っていたのか。みんながいたから、私は《鬼神の巫女《みこ》》になれたのか……」

ポツリとそんな言葉を口にする枢木。……これで、彼女の戦意は完全になくなったと思っていいだろう。少なくとも、《連合軍》に従う理由はなくなった。

それからややあって、枢木は少し穏やかになった口調でこんなことを言う。

「それでは……一つ頼まれてくれるか、7ツ星。私を倒してくれ——終わらせてくれ。次はもう一度、栗花落全員で貴様に挑む」

「……ハッ。そりゃ厄介な話だな」

口元を緩めながらそう返す俺。……そして、

「でも、残念ながらそれは出来ない。お前には、協力してもらいたいことがあるんだ」

「……？」

小さく眉を顰《ひそ》めて首を傾《かし》げる枢木《くるるぎ》に、俺は事の次第を話すことにした——。

♭♭

——同時刻、《アストラル》マップ右端の一帯。

篠原緋呂斗《しのはらひろと》の指揮により始まった全面戦争——その一端を担っていた三番区・桜花《おうか》学園と十三番区・叢雲《むらくも》学園の同盟軍は、今まさに壊滅の危機にあった。

「くっ……」

柱に背中を押し付けて、桜花のリーダーである彩園寺更紗《さいおんじさらさ》は小さく顔を歪《ゆが》ませる。

……別に、油断をしたというわけじゃない。

相手は強大な《連合軍》。それも、更紗たちが相手をしなければならないのはその頂点に立つ《百面相《カメレオン》》だ。元々〝倒せない〟と分かっている相手だから、本気でやり合うつもりなんてもちろんなかった。篠原の〝秘策〟が成立するまで足止め出来ればそれでいい。

なのに、

（やっぱり、あの入れ替わりはズル過ぎるわね……）

今日の《百面相》はとにかく絶好調だった。各所の交戦開始が宣言された直後、お得意の擬態であっという間に叢雲を殲滅。昼休みの間に打ち合わせていた作戦は全て水泡に帰し、完全に出鼻を挫《くじ》かれたままズルズルと乱戦に持ち込まれ……今や桜花の方も、生き残っているプレイヤーは更紗を含めて二人だけだ。

去年の学校ランキングでは堂々の一位に君臨した桜花学園。……今回の《決闘《ゲーム》》だって万全の布陣だったはずだ。実際、《百面相》が暴れ始めるまでは首位を独走していた。

（でも、いくら攻撃しても倒せない相手なんてどうしようもないわ――ＬＰも行動値も何もかも異常なんだもの。さっき篠原が言ってたみたいに、運営側が用意した敵キャラってことにでもしておかなきゃ〝不正〟にしか見えない。……まあ、倉橋《くらはし》のことだから《ライブラ》が《百面相》を庇《かば》わざるを得ない〟ことまで計算のうちなんでしょうけど）

内心でそんなことを考えながら小さく歯噛《はが》みする更紗。

「こ……こ、これからどうするっすか、更紗さんっ!?」

「……そうね」

唯一生き延びているチームメイト・飛鳥萌々《あすかもも》に縋《すが》るような視線を向けられ、更紗はそっと胸元で腕を組んだ。これからどうすればいいか。そんなのは、考えるまでもない。

「決まってるわ。……後ろにいるあいつに追い付かれないように、でも完全には撒《ま》かないように、とにかく距離を保って時間を稼ぐの」

「!?　ほ、本気で言ってるっすか!?　無理っすよ、逃げた方がいいっす!!　このままじゃ二人ともやられちゃうっす！　あいつ、ちょっと強すぎるっす！」

「そうかもね。でも、だからこそよ。《百面相《カメレオン》》は確かにちょっと強すぎる。だから全員で徒党を組んで一気に葬り去らなきゃいけない……それをやろうとしてるのが今なの。もしこの作戦が失敗したら、《百面相》を倒すチャンスは二度と来ないかもしれないわ」

「う……そ、それはそうっすけど……」

「ふふっ、大丈夫よ萌々《もも》。……多分、もうすぐだから」

探索系のアビリティで《百面相》との距離を正確に把握しながら、心の底にある不安や弱音は全部全部押し隠して——彩園寺更紗《さいおんじさらさ》は、にこっと可憐《かれん》に微笑《ほほえ》んだ。

「もうすぐ、アイツが増援を連れて来てくれるから——どうにか凌《しの》ぎ切りましょう」

♭♭

「ふぅ。……あーあー、全ッ然大したことなかったな」

——こちらも同時刻、否、それよりも少し早い時間の中央エリア。

全面戦争の最後の一角、二番区彗星《すいせい》と十九番区双鍵《そうけん》による挟み撃ち——それを軽々と退けた彼らは、他に誰もいなくなったフィールドで勝利の余韻に浸っていた。

篠原緋呂斗《しのはらひろと》によって〝チームC〟と名付けられた精鋭揃《ぞろ》いのメンバー。

まず一人、両手を頭の後ろで組み、欠伸《あくび》交じりに文句を言っているのは霧谷凍夜《きりがやとうや》だ。七番区森羅《しんら》高等学校の三年生にして〝絶対君主〟の二つ名を持つ優勝候補。６ツ星かつ色付《シン》き星所持者《グルカラー》である彼は、名実ともに森羅のトッププレイヤーだ。

そんな彼は、いかにもつまらなそうな口調で続ける。

「十九番区は雑魚《ザコ》だからともかく、二番区なら学校ランキングでも四位だろ？　どうしてこんなに手応えがねーんだよ」

「……さて、どうだろうな」

その発言に相槌《あいづち》を打ったのは、同じくチームＣの久我崎晴嵐《くがさきせいらん》だ。八番区音羽《おとわ》学園のリーダーにして〝不死鳥〟の異名を持つ５ツ星。トレードマークの黒マントを風にはためかせながら、彼は静かに自分の推測を口にする。

「彗星は常に主力を温存していると聞く。他にも、例えば十七番区の天音坂《あまねざか》は新入生しか参加していないようだったし、必ずしも最強の面子《メンツ》を揃えているというわけでもない」

「チッ、あーあーそうかよ。ったく、オレ様はそういうのが一番嫌いなんだ。言い訳ってかもはや舐《な》めプの領域じゃねーか。なあ、そう思わねーか不死鳥？」

「ククッ、僕は自分が勝てるならどちらでも構わない。執着のある相手なら別だがな」

カチャリと銀縁の眼鏡に指を当て、微《かす》かに口角を持ち上げる久我崎。

「それに……手応えがないとは言うが、こちらも被害がなかったわけではないぞ？　最初は六人いたというのに、今や僕ら三人だけだ」

「………はぁ」

と——そこで久我崎《くがさき》に話を振られ、最後の一人である目立たない印象の少女は小さく溜《た》め息《いき》を吐《つ》いてみせた。十四番区聖ロザリア女学院所属の4ツ星、皆実雫《みなみしずく》。霧谷《きりがや》や久我崎と違って二つ名を持つようなプレイヤーではないが、それでもここまで生き延びている。

そんな皆実は、いかにも憂鬱そうな表情で言葉を紡いだ。

「最悪……まさか、わたしだけ取り残されるなんて。端っこの方で見学しててもいいよって言われたから仕方なく参加したのに、これじゃまるでメインみたい……はあ」

「……本気で言っているのか？　ロザリアの。確か、貴様も色付き星所持者だろう」

「初対面の男に貴様とか言われるし、ホント最悪……帰りたい……」

「おい」

久我崎の問いかけをローテンションでスルーして、皆実は静かに溜め息を吐く。……計算違いだった。誰かに注目されないように等級を4ツ星で止め、色付き星《ユニークスター》を持っていることも公表せず、大人しい立ち振る舞いを心掛けてきたというのに、こんなところまで生き延びてしまった。七番区リーダーの絶対君主・霧谷凍夜《とうや》と八番区リーダーの不死鳥・久我崎晴嵐《せいらん》。こんな濃すぎる面子《メンツ》の中にいたくない。キャラじゃない。

そんな皆実の後悔とは裏腹に、霧谷は尊大で好奇に満ちた視線を彼女に向けている。

「ああ。確かにてめー、良かったぜ。目立つ活躍はなかったが、アビリティの使い方もスペルの捌《さば》き方も頭一つ抜けてやがった。事と次第に依《よ》っちゃ惚《ほ》れてるな」

「……そう？　ごめん、わたし……えっと……そう、女の子しか好きじゃないから」

「ひゃはっ！　いいねぇ、ますます気に入ったぜ！」

獰猛《どうもう》に表情を歪《ゆが》める霧谷。それに対して「うわ……」と鬱陶しそうな声を零《こぼ》してから小さく溜め息を吐くと、皆実はふいっとそっぽを向いてしまう。

そんな一連のやり取りを終えてから、霧谷は改めて久我崎に向き直った。

「で、さっきの話だ。……確かにこっちの手駒も三人ばかり殺《や》られたが、代わりに二番区と十九番区で合計七人倒してる。7キル3デスなら上等だろ。しかも、こっちの面子はほぼほぼ完璧、リソースだって大量に残ってる。こんなん、負ける気がしねーよ」

「……ほう？　ブラフでないなら大した自信だな。相手は《女帝》と7ツ星だぞ」

「わーってる、わーってるよ。そりゃ要するに、オレ様の株を今以上にぶち上げる大チャンスってことだろ？」

ニヤリと口角を上げながら自身の端末を宙に放り投げ、落ちてきたそいつをノールックでパシッと掴《つか》む霧谷。そこには、《連合軍》に関わる全ての情報が詰め込まれている——そう、《百面相《カメレオン》》本人が指示出しをしないこともあり、この《連合軍》の指揮官は実質的に霧谷だ。チーム編成も、戦況も、スペルの配分も、全ては彼によって管理されている。

「だから森羅《しんら》の連中を使って枢木千梨《くるるぎせんり》を封印《ナーフ》したんだ。あいつは災厄みたいなモンだからな、全力を出されたらオレ様の活躍が目立たねえ。これでもし篠原緋呂斗《しのはらひろと》まで倒された日にゃこっちの面子《メンツ》が丸潰れだっての。一番目立つのはこのオレ様だけでいい」

「ククッ――相変わらず威勢がいいな、森羅の。ならば、まずは手始めに英明を狩るぞ」

「ひゃはっ！　いいねえ、そうこなくっちゃなあ！」

その返答に機嫌を良くし、いよいよボルテージを高めていく霧谷《きりがや》。

そんな彼に合わせるように不敵な笑みを浮かべながら、久我崎晴嵐《くがさきせいらん》は静かに思う――。

（……全く、何が〝株を上げる〟だ。貴様の名前など、妙な小細工をせずともとっくに知れ渡っているだろう）

（《決闘《ゲーム》》相手を次々と再起不能に叩《たた》き落す七番区の絶対君主・霧谷凍夜《とうや》――）

（本当に。……敵に回すなど、考えたくもない男だ）

#

――〝彼ら〟との接触は、唐突に起こった。

枢木千梨率いるチームB、それを撃破してから間もなくの話だ。彼女への作戦共有を一通り終え、移動を始めながらも《ライブラ》を通じて他地区の戦況を確認しようとしたその瞬間、彼らは堂々と俺たちの前に立ち塞がった。

「よお、7ッ星」

その中の一人、黒髪オールバックのイケメンがそう言って一歩前に出る。森羅のリーダーにして絶対君主の二つ名を持つ6ッ星。榎本曰《えのもといわ》く〝彼と戦った直後に島を去るプレイヤーも少なくない〟というくらい、徹底的なやり方で勝利を求めるバトルジャンキー。

「オレ様の名は霧谷凍夜だ。さっきは森羅《ウチ》の連中が世話になったみてーだな？」

「さあな。敵の所属なんていちいち確認してねえよ」

「いいねえ、オレ様好みのドライな考え方だ。実際、チームメイトっつっても思い入れなんか全くないからな。別に敵討ちを気取るつもりはねーんだけど……まあ、アレだ。ただ単純に、オレ様の名誉と栄光のために、てめーはここで逝ってくれ」

「……へえ？　好戦的だってのは聞いてたけど、やけに突っかかって来るじゃねえか」

「ひゃはっ！　ああ、まあな。そりゃそうだ。……なんせ、てめーと《女帝》だけは確実に狩れ、ってのが今回の依頼だからよ」

（っ……!?）

霧谷がぼそっと付け加えた言葉を聞き、俺は思わず目を見開いた。……依頼？　俺と彩園寺《さいおんじ》を倒すのが〝依頼〟だと言ったのか、こいつは？

（そうだとすれば、間違いない……こいつも倉橋御門の仲間ってことかよ）

そんな確信を抱きつつ、霧谷にバレないよう小さく拳を握る俺。実際、《連合軍》アビリティで他の学区の連中も仲間にするという前提があるんだから、それを見越して別チームに協力者を仕込むことだって不可能じゃない。つまり霧谷《きりがや》は、最初から《百面相》と組む前提で《アストラル》に潜り込んでいたということになる。

（確かに、それなら《連合軍》を動かせるポジションにいてもおかしくない……さっき枢《くる》木《ぎ》が言ってた通りだ。くそ、一気に面倒なことになってきやがった）

《連合軍》の実質指揮官。《百面相《カメレオン》》に次ぐナンバー2。倉橋《くらはし》御門《みかど》の協力者。……それらの情報を踏まえれば、この交戦の危険性と重要性は想定していたよりもずっと高くなる。

「っ……枢木！」

だから俺は、咄嗟《とっさ》に身体《からだ》を横に向けると絞り出すような声で彼女の名を呼んだ。

「頼む、お前は先に行ってくれ。この後の流れは大体さっき伝えた通りだ。あと一応、最終順位に関わるから《連合軍》はギリギリまで抜けるなよ？」

「な……だ、だが、まずはここを切り抜けるのが先決ではないのか？」

「そうだけど、それはLP1のやつが気にすることじゃない。もしもお前がここで倒れちまったら全部が水の泡になるんだよ――だから頼む、行ってくれ！」

「っ……ああ、任された！」

俺の目を見て頷《うなず》いて、枢木は《隠密《おんみつ》》スペルを使用した。彼女が裏切らないという絶対の保証はないが、さっきの説得が効いていると信じて託す外ないだろう。だって、霧谷たちチームCがここにいるということは、二番区彗星及び十九番区双鍵は既に壊滅しているということだ。彼らの侵攻を食い止めなければこの作戦は破綻する。

「――ひゃはっ」

そして……枢木千梨《せんり》がいなくなったことなんて微塵《みじん》も意に介さず、霧谷は獰猛《どうもう》な笑みで自身の端末を引き抜いた。それから、ひどく愉《たの》しげにこんな宣言をしてみせる。

「御託《ご》は要《い》らねえ。……始めるぞ」

刹那《せつな》、雪崩《なだ》れ込むようにして交戦の幕が開けられた。

まずこちらへ特攻してきたのは、霧谷凍夜《とうや》ともう一人――どこかクールで大人しい印象の少女だ。名前は皆実雫《みなみしずく》。加賀谷《かがや》さんの調べによれば、十四番区聖ロザリア女学院所属の4ツ星らしい。役職としては霧谷が【斥候《スパイ》】で皆実が【魔術師《メイジ》】……おそらく、この二人がチームCのメインアタッカーなのだろう。

そして、そんな二人の後ろで不敵に嗤《わら》っているのは、相変わらず銀縁眼鏡に黒マント姿の久我崎晴嵐《くがさきせいらん》だ。彼の持つ好戦的でリーダー気質《かたぎ》なイメージからすると少し意外な気もするが、その役職は【守護者《ガーディアン》】。立ち位置からして二人の補佐《サポート》に徹する形だろう。

『う、うわぁ……《連合軍》に不死鳥くんがいるのは分かってたけど、こんな構成で来ちゃうんだ。贅沢《ぜいたく》っていうか何ていうか……慢心なんか一ミリもしてないよねぇ』

俺の耳元では加賀谷さんがそんな風に嘆いている。……が、まあそうなる気持ちもよく分かる。要は〝《連合軍》の強みをフルに生かした有力プレイヤーの寄せ集め〟なんだから、チームとしての戦力は当然とんでもないことになるだろう。

　そして……そんな懸念は、早くも戦況に現れ始めた。

「え、ちょ——何これ、ウザすぎっ！」

【剣闘士《ソルジャー》】という役職を活《い》かし、近接距離に持ち込んで皆実《みなみ》に《剣閃《けんせん》》を浴びせようとする浅宮《あさみや》。けれどその攻撃は、何故《なぜ》かことごとく《防壁》スペルに弾かれている——攻撃直後の硬直時間《クールタイム》を狙っているから皆実自身はアクションなんか使えないはずなのに、だ。

「ええ……可愛《かわい》いなって思ってた初対面の女の子にウザいとか言われた。死ぬしか……」

「ちがっ、そういう意味じゃないしっ！　可愛いってありがと！　……あと《防壁》！」

「反応が早い……ちょっと面倒」

　気怠《けだる》そうに言葉を紡いではいるものの、皆実の動きはかなり洗練されていると言っていい。行動力で勝っているはずの浅宮と互角に打ち合い、時折危うい場面があったとしても唐突な《防壁》で守られる。やはりそれは、どう見ても彼女の張ったものじゃない。

　となれば——その使用者となり得るプレイヤーは、たった一人しかいないだろう。

「ククッ……どうだ篠原《しのはら》？　貴様も知っているだろうが、僕は巷《ちまた》で〝不死鳥〟と呼ばれていてな。その所以《ゆえん》からは少し離れるが、そもそもの性分としてはこちらの方が向いているんだ。僕は、絶対に死なない——死なないし、死なせない」

カチャリと眼鏡に指を遣《や》りながらそんな宣言をする久我崎《くがさき》。その仕草は鬱陶しい以外の何物でもないが、言葉の内容は嘘偽《うそ》りのないホンモノだ。おそらく、座標変化系のアビリティを使って《防壁》スペルを遠隔で飛ばせるようにしているんだろう。そんな厄介すぎるサポートも相まって、あの浅宮でさえ皆実に攻撃を届かせることが出来ずにいる。

加えて、彼らの主力はそもそも皆実雫ではない。

「ひゃはっ！　──《調合・改》起動」

余裕と愉悦と嘲笑交じりの声音で、霧谷《きりがや》はそんな言葉を口にした。端末をこちらへ突き付けつつ、まるでとっておきのプレゼントを披露するかのような口調で続ける。

「特殊アビリティ《調合・改》──こいつは面白えぞ？　元は単なる汎用アビリティだったんだが、そいつを黒の星の特殊効果で《改造》してやった。こうなると、その効果はもはや汎用なんてレベルじゃねー。色付き星の限定アビリティとでもタメを張れる」

「っ……そりゃまたとんでもない性能だな、おい。《†漆黒の翼†》と同じレベルのアビリティを量産できるってことかよ」

「そういうこった。自由度の高さなら色付き星《ユニークスター》の中でも断トツだろうな」

俺の反応が期待通りのものだったのか、さらに口角を上げて続ける霧谷。

「んで──《調合・改》は、本来なら一枚ずつしか使えねえ攻撃スペルを何枚でも重ね掛け出来るっつー便利な補助アビリティだ。同種のスペルを組み合わせて威力やら射程やらを強化することも出来るし、複数のスペルを混ぜ合わせて新種のスペルを作ることも出来る。ってわけで、詳しくは今から実演してやるよ。《魔砲》と《剣閃《けんせん》》の合体スペル――その名も《魔法剣》だ。ひゃはっ、せいぜい耐えてみせろや7ツ星！」

（が、合体スペル!? 何それ超カッコい――じゃない、やべえ!!）

ハイテンションな霧谷《きりがや》の啖呵《たんか》に対し、俺は内心でそんな悲鳴を上げる。……複数の攻撃スペルを〝合成〟して新たなスペルを生み出す《調合・改》アビリティ。注ぎ込むスペルを増やすことで威力が増し、射程が伸び、さらには様々な役職の弱点を突けるようにもなる。色付き星《ユニークスター》の効果で《改造》しているというだけあってさすがに強力だ。

――と、

「危ないです、ご主人様……っ！」

俺がそこまで思考を巡らせた辺りで、霧谷の放った何発目かの《魔法剣》が嵐のような勢いで俺のすぐ脇を突き抜けていった。距離にしておよそ数センチ。姫路《ひめじ》に身体《からだ》を引き寄せられていなかったらまず間違いなく命中していたことだろう。

「っ……悪い姫路、助かった」

「いえ、ご主人様がご無事で何よりです。それにしても、厄介なアビリティですね……」

俺の耳元に顔を近付けたまま囁《ささや》くようにそんなことを言う姫路。……確かに、彼女の言う通りだ。今の《魔法剣》なんてまだまだマシな部類。潜伏性を付与できる《罠《わな》》を合成

されてしまうと、それだけで致命傷になりかねない。

(くそ、色々と想定外だ……)

心の中で悪態を吐《つ》く――何にせよ、とにかくタイミングが悪すぎた。霧谷凍夜《きりがやとうや》が強敵だというのはもちろん分かっていたが、本命の枢木《くるるぎ》対策にかなりの時間を取られたため対霧谷用の作戦《イカサマ》なんて何一つ作れていない。そして、本当は7ツ星でも学園島《アカデミー》最強でもない俺だから、事前に策を準備できない状況だとただ翻弄されるしかなくなってしまう。

(もう少し……もう少しだけ、時間があれば――)

そんなことを思った、瞬間だった。

「ふん……」

少し離れた位置から浅宮《あさみや》の援護を行っていた榎本《えのもと》が、突如身体《からだ》を翻《ひるが》したかと思えば霧谷の眼前へと足を進め始めた。その唐突な行動に、霧谷は小さく眉を顰《ひそ》める。

「あ？　てめー、英明《えいめい》の生徒会長だよな。【魔術師《メイジ》】風情《ふぜい》が何前線に出て来てやがんだよ」

「それを言うなら霧谷の方こそ【斥候《スパイ》】風情だろう。とやかく言われる筋合いはない」

「うーわ出たよそういうの。分かってねーな、どう考えても【斥候】が最安定だろ。採用できるアビリティの幅が一番広いし、そもそもこの《アストラル》じゃ基本攻撃スペル三種より《罠》の方が圧倒的に強え。そいつを上手《うま》く使える【斥候】サマを舐《な》めんなよ」

「いいや、そんなものは使い手の力量次第だ。スペルとスペルとの間に明確な序列などありはしない。……それに、もしや分かっていないのか？　【魔術師】と【斥候】の対面なら【魔術師】の方が遥《はる》かに有利になる。三つ巴《みどもえ》の基本だと思うが？」

「関係ねーよ。相性差なんかじゃ覆《くつがえ》せねえ格の差があるってことを思い知らせてやる」

お互いの射程圏内で対峙《たいじ》しながらバチバチと視線を交わし合う二人。口先で相手を挑発しながら徐々に端末を引き抜き、戦闘態勢へ移行していく。

そして、榎本は――霧谷ではなく、背中越しの俺へと向けてこう言った。

「篠原《しのはら》。……時間が要るんだろう？　この場を切り抜けるための方策を練る時間が」

「！　あ、ああ……そう、だけど」

「了承した。ならば、僕が今からそいつを稼いでこよう。篠原はその間に役目を果たせ」

「――――」

俺に背を向けたまま、表情を明かさないまま静かに呟《つぶや》く榎本。相変わらず鋭すぎる彼の読みに、俺はしばらく言葉を失っていたが……やがて、その意図を汲《く》んでニヤリと口角を持ち上げると、普段通りの口調でこう返すことにした。

「ああ――それじゃ頼むぜ、先輩。後味が悪いからあっさり負けるなよ？」

「それを言うなら『お願いします』だ。年上には敬語を使えと言っただろう、【司令官】」

ぶっきらぼうにそう言うや否や、榎本は流れるような手付きで《魔砲》を使用した。対する霧谷は、その攻撃を久我崎《くがさき》に《防壁》で防がせると、《調合・改》で生み出した潜伏性の合体スペルを自身の周囲に張り巡らせる。普通ならそれだけでも相当に厳しくなるはずだが、しかし尋常じゃない推察力と記憶力を持つ榎本《えのもと》からすればそんなものは潜伏のうちに入らない。全て躱《かわ》して一転攻勢に出始める。

学校ランキング上位校同士、それも学区代表レベル同士の激しい交戦――そんなものを視界の端に収めながら、俺はじっくりと思考に耽《ふけ》った。

（どうする……どうすれば、あいつらに勝てる？）

ここで考えなければいけないのはただそれだけだ。考えるまでもなく、今の状況は明らかな劣勢。スペルも行動値も支持率も、何もかもが彼らに負けている。

ただ、

（一瞬でいいんだ。チームCのアタッカーは二人――そのうち皆実《みなみ》の方は確実に倒さなきゃいけないけど、霧谷はほんの一瞬動きを止めるだけでいい。決定的な〝隙〟を作ることさえ出来れば、それだけできっと勝てるはず）

そう、そのはずなんだ。俺が《アストラル》を始める前から仕込んでいたとある切り札《カード》を使えば、霧谷凍夜を倒すのはそう難しいことじゃない。だから、この盤面を引っ繰り返すための鍵は〝皆実雫《しずく》の撃破〟及び〝霧谷凍夜《きりがやとうや》の一時的停止〟だけ、ということになる。

けれど……霧谷の動きを一瞬でも止めるというのはかなりの難題だ。いくら攻撃を加えても久我崎《くがさき》の《防壁》に阻まれるし、多分それがなくても普通に躱される。

（せめて霧谷が《調合・改》を使い切ってくれれば——って、あれ？　そういえば……）

そこで一つ思い出したことがあり、俺は端末を取り出して《ライブラ》に〝合図〟を送ることにした。スタンプのみのメッセージ——事前に打ち合わせていたとある作戦の実行指令。元は別のシチュエーションのために用意していた策だが、上手《うま》く流用出来るはず。

その返信で端末が振動したのを確認してから、俺は姫路《ひめじ》にもそっと耳打ちをする。

「ちょっといいか、姫路？　…………」

「……え？　ですが、あの方は……なるほど、そういうことですか」

得心したようにそう言って、こくりと首を縦に振る姫路。

そうして彼女は、素早く端末の画面に指を遣《や》ると、スペル——ではなく《入れ替え》アビリティを起動した。チームメイト同士のアビリティを一つ交換できるアビリティ。神楽《かぐら》月《づき》との交戦では俺の《行動予測》を秋月《あきづき》に託すことで尋常じゃない力を発揮した。

けれど、今回の使い方はそれとは少し違う。

「交換の対象は、ご主人様と——霧谷凍夜様、です」

白銀の髪をさらりと流した姫路が涼やかな声音で囁《ささや》いた——瞬間、俺の端末から一つのアビリティが姿を消し、代わりに霧谷の持っていた《調合・改》が同じ位置にポップアップした。交換成功、だ。これで当然、霧谷の方は《調合・改》を使えなくなる。

「なっ……てめー、何しやがった!?」

動揺に言葉を詰まらせる霧谷《きりがや》。……が、まあそれもそのはずだろう。だって、一時的にとはいえ相手のアビリティを奪い取るアビリティなんて、少なくとも合法の範囲には一つも存在しない。そんなものが許されたら戦略も何もなくなってしまう。

けれど、これはあくまでも双方の合意による〝交換〟という扱いだ。《ライブラ》の協力で《アストラル》から一時的に〝敵味方〟という概念を消してもらい、仲間同士の体でアビリティを交換しただけのこと。強奪なんかしちゃいない。

（ま、本当は枢木《くるるぎ》の説得が上手《うま》く行かなかった場合に《一射一殺《ワンショット・キル》》を奪おうと思って用意してた作戦なんだけどな……）

想定していたのとは全く違う使い方になったが、まあ構うことはないだろう。苛立《いらだ》ち交じりの視線を向けてくる霧谷に余裕の笑みを返しつつ、俺は静かに一歩前に出る。

「ハッ……何って、見ての通りだよ。俺がやったのは《入れ替え》を経由したアビリティ交換だ。ま、本来ならチームメイトとしか交換できないって制約があるんだけど」

「あ!?　じゃあ何で成立してんだよ！　てめーを仲間に引き入れた覚えはねえぞ!?」

「そりゃお前らの親玉のせいだろ。《連合軍》アビリティが常時解放されてる――ってことは、言い換えれば《アストラル》に参加してるプレイヤーなら誰もが〝チームメイト〟になり得る状態、ってことだ。そのせいでチームの概念が曖昧になってるんだよ」

「っ……あーあー、屁理屈《へりくつ》ばっか言いやがって、クソが！」

忌々しげに呟《つぶや》く霧谷。筋が通っているようにもいないようにも見える理屈だが、実際に交換が成立してしまっているんだから信じる外ないだろう。ちなみに、俺が渡した方のアビリティは、現状では使用条件すら満たしていないものだ。悪用される恐れはない。

ともかく――こうして霧谷から《調合・改》を奪った俺は、右耳のイヤホンをトントン、と叩きつつ、早速そのアビリティを使って浅宮《あさみや》のサポートに入ることにした。《剣閃《けんせん》》をロケット砲の如《ごと》く飛ばしてみたり、踏むと後方から《魔砲》が放たれる《罠《わな》》を仕掛けてみたり、思いつく限りの方法で皆実《みなみ》に攻撃を試みる。

「はぁ……無駄だってば」

けれど、浅宮の連撃と俺の支援を同時に捌《さば》く皆実は面倒《めんどう》そうに呟くばかりだ。

「それ、知ってるから。見たことあるから……だから、それじゃわたしは倒せない」

「っ……でも、ウチと戦ったことはないでしょ!?」

「ん、確かにあなたは早くて厄介……時々見えるおへそも可愛《かわい》い。120点」

「ハズいからやめれ！　おへそ有料！　……く、あっ！」

打ち合いとしてはほとんど互角に見えるが、それでも今のところは浅宮の方がわずかに押され気味だ。相方《パートナー》である榎本《えのもと》が霧谷の足止めに回っているせいもあってか、このまま押し切られてしまいそうな雰囲気すらある。

（っ……まだか？　まだ――）

『──お待たせヒロきゅんっ！　改造完了!!』

と……その時、そろそろ焦《あせ》り始めた俺の心の声を掻《か》き消すように、イヤホンを付けた右耳から勢いよく加賀谷《かがや》さんの声が飛び込んできた。どうやら、先ほど依頼していた作業がもう片付いたらしい。あまりの手際の良さに、俺はニヤリと口元を歪《ゆが》ませる。

そうして、浅宮《あさみや》と皆実《みなみ》の衝突が小休止に入ったタイミングで前に出ると……一言。

「なあ、皆実」

「え。……何で名前知ってるの。こわ……」

「そりゃ7ツ星だからな。……ってか、そんなことはどうでもいいんだよ。お前さ、さっき《調合・改》は〝見たことあるから問題ない〟って言ってたよな？」

「そう。だって、知ってるから。知ってるものは避《よ》けられる」

「へえ、そりゃ随分と強気だな。……でも、一つ大事なことを忘れてるぜ」

俺の言葉に、皆実は「……？」と不審そうに眉を顰《ひそ》めてみせた。榎本《えのもと》と対峙《たいじ》している霧《きり》谷《がや》も、一時的に攻撃の手を止めてこちらへ意識を向けている。

それを視界の端に捉えながら、俺は堂々と口を開いた。

「さっきも言ったように、俺の等級は7ツ星だ。で、それとはまた別に、アビリティにもそれぞれ〝レベル〟ってもんがある──低等級《ランク》の端末で使えば効果はそれに応じて控えめになるし、逆に高等級ならアビリティの性能がフルで開放される。まあ端的に言えば、同じアビリティでも俺と霧谷じゃ引き出せる効力が全然違うってことだ」

「？　うん、それはそう。誰でも知ってる」

「なら良かった。じゃあ、今からその差をお前に見せてやるよ。――《不可視の魔剣》」

俺が静かに呟《つぶや》いた、瞬間――どんっ、と、何の前触れもなく彼女の身体《からだ》が軽々と後ろへ吹き飛ばされた。久我崎《くがさき》の《防壁》も、皆実自身の回避も何も間に合わない問答無用の一撃。何が起こったのか分からない、というきょとんとした表情のまま、ＬＰを失った彼女は《アストラル》の舞台から姿を消す。

「――まあ、理屈としちゃ簡単な話だよ」

それを最後まで見届けてから、俺は煽《あお》るような口調で言葉を続けた。

「６ツ星止まりのお前と違って、７ツ星の俺ならアビリティの効果を最大限まで発揮させられる。で、お前が作った《調合・改》は、本来なら攻撃スペルだけじゃなくてどんなスペルだろうが無理やり合成できる力を持ってたんだよ。ってわけで、試しに《魔砲》二枚と《剣閃《けんせん》》を三枚、ついでに《隠密《おんみつ》》も組み合わせてみたら……この通り、誰にも見えない最強の魔剣が完成した、ってわけだ」

「やってくれるじゃねえか、てめえ……!!」

獰猛《どうもう》な声で吠《ほ》える霧谷。とっておきのアビリティを俺に奪われ、さらには自分より上手《うま》く使われたのが腹立たしくて仕方ないのだろう。……ただし、もちろん今の話にはいくらか嘘がある。《調合・改》を7ツ星の端末で使ったら補助アビリティも含めて何でも合成できるかもしれない、と思ったのは事実だが、俺の実際の等級は3ツ星だからそれを確かめる術《すべ》はない。だから、今のは《カンパニー》による改造効果だ。

「――クソが！！！」

皆実《みなみ》が脱落したことに――あるいは俺に挑発されたことで激昂《げきこう》した霧谷《きりがや》は、これまで以上の手数で一気に榎本《えのもと》を圧倒し始めた。おそらく、これまでは心のどこかに〝余裕〟があったのだろう。状況が変わったことでその余裕を失った彼は一転して俺たちを〝狩る〟と決めたようで、榎本のLPを表すクリスタルをガンガンと削っていく。

「進司《しんじ》っ！」

その凄《すさ》まじい猛攻に顔を青褪《あおざ》めさせたのは浅宮《あさみや》だ。《窮鼠《きゅうそ》》アビリティの発動により射程と火力に補正が入った彼女は、咄嗟《とっさ》に身を翻《ひるが》して榎本の前に滑り込む。

けれど……そんな浅宮の行動すらも、霧谷にとっては狙いのうちだったようだ。

「まさかオレ様にこいつを使わせるとはなァ――《二刀流》！」

瞬間、全く同じタイミングで放たれた二重の《剣閃《けんせん》》が、一つは榎本、一つは浅宮に向かって真《ま》っ直《す》ぐに飛来した。その速度自体は通常の攻撃と変わらないが、お互いにあと一撃貰《もら》ったらLPが0になるという極限状態のため〝避《よ》ける〟と〝庇《かば》う〟の選択肢が同時に生まれ、思考と行動に一瞬のラグが生じてしまう。

そして────結局は、そのラグが勝敗を分けたんだろう。

「きゃっ──！」「ぐっ……ここまで、か」

折り重なるように聞こえた二つの声。……直後、ほとんど同じ地点からプレイヤーの脱落を表す青いエフェクトが大きく一つ立ち上った。サイトモードを開いて英明《えいめい》のチーム状況が更新されていくのを静かに見つめながら、俺は少しの間顔を伏せる。

「チッ……これでようやく二人かよ。カロリー高いな、おい」

そして、そんなエフェクトの向こう側で舌打ち交じりに言い捨てると、霧谷は苛立《いらだ》ったような仕草で何度か首を横に振った。そうして一転、改めてこちらへ向き直る。

「よお、７ツ星……さすが、臆面もなく最強を名乗ってるだけのことはあるな。てめーらを狩るくらい楽勝だろと思ってたが、予想外の大苦戦だ」

「……その割には余裕そうに見えるけどな。さっきの《二刀流》アビリティだって、本当は最後まで使わないつもりだったんだろ？　俺の心を折るために」

「ああ、まーな。オレ様は勝つのが大好きだが、ただ圧勝するだけじゃつまらねー。ギリギリまで泳がせて、勝ったと思ってる相手の顔を歪《ゆが》ませるのが最高なんだよ」

「へえ、そいつは大層なご趣味だな。なら、皆実が脱落したのも計画のうちか？」

「いやいや、そういうわけじゃねーよ。てめーに《調合・改》を奪われたのはちゃんと誤算だった。この感覚は久々だ。これがあるから《決闘《ゲーム》》はやめられねー。……けどな、だからって皆実雫《あれ》はタダで使い潰すような駒でもねーんだよ。やるべき仕事はきっちりこなしてくれた。使用回数制限だ――てめーはもう《調合・改》を使えねー」

「………」

「ひゃはっ！　あーあー、調子に乗ってバカスカ使うからこうなるんだ。さっきの見えない魔剣がありゃワンチャンあったかもしれねーが、普通の交戦じゃオレ様は倒せねえ。何せ、てめーらみたいな器用貧乏と違って、オレ様は全部のアビリティを交戦向けに特化させてるからな。リソースでも圧倒的に勝ってるし、むしろ負け筋がねーんだわ」

好戦的な笑みを浮かべて断言する霧谷《きりがや》。……彼の指摘通り、《調合・改》は先ほどの一撃で使用回数制限を迎えてしまった。もちろん俺だってそれを知らずに使っていたわけではないが、どちらにしても霧谷を倒し切れなかったのは間違いない。

「………」

「いいねえ……この期に及んで飄々《ひょうひょう》とした顔をしてるヤツ、ってのもなかなか新鮮で面白え。けどな、それでもてめーは今からオレ様に倒されて、オレ様がのし上がるための踏み台になるんだよ――光栄だろ？　オレ様の人生に踏み台レベルで関われて」

勝利を確信したような口調で言いながら、霧谷はコツコツとこちらに近付いてくる。俺の目の前には端末を構えた姫路《ひめじ》が立ち塞がっているが、そんなことはお構いなしだ。だって、《二刀流》アビリティがあれば【守護者《ガーディアン》】を無視して俺を狩れる。

が――そんな時、

「……あん？」

突如、俺たちと霧谷との間に一つの人影が割り込んだ。ふわふわのツインテールと小柄な背中。《隠密《おんみつ》》で姿を隠しながら《罠《わな》》を撒《ま》き、皆実《みなみ》戦と霧谷戦の両方をサポートしていた６ツ星の小悪魔――秋月乃愛。

「な……何をしているのですか、秋月《あきづき》様！」

そんな彼女の行動に対して最も激しく動揺を示したのは、意外にも姫路だった。

「そこは危険です。何故《なぜ》《隠密》を解いて――」

「えへへ、ダメだよ白雪《しらゆき》ちゃん♡　緋呂斗《ひろと》くんを守るなんてカッコいい役目を独り占めしちゃ。そういうのは正妻の乃愛《のあ》ちゃんがやるべき！」

「誰が正妻で誰が愛人なのかは知りませんが、とにかく早く退《ど》いてくださいっ！」

「却下♪　……ね、緋呂斗くん。あの人の動きをほんのちょっとでも止められたら、それって緋呂斗くんの役に立てるかな？」

「え？」

突然の問いに、一瞬反応できず固まる俺。けれど、もちろん答えはすぐに出る。

「そりゃまあ……役に立つどころか、それが一番有り難いけど」

「ほんと!?　やたっ、乃愛が緋呂斗くんの一番になっちゃった……♡」

「いえ、それは違うと思いますが……一体、何をするつもりですか？」

「いいから見てて、白雪《しらゆき》ちゃん♪」

言って、一度だけこちらを振り返るやあざとくニコッと笑ってみせると、秋月《あきづき》は再び霧《きり》谷《がや》に身体《からだ》を向けた。そうしてゆっくりと言葉を紡ぐ。

「霧谷凍夜《とうや》くん。七番区森羅《しんら》高等学校のエースで、黒の星を持つ6ツ星ランカー。……でも多分、本当に得意なのはこういうアクション系の《決闘《ゲーム》》じゃなくて、もっともっと頭を使う感じのやつだよね？　心理系とか、頭脳系とか」

「あ？　さあな、別に意識したことはねーけど……あんだよてめー、いきなり持ち上げてくるとかオレ様のことを口説きてーのか？」

「ぶっぶー。乃愛《のあ》が可愛《かわい》いからそう思いたくなっちゃうのは分かるけど、全然違うよ。ただ、一つだけ言いたいことがあって。……去年の夏、だったかな？　友達って感じじゃなかったけど、乃愛にも優しくしてくれる女の子が一人だけクラスにいたんだよ。すごく純粋で、すごく良い人だったんだけど……あなたと《決闘》をして、それからすぐに島を出ちゃったんだよね。二度と会えなくなっちゃった……まあ、それだけなんだけど」

平淡な口調で呟《つぶや》く秋月。……それだけ、などと言ってはいるが、それは当時周りに仲間がいなかった彼女にとって相当に衝撃的な出来事だったのだろう。6ツ星の絶対君主・霧谷凍夜。彼と間接的にでも因縁がある生徒は、もしかしたら少なくないのかもしれない。

　けれど、そんなものを突き付けられた霧谷の方はいかにも平然としている。

「ああ、そうなのか？　悪いがいちいち覚えてねーな。感傷に付き合う義理もねー」

「いいよ、別に♪　乃愛が勝手に怒って、勝手に復讐《ふくしゅう》しようとしてるだけだから♡」

「そうかよ、じゃあ死ね」

　言った、刹那——霧谷はひどく自然な動作で端末を引き抜くと、《二刀流》アビリティを使って二発の《魔砲》を同時に秋月へと放ってみせた。そして《解除》でそれらの硬直《クール》時間《タイム》をキャンセルすると、距離を詰めつつ《剣閃《けんせん》》スペルで追撃に掛かる。

「あ、秋月様っ……!?」

　そんな一連の攻撃を、秋月は全て防がなかった。よって、ダメージは軒並み通り、秋月のLPを表すクリスタルは悉《ことごと》く砕け散る。……その場に崩れ落ちた秋月は俺の方を見て微《かす》かに笑ってくれたものの、次の瞬間には輝く青の粒子になっていた。

　呆然《ぼうぜん》と立ち尽くす俺を差し置いて、霧谷はやれやれと溜《た》め息《いき》を吐《つ》く。

「おいおい、何がオレ様の動きをちょっとでも止《と》めるだよ。攻撃どころか抵抗すらしなかったじゃねーか。少しくらいは期待してたんだが、所詮ザコはザコって——ん？」

　が……次の瞬間、嘲るように笑っていた彼の顔色がわずかに翳《かげ》るのが分かった。おかげで俺もようやくその異変に気付く——秋月を葬った体勢のまま霧谷は全く動いていない。

　それを知ったのとほぼ同時、右耳のイヤホンから興奮気味の声が飛び込んできた。

『〝行動不能〟……！　これ、白雪《しらゆき》ちゃんが掛かってたのと同じやつだ！』

「え……？」

『ノアちゃんだよ、間違いない！　報復系のアビリティ——自分が脱落した時に、っていう制限付きで強力な効果を発揮する類《たぐい》のアビリティを登録《セット》してたんだと思う！』

加賀谷《かがや》さんからの情報に思わず目を見開く俺。……なるほど、俺の役に立つというのはこういうことか。確かにこれなら致命的な〝隙〟になる。霧谷凍夜《きりがやとうや》を打倒できる。

——そう、思ったのだが。

「おいおい……まさかとは思うが、これでオレ様に勝ったつもりかよ？」

「っ……」

あくまでも余裕を崩さない霧谷の声。すると次の瞬間、彼の身体《からだ》は半透明の膜のようなもので覆われ始めた。一部地面に埋まってはいるものの、形状としては完全な球形。秋月《あきづき》のアビリティで行動を封じられているはずなのに、霧谷はそんな壁を生み出した。

内心で大きく動揺する俺に対し、彼は再び煽《あお》るような笑みを向けてくる。

「必勝を誓ってるんだから、不意打ちへの対策を入れてないわけがねーだろ？　《無効障壁・改》——オレ様が防げなかった攻撃を勝手にシャットアウトしてくれる無敵の壁だ」

事もなげに言い放つ霧谷。《調合・改》と同じく黒の星の《改造》を受けた強力なアビリティ……それをここまで隠していたのは、先ほども言っていたように俺の心を折るためなのだろう。確かに、死闘を繰り広げた果てに最後の最後でこんな〝隠し玉〟を出されたりしたら、全てを投げ出して膝を突きたくなるかもしれない。……普通なら。

けれど――俺は、ほんの少しだけ口角を持ち上げながら小さく一歩前に出た。

「三つ目だな、霧谷。《調合・改》と《二刀流》、それから《無効障壁・改》……お前のアビリティはこいつで打ち止めだ。隠し玉はもう残ってない」

「あん？　そりゃそうだけどよ、てめーオレ様の《無効障壁・改》を舐《な》めてんのか？　この壁を張ってる限り、枢木千梨《くるるぎせんり》の《一射一殺《ワンショット・キル》》でもなきゃオレ様にはかすり傷一つ与えられねー。逆に内側からは攻撃し放題なんだから、隠し玉なんざもう要《い》らねーんだよ」

「内側からは攻撃し放題、ね。……へえ、そいつは良いことを聞いた」

「……あ？」

俺の言葉に霧谷が小さく眉を顰《ひそ》めた、瞬間だった。

「ククッ……」

「――――ッ、が、あっ!?」

微《かす》かな笑い声が耳朶《じだ》を打ち、その直後、まともに悲鳴を上げる暇すら与えられないまま霧谷の身体が勢いよく吹き飛ばされた。《無効障壁・改》があるはずなのに、それを意にも介さない問答無用の一撃。もちろん、普通ならそんな芸当は不可能だが、アビリティ構成によってはそうとも限らない。だって、《防壁》を自由に動かすことが出来るなら、《無効障壁・改》の内側で攻撃スペルを発動することだって要領としては同じことだ。

八番区音羽《おとわ》学園のリーダーにして、学園島《アカデミー》最大の非公認組織《我流聖騎士団》団長。学園島《アカデミー》史上最も有名な5ツ星との呼び声も高い、狂える不死鳥——久我崎晴嵐。

「くっくっく……あーっはっはっはっはっはっはっはっはっは!!」

そんな彼は、地に伏せる霧谷《きりがや》を見遣《みや》りながらいかにも愉《たの》しげな高笑いをしてみせた。ギラリと光る銀縁眼鏡をくいっと持ち上げ、漆黒の襟付きマントをバサリと払う。彼は続けて俺へと視線を向けると、『どうだ？』とでも言わんばかりにその口元を吊《つ》り上げる。

そう、そうだ——今回の《決闘《ゲーム》》に限った話だが、俺と久我崎はグルだった。

「……クソ、が……」

今の不意打ちでLPを1まで減らした霧谷は、吐き出すように低い声を発してみせる。

「《連合軍》を裏切るのかよ、てめー……許さねえぞ」

「裏切る？　僕が？　……やれやれ、貴様は何を言っている」

しかし、それを受けた久我崎《くがさき》は、小さく肩を竦《すく》めながらも嘲笑うような笑みを浮かべてみせた。気取った仕草で両腕を広げ、どこか芝居がかった口調で告げる。

「前提から考えてみるがいい——貴様らの《連合軍》は、あの《百面相《カメレオン》》をトップに据える集団だ。自らを本物の《女帝》だと詐称し、五月期交流戦を通して《女帝》の座を奪い取ろうと画策している彼女のためのグループだ」

「あ？　んだよ今さら。それがどうした？」

「くくっ、笑止!!　僕の二つ名の由来を忘れたか？　僕は今の《女帝》を――彩園寺更紗《さいおんじさらさ》を心の底から慕っている。敬っている。それが故に何度となく彼女に挑む不死鳥だ。そんな僕が！　あろうことか、偽物の《女帝》などという醜悪な存在を許容できるはずがないだろうッ!!!?」

「なッ……!?　それじゃてめー、まさか、最初から……っ!?」

激情で彩られた久我崎の啖呵《たんか》に対し、霧谷はギリっと強く奥歯を噛《か》み締めた。

「っ……いいのかよ!?　ここで篠原《しのはら》に寝返ったら、てめーをオレ様の仲間にしてやるっつー話は永遠に立ち消えるぜ？　てめーがオレ様の下につくなら、我流何たらを学園島《アカデミー》の公認グループにしてやることだって――」

「――くくっ。それに関しても、わざわざ議論するまでもないな」

霧谷の口からはっきりと〝裏側〟を想像させる言葉が出てきたが、対する久我崎は何の躊躇《ためら》いもなく首を横に振ってみせた。スタイリッシュな仕草で眼鏡に指を添えながら、ニッと口元を緩めて言い放つ。

「おととい来るがいい。……今までもこれからも、僕のグループは僕だけのものだ」

「っ……」

その態度を見て〝揺らがない〟と察したのだろう。霧谷は立ち上がるのを止《や》め、そのままがっくりと地面に項垂《うなだ》れた。そんな彼にトドメを刺すべく、久我崎《くがさき》は悠然と近付いていく。

「仕方ねえ……今回はオレ様の負けだ。大人しく、諦めて――」

《剣閃《けんせん》》スペルを選択し、静かに端末を振り上げる。

けれど、その刹那。

「――やるわけねーだろ、てめーも道連れだド畜生!!」

下を向いていた霧谷《きりがや》の顔がもう一度だけ持ち上げられ、凶悪な笑みを周囲に晒《さら》した。そうして彼は、手札に残るありったけの《魔砲》と《解除》を《二刀流》アビリティで併用し、俺に向かって怒涛《どとう》の連撃を仕掛けてくる。直後に久我崎が霧谷を仕留《しと》めたのが見えるが、だからと言って既に放たれた攻撃が消えるわけじゃない。禍々《まがまが》しいエフェクトが俺の身体《からだ》を穿《うが》とうとする。

「っ……ご主人様!!」

けれど――その時、悲鳴のような声を上げながら姫路《ひめじ》が射線上に飛び出してきた。完全な不意打ちだったためか《防壁》スペルを使っている様子もない。端末を構えることすらなく、立ち塞がるように大きく両手を広げているだけだ。俺が何か言うより早く、その華奢《きゃしゃ》な身体に霧谷の《魔砲》がぶち当たる。

「きゃっ……!?」

「姫路!?」

そこで、ようやく金縛りが解けたように全身の運動を再開する俺。……けれど、その頃にはもう手遅れだった。とん、っと軽い衝撃と共に俺の腕に収まった姫路のLPは、既に尽きてしまっている。

すーっと全身を薄くしながら、彼女は俺の目を見て申し訳なそうな笑みを浮かべた。

「すみません、ご主人様……最後までお傍《そば》にいられなかったことをお許し下さい」

「何言ってるんだよ……っていうか、どうしてこんな無茶《むちゃ》なこと」

「どうして、と言われると難しいですね。先ほどの秋月《あきづき》様が思った以上に格好良かったので、ご主人様の心が奪われてしまわないように……でしょうか？」

「……で、本当は？」

「む、これも嘘《うそ》ではないのですが……ともかく、当然のことですよ。この作戦は——全面戦争は、ご主人様がいるからどうにか成り立っているんです。もしもここでご主人様が脱落してしまったら、《アストラル》はあっという間に終わります」

「…………」

「それに……わたしなら、《決闘》に負けてもまだやれることがありますから」

最後にそんなことを言い残すと、姫路は今度こそ青い粒子になって《アストラル》の電脳世界から消えてしまった。英明《えいめい》から四人目となる脱落者……これで、この場に残っている英明のプレイヤーは俺一人だけということになる。

と、

「――感傷に浸っているところ悪いが、話し掛けてもいいか篠原《しのはら》？」

そこで背後から掛けられた声に、俺はゆっくりと身体《からだ》を捻《ひね》ることにした。歪《ゆが》んだ表情を元に戻しつつ、久我崎晴嵐《くがさきせいらん》――5ツ星の不死鳥と対峙《たいじ》する。

「じゃあ、改めて。……助かったぜ、久我崎。霧谷《あいつ》を倒せたのはお前のおかげだ」

「ふむ、そうだろうとも。だがな7ツ星、貴様の活躍もなかなか悪くはなかったぞ？　さすがは僕の好敵手だ。そこらの有象無象《うぞうむぞう》とは格が違う」

「ハッ……」

「くくっ……」

『……二人とも、悪い笑顔がよく似合うよねぇ』

久我崎との会話を聞きながら、加賀谷《かがや》さんが呆《あき》れた声を送ってくる。

けれど、今この瞬間くらいは久我崎に合わせてやっても罰は当たらないだろう――何せ、久我崎と俺は《アストラル》が始まる前から手を組んでいた。相手が他でもない《女帝》を騙《かた》っている以上、少なくとも対《百面相《カメレオン》》という意味合いで俺と久我崎の利害は一致する。

だからこそ、久我崎が《百面相》軍に下っているのを知った時は少し驚いたが……結局のところ、それは相手の内側に入り込んで厄介な強敵を倒すという〝裏切り前提〟の方策だったわけだ。《連合軍》の実質指揮官・霧谷凍夜《きりがやとうや》。彼の影響力や危険度を考えれば、久我崎晴嵐という切り札を使ってでも倒しにかかる価値は充分にあったと言っていい。

コツン、と俺の前に立った久我崎は、漆黒のマントをはためかせながら静かに続ける。

「結局、そちらは貴様しか残らなかったのか」

「……ああ。マップの左側を担当してたチーム——英明《えいめい》と近江《おうみ》の同盟軍で生き残ったのは俺だけだ。中央エリアの二番区彗星《すいせい》と十九番区双鍵《そうけん》も全滅。あとは右側、彩園寺《さいおんじ》のところがどうなるかだけど……十三番区の叢雲《むらくも》が早い段階で脱落してたみたいだから、枢木《くるるぎ》が行くまで耐えてくれるかはちょっと微妙なところだな」

「なるほど、貴様の奥の手は《鬼神の巫女《みこ》》か……そればかりは成功を祈るしかないな」

端末で状況を確認しつつ静かに首を横に振る久我崎。

「実際、《連合軍》側の被害も尋常ではない。生き残っているのは僕と枢木、それから《百面相》本人のみ……最終的に聖城《せいじょう》を〝非正規参加者〟として排除する前提なら、残る学区は英明、桜花《おうか》、栗花落《つゆり》、音羽《おとわ》の四つだけだ。霧谷のヤツは最後の最後で《連合軍》を脱退していたようだから、これで森羅《しんら》も五位以内に食い込んだことになる。……そして、僕も一応生き延びてはいるが、裏切りをしてしまった以上もはや聖城学園からのスペル供給は望めない。霧谷に倣って《連合軍》を抜け、順位を確定させたところでさっさと自滅でもしておくか」

「ああ、それがいい。後は《ライブラ》の実況付きでじっくり楽しんでくれよ」

「くくっ、貴様に引導を渡されたようで腹立たしいが、今回ばかりはその役に甘んじるとしようか。ではな、僕の好敵手。《女帝》の名誉を守れるのは僕でなければ貴様だけだ」

ニヤリと露骨な笑みを浮かべながら、久我崎《くがさき》はそっと端末を取り出した。そうして躊躇《ためら》うことなく自身に《魔砲》を放つと、一瞬後には《アストラル》の舞台から姿を消す。

「…………」

そんな久我崎の散り際を眺めながら、俺は静かに思考に耽《ふけ》った。……そろそろ、枢木《くるるぎ》が彩園寺《さいおんじ》の元に合流した頃だろうか。《百面相《カメレオン》》と対峙《たいじ》している頃だろうか。

（払った犠牲は大きいけど、《連合軍》の方も取り巻きは全滅……つまり、お膳立ては完璧に終わってる。あとは、本命の枢木が《百面相》を倒してくれればいいだけだ）

そんなことを考えながら、あるいは、そうなるように祈りながら。

俺は、端末を取り出して《ライブラ》の中継を開くことにした――。


「……な、んだと……」

驚愕《きょうがく》と絶望で彩られた短い呟《つぶや》きが耳朶《じだ》を打つ。

そして、それが彼女の最期の言葉だった――声の余韻が消えるより早く、枢木千梨の身体は青い粒子となって消えてしまう。後には何も残らない。……敗北だ。《アストラル》最有力プレイヤーの一角だった《鬼神の巫女《みこ》》が、今まさに《決闘《ゲーム》》から姿を消した。

（こんな……こんな、ことって……）

目の前の光景を見つめながら、桜花《おうか》学園のリーダー・彩園寺更紗《さらさ》は絶句するしかない。

途中までは、上手《うま》く行っていたはずなんだ。チームメイトの萌々《もも》と協力して、どうにか追手を躱《かわ》せていた。アビリティを駆使した奇襲で取り巻きを倒し切ったのだって戦果としては上々だろう。そして少し前、待望の援軍――枢木千梨《せんり》が到着した。

だから、どうにか〝間に合った〟と……そう思っていたのだ、ついさっきまで。

「――ふふっ。裏切りなんて姑息《こそく》な手を使うのね。まあ、予測はしていたけれど」

「っ……」

視線の先で微笑《ほほえ》んでいる《百面相》の発言に、更紗はぎゅっと拳を握る。……何も、枢木千梨がミスをしたというわけではない。彼女は間違いなく《百面相》に《魔砲》を撃った。更紗と萌々がサポートに入り、確実に《一射一殺《ワンショット・キル》》を使用した。

だけど、それでもダメだったのだ――枢木千梨の《一射一殺》は、《百面相》に一切のダメージを与えられなかった。せっかく全員で繋《つな》いだ希望の光だったのに、《百面相》には届かなかった。《一射一殺》でも倒せないなら、同盟軍に《百面相》を止める術《すべ》なんかありはしない。枢木千梨も、それから萌々も、《百面相》の反撃であっという間に全ての

LPを刈り取られてしまった。

（間違ってた、の……？　でも、あのアビリティで倒せないならどうやって――）

絶望に思考が重たくなって、敗北の二文字が頭を過《よぎ》って。

自分と同じ見た目をした《百面相《カメレオン》》が目と鼻の先にまで迫った――その瞬間、午後五時を告げるアラームが辺りに鳴り響いて、途端にAR世界が解除され始めた。……四日目後半の終了だ。今回はどうにか逃げ切れた。逃げ切ることだけ、出来た。

（でも、そんなの、何もしてないのと一緒じゃない……！）

悔しい。悔しくて堪《たま》らない。

そうやって俯《うつむ》いたまま唇を噛《か》む更紗《さらさ》に対し、《百面相》は小さく笑ってこう言った。

「あら、残念。それじゃあ――《女帝》の称号は、明日まで貴女《あなた》に預けておくわ」

＃

――五月期交流戦《アストラル》四日目、夕方。

《ライブラ》の面々に席を外してもらい、一人きりになった地下一階の管制室で、俺は部屋の真ん中にある特大モニターを静かに見上げていた。

言うまでもないが、そこには現在の《決闘《ゲーム》》の状況が残酷に映し出されている――中でも、まず挙げられるべきはやはり枢木千梨の敗北だろう。あの《鬼神の巫女《みこ》》をもってしても《百面相》を討つには至らなかった。

そして……それ以外の部分に関しても、今日の全面戦争を通じて《アストラル》の状況は大いに様変わりしている。具体的に言えば、《連合軍》も同盟軍もほとんど全てのメンバーが脱落した。《連合軍》はもはや連合でも何でもなく、残っているのは《百面相》ただ一人。対する俺たちも、英明《えいめい》と桜花《おうか》以外は既に軒並み脱落している。

（だから、まあ普通なら〝勝ち抜け〟のラインにはとっくに入ってるんだけど……）

それはあくまでも〝《百面相》が優勝しなければ〟という条件付きだ。もし俺か彩園寺《さいおんじ》のどちらかが勝てば——聖城《せいじょう》が最終順位に入るのかどうかは微妙だが——ともかくツートップは英明と桜花、三位から順に栗花落《つゆり》、音羽《おとわ》、森羅《しんら》と並ぶ。けれど《百面相》が勝ってしまうと話は別だ。《連合軍》の仕様によって聖ロザリアを始めとする〝既に脱落しているチーム〟が同率二位に食い込み、英明も桜花も六位以下に締め出される羽目になる。

なら、今現在の勢力としてはどうなのか、という話だが。

「……ま、そりゃこうなるよな」

モニターを見上げつつ嘆息交じりに呟《つぶや》く俺。……今回の交戦で、《百面相》はさらにその勢力を伸ばしていた。所持エリアはマップ全体の約半分、有色のエリアに限定すれば九割近くに上り、支持率は77・3％。英明や桜花を完全に圧倒している。

いや……もちろん、この結果が予想できていなかったのかと言われればそういうわけではない。だって、そもそも相手は《連合軍》なんだから、親玉である《百面相》を倒さない限りスペルやエリアは永遠に奪い取れないんだ。逆に、こちらは単なる〝同盟軍〟だったわけだから、どこかのチームが敗退するたびに聖城のエリアが広がることになる。そんなことは分かっていて、だからこそここで勝負を決めたかったんだ。けれど、その願いはもう叶《かな》わない。

と——そんな時、

「やっぱり、なかなかひどい状況ね……」

不意に聞き馴染《なじ》みのある声が後ろから投げ掛けられて、俺はくるりとそちらへ振り返ることにした。すると、そこには思った通り、制服姿の彩園寺更紗が佇《たたず》んでいる。豪奢《ごうしゃ》な赤の長髪をふわりと靡《なび》かせ、紅玉《ルビー》の瞳を薄暗闇に光らせる天下無敵のお嬢様だ。

彼女はいつものように胸元でそっと腕を組むと、静かに首を振りながら続ける。

「とりあえず、先に謝っておくわ。……《百面相《カメレオン》》を倒せなくてごめんなさい」

「は？　……いや、それはお前のせいじゃないだろ彩園寺《さいおんじ》。急に何言ってんだ」

「そう、だけど……」

言って、ちらりと窺《うかが》うような上目遣いで俺を見る彩園寺。彼女にしては珍しい仕草だからか、あるいはこの部屋の静謐《せいひつ》な雰囲気のせいか、少しドキリとしてしまう。

そんな俺の内心など知る由《よし》もなく、彩園寺は「……ふぅん？」と言葉を継いだ。

「ちょっとびっくりだわ。これだけ大規模な作戦が失敗したんだから少しは落ち込んでると思っていたのだけど」

「それでテンション合わせてきたのかよ。ったく……落ち込んでるのはお前の方だろ？」

「う……そうよ、悪い？　仕方ないじゃない、あんなに手も足も出ないって思わされたのは生まれて初めてだもの。優しく頭でも撫《な》でて欲しいくらいよ、もう」

「……やった方がいいか？」

「！　……や、やっぱりやめとく。だって、そんなことしたら……」

かぁ、っと真っ赤になってそっぽを向く彩園寺。……少しは弱気になっているかとも思ったが、どうやらそんなこともなさそうだ。というか、この管制室に足を運んでいる時点で、彼女だって何らかの〝逆転策〟を模索しているに決まっている。

だから俺は、ぽーっと熱に浮かされたような紅玉《ルビー》の瞳を真《ま》っ直《す》ぐに覗《のぞ》き込んで。

「……あのさ、彩園寺。実は、お前に聞いてもらいたい大事な話があるんだ」

「え……大事な話？　篠原《しのはら》が、あたしに？　ま、待って待って、まだ心の準備が――」

「だから――悪い、ちょっとその辺に隠れててくれるか？」

「…………はい？」

そんな俺の懇願に、目の前の彩園寺はポカンと小さく口を開いた。

――英明のチームメンバーが管制室に入ってきたのは、それから少し後のことだった。

「えと……緋呂斗《ひろと》くん、いる？　《ライブラ》の子に案内されてきたんだけど……」

「ああ、こっちだ」

モニターの前で声を上げ、やがて近くに来てくれた四人と向かい合う。秋月乃愛《あきづきのあ》、榎本《えのもと》進司《しんじ》、浅宮七瀬《あさみやななせ》、そして姫路白雪《ひめじしらゆき》――全員俺と同じ英明《えいめい》学園のプレイヤーだが、しかし彼らの名前はいずれもモニター上にはない。霧谷《きりがや》戦を通して既に《アストラル》の舞台を去っている。

そんなことはもちろん承知の上で、俺は静かに口を開いた。

「知っての通り、今日の後半で起こした全面戦争は――《アストラル》を正々堂々攻略できる最後の作戦は失敗した。《百面相《カメレオン》》はあの《一射一殺《ワンショット・キル》》を使っても倒せない……ってなると多分、あいつを真っ向から倒すのはそもそも不可能だ」

「ん、やっぱそーだよね……」

俺の断言に対し、浮かない口調で同意を返してきたのは浅宮だ。

「じゃあ、今回は諦めるしかないってカンジ？」

「諦める？　いや、何でそうなるんだよ」

「え……え、違うの？　だって今、《百面相》は絶対倒せないって――」

「言ってない。……俺は〝あいつを真っ向から倒すのが〟不可能だって言ったんだ。今日は《決闘《ゲーム》》内で話を留《と》めてやったけど、向こうがそういうつもりなら……《一射一殺》でも倒れてくれないなら、俺たちだってもう行儀よくやる必要はない。盤外戦術でも何でも使って徹底的にあいつを倒す」

「おお……いいじゃんそれ、アツいかも！」

　微《かす》かに高揚した口調でそう言って、にひっと楽しげな笑みを浮かべる浅宮。……ここで言う〝あいつ〟とは当然ながら《百面相》のことを指しているが、俺にとっては同時に倉橋御門のことでもある。あの男との攻防に集中するために出来れば《百面相》は今日のうちに倒してしまいたかったのだが、この状況じゃ贅沢《ぜいたく》も言っていられない。

「とはいえ、具体的にはどうするつもりだ？」

　続いて問いかけてきたのは榎本だ。彼はモニターを見つつ、憮然《ぶぜん》とした口調で続ける。

「盤外戦術とは言うが……これだけの戦力差が簡単に引っ繰り返るとは思えないぞ？」

「ま、そうだな。だから――俺は、あいつに《決闘《ゲーム》》を仕掛けようと思う」

「……《決闘《ゲーム》》を？」

「ああ。それも、《アストラル》と連動させた《決闘《ゲーム》》内《決闘《ゲーム》》ってやつだ。……いいか榎本？　戦力差云々《うんぬん》もそうだけど、今問題なのは《アストラル》に達成可能な勝利条件がないことなんだよ。《百面相》のＬＰは削れないし、エリアだって奪い返せない。端的に言えば詰んでる――なら、俺たちが勝てるようにルールの方を変えてやればいい」

「…………」

静かに黙り込む榎本《えのもと》。彼はしばらく思考を巡らせてから、再び俺に向き直る。

「疑問点は三つだ。まず一つ、そもそも《百面相《カメレオン》》は三番区の《女帝》と《決闘《ゲーム》》をしている最中ではなかったか？　《アストラル》のようなイベント戦ならともかく、同時期に複数の《決闘《ゲーム》》は受注できないはずだが」

「ああ、それなら多分大丈夫だ。何せ、あいつは《？？？《unknown》》——星獲《と》りゲームの正規参加者じゃないからな。システムを誤魔化《ごまか》して無理やり参加してるんだから、その辺のルールは一切適用されない。等級も〝不明〟だから7ツ星が仕掛けても問題ないと思う」

「ふむ、確かにそれもそうか……ならば、二つ目だ。仕掛けるのはいいが、その《決闘》とやらはどう準備する？　今からルールを組み始めても到底間に合わないぞ」

鋭い指摘を飛ばしてくる榎本。……《カンパニー》を総動員すれば間に合わないこともないだろうが、まあ、それにしたって普通は無理だ。《決闘《ゲーム》》のルール調整、なんていうのは基本的に毎日少しずつ行うもので、突然サクッと生まれるようなものじゃない。

けれど、それでも。

「大丈夫だよ——それなら、とっておきの当てがあったから」

俺は、そんなことを言いながら苦笑交じりに手元の端末へ視線を落とした。……彩園寺《さいおんじ》がこの部屋に来るよりももっと前のこと、俺が連絡を取っていたのは他でもないその〝とって《お》き〟——四番区英明学園学長・一ノ瀬棗その人だ。倉橋御門《くらはしみかど》とも浅からぬ縁のある彼女に今の状況を話してみたところ、大体こんな感じの答えが返ってきた。

『——うん？　どうした篠原《しのはら》。君、今は大事な《決闘《ゲーム》》の最中だろう。そして今、私は君の命よりも大事な入浴の最中だ。切っていいか？』

『相談？　ふむ、聞くだけ聞こう』

『ほう、なるほど——なるほど、なるほど！　倉橋を徹底的に潰すための《決闘《ゲーム》》内《決闘《ゲーム》》か！　相変わらず面白いことを考えるね、君は！』

『それならば協力を惜しむつもりはない。何せ私は、倉橋御門の倒し方という題材で新書一冊書けるくらいの探求をしていた身だからね。君とは年季が違う』

『そうだな。では、学生時代の私が作成した《決闘《ゲーム》》を君に託そう、篠原——』

『《アストラル》に対応させるなら多少の調整は必要だけど、なかなかどうして面白い《決闘《ゲーム》》だぞ？』

——とのことで。

「まあ、詳細はちょっと伏せるけど……とにかく、割と信頼できる相手から《決闘《ゲーム》》ルールを提供してもらった。これを調整するだけだから、準備に関しては心配いらない」

「えへへ、さっすが緋呂斗《ひろと》くん♪　完璧だね♡」

「そうですね。そこはかとなく女狐《めぎつね》の気配がありますが……そうですね」

俺の言葉を聞いてあざとい笑みを浮かべる秋月《あきづき》と、俺の誤魔化《ごまか》し方で勘付いたのか微《かす》かに嘆息する姫路《ひめじ》。若干不服そうだが、ともかく《決闘《ゲーム》》そのものに関しては問題ない。

「では篠原《しのはら》、これが最後の質問だ――その《決闘》に、《百面相》をどう参加させる？」

「……ま、結局そこなんだよな、問題は」

そんな榎本《えのもと》の追及に対し、小さく首を横に振る俺。それに同意するように、隣の姫路もさらりと髪を揺らしている。

「ですね……現状、《アストラル》はどう見ても《百面相《カメレオン》》の一人勝ちです。待っていれば勝利できる状況で別の《決闘《ゲーム》》に乗ってくることなど有り得るのでしょうか？」

「いや、普通なら有り得ないな。当然、それなりの〝理由〟は必要になる」

そこまで言った辺りで、近くに隠れている彩園寺に一瞬意識を向ける俺。……そして、

「けど――多分、それについては問題ないと思う。だからとにかく、みんなは俺を信じて動いてくれるとありがたい」

「う、うん。それはもちろんだけど……〝動く〟って、どういうこと？」

こてんと不思議そうに首を傾《かし》げる秋月。俺以外の四人は既に脱落しているのに一体何が出来るのか、とでも言いたげな表情だ。

そして、それを受けた俺は、秋月だけでなく全員の目を順に見つめてニヤリと露骨に笑ってみせる――《アストラル》最終日。俺がどう動くかに関わらず、倉橋御門《くらはしみかど》は必ず介入

してくるだろう。前回の敗北を挽回《ばんかい》するため、どんな手を使ってでも確実に勝とうとしてくる。だから、そういった不正や妨害を全て織り込んだ上で、俺たちは椎名と倉橋をどちらも倒さなきゃいけないわけだ。盤外戦術上等の、型破りなこの《決闘》で。

「当然、明日の《決闘》の〝舞台裏〟のことだ——よく聞けよ？　俺が《決闘《ゲーム》》をしてる間、みんなには色々とやってもらいたいことがある」

♭♭♭

——英明《えいめい》メンバーとの作戦会議を終え、それを隠れて聞いていた彩園寺《さいおんじ》（何故《なぜ》かちょっと怒っていた）も改めて共有し、一人で部屋へと戻る途中。

（椎名《しいな》を《決闘《ゲーム》》に誘う方法、か……）

俺は、密《ひそ》かに頭を悩ませていた。

この状況を引っ繰り返すには、やはりどうにかして椎名を《決闘《ゲーム》》に引《ひ》き摺《ず》り込まなきゃいけない。さっきも言ったようにそのためのネタはないこともないのだが、しかし確実を求めるならもう一押しくらい欲しいような気がしているのも事実だ。

（どうするかな……って、ん？）

と——一階のレストランホールに差し掛かった辺りで、不意に一つの人影が俺の視界に飛び込んできた。テーブルの間を縫ってきょろきょろと何かを探しているらしい少女・椎名紬《つむぎ》。これまで散々話題に挙がっていた《百面相《カメレオン》》の登場に、俺は思わず足を止める。

「ほえ？　……あ、お兄ちゃんだ！　良かった、やっと見つけたよ〜！」

けれど、そんな俺の動揺やら警戒なんか知る由《よし》もなく、椎名《しいな》はパタパタとこちらへ駆け寄ってきた。その表情はいつもと同じに見える……が、しかし彼女は《ＭＴＣＧ》で俺に正体を看破されたばかりだ。もしかしたら〝何か〟仕掛けてくるかもしれない。

そうやって、俺がごくりと唾《の》を呑み込む中——椎名紬は、

「ね、ね、今からわ、わたしと《決闘》しよ！」

「…………へ？」

まるで少し前の俺の思考でも覗《のぞ》き見たかのように、そんな言葉を口にした。

【五月期交流戦《アストラル》——四日目終了】
【エリア所持数最大チーム：十二番区聖城《せいじょう》（４８２８マス）】
【支持率最大チーム：十二番区聖城学園（77・３％）】
【残り生存者——三名】

最終章　無垢な怪物の倒し方

＃

「ま、負けちゃった……むぅ、それじゃ次はこっちのゲームで勝負だよ、お兄ちゃん！」

――五月期交流戦《アストラル》四日目、夜十一時半。

一階のレストランホールで《百面相》椎名紬と鉢合わせ、そこでどういうわけか向こうから《決闘《ゲーム》》の申請をされた俺は、警戒しつつもそれなりの覚悟を決めて彼女の部屋に乗り込んで――そのまま、延々と対戦ゲームに付き合わされていた。

「〰〰〰♪　えい！　やぁっ！　とぉー！」

ベッドにうつ伏せになって足をバタバタさせながらキャラクターを操作している椎名の服装は、日に日にラフなものになっている。最初はがっつり着込んだゴスロリワンピースだったのだが、今やダークカラーのパジャマ一枚だ。ただし、この格好でもオッドアイのカラコンだけは譲れないらしく、前髪の隙間から時折真紅が覗いている。

まあ、それ自体は別に構わないのだが。

（……まさか、昨日までと全く同じ展開になるとはな……）

〝ＹＯＵ　ＷＩＮ！〟と表示された画面を見つめながら内心でポツリと呟《つぶや》く俺。……一階で声を掛けられた時は正直かなり焦《あせ》ったのだが、蓋を開けてみればこの様《ざま》だった。持ち掛けられたのは《決闘《ゲーム》》ではなく単なるゲーム。拍子抜けしてしまうのも仕方ないだろう。

もしや俺の方が何か勘違いをしているのかと思い、一応訊《き》いてみることにする。

「えっと……なあ椎名《しいな》。お前さ、本当に《百面相《カメレオン》》なんだよな？」

「？　うん、そうだよ。みんなに《百面相》って呼ばれてるのはちょっと前まで知らなかったけど、聖城《せいじょう》学園のメンバーとして《アストラル》に参加してるのはわたし！」

「……それだけ、か？」

「それだけって……あ、違う違う！　わたしは元々魔界の住人だったんだけど、そこに堕《お》ちてきた人間を助けちゃって、それが魔王様に見咎《みとが》められて追放されて――」

「いや裏設定を訊いたわけじゃなくて」

オッドアイをキラキラさせながら盛りまくりの設定を語る椎名に小さく首を振り、それから「ったく……」と溜《た》め息《いき》を吐《つ》く俺。……何というか、警戒するのが馬鹿らしくなるような返答だ。というか、俺だって椎名が〝悪いやつ〟だとはそもそも思っちゃいない。

そんなわけで、俺はコントローラーを手放すと、改めて椎名に身体《からだ》を向けた。

「あのさ。……もし良かったら、お前の事情を聞かせてくれないか？　一体どういう経緯でこの《決闘《ゲーム》》に参加することになったのか、とか」

「んぇ、経緯？　う～ん、経緯かぁ……」

　俺の問いかけに対し、椎名はぺたりと座り込んだままパジャマ姿で腕を組むと、ケルベロスと一緒にむーっと斜め上を見つめ始めた。両手を使って何かの数字を数えたり、難しい顔で唸《うな》り声を上げたりして、それから一転、うんっと頷《うなず》いて俺に顔を寄せてくる。

「整いました！」

「それは何か違う気がするけど、どうぞ」

「うん、それじゃ話すよ。――あのね、お兄ちゃん？　お兄ちゃんには話したことあると思うけど、わたし、学校ってあんまり好きじゃないんだよ。勉強するのキライだし、色んな人とお喋《しゃべ》りするのはニガテだし、そもそもわたしは〝選ばれし闇の使者〟だし……だから学校には通ってなくて、お家でゲームとかパソコンばっかりやってたの」

「ああ、それは聞いたけど――」

「確か小1の夏から」

「引きこもりのエリートが過ぎる」

　思わず突っ込みを入れる俺。理由はともかく、それほど早熟とは知らなかった。

「まあいいけど……それで？　それが今回の件とどう繋《つな》がるんだよ」

「うん。とにかく、そんな風に楽しく小学校が終わって、わたしはそのまま中学生になったんだよ。中学が終われば義務教育は終わり。勉強しなくても良くなる、って思ってたんだけど……確か、一年前くらいかな？　大変なことに気付いちゃったんだよ、わたし」

「大変なこと？」

「そう！　この島には〝星獲《と》りゲーム〟っていうシステムがあるでしょ？　高校三年間を通してみんなと星を奪い合って、誰が最強か決める最高の仕組み……それに、もし高校に入らなかったら参加すら出来ないってことを、知っちゃったんだよ！」

「あー……それは、確かに」

言われてみればその通りだ。学園島《アカデミー》の星獲りゲームは個人だけでなく学園同士の優劣も競うもの。そのコンセプトから考えて、どこの学園にも所属していない生徒は《決闘《ゲーム》》への参加権を持たないことになる。というか、ここが〝学園島《アカデミー》〟である以上、高校へ進学しないならその時点で島から追い出されてしまう可能性だってあるだろう。

椎名《しいな》はぎゅっとロイドを抱き締めながら唇を尖《とが》らせている。

「もうね、あの時ばかりは神様……じゃなくて魔神様を呪ったよ。わたしだけ特別に参加できないかなって思って短冊にお願い事書いたり運営本部に電凸したり、あとＳＴＯＣＫのホットワードに〝#ゲームさせて〟を無理やり入れてみたりしたんだけど、やっぱりダメですって言われちゃった。ふつーに高校入ってくださいって」

「いや、まあそりゃそうだろ……」

学園島《アカデミー》にある全ての学校は、国からの支援金と彩園寺政宗《さいおんじまさむね》による援助、そして残りは各学区の運営資金によって、入学金から授業料まで全て無料となっている。入学倍率はどこも凄《すさ》まじいが、もし権利があるなら入らない選択肢の方がないくらいなんだから。

「そんなに行きたくないなら籍だけでも置いとけばいいんじゃないか？」

「う、そうかもだけど……でも、やっぱりやだよ。入ってるのに行かないってちょっと罪悪感あるし、わたしが譲ってあげることで他の誰かが入れるわけだし。……とにかく、わたしは高校生になりたくないの。お勉強もお仕事もしたくない。でも——でも、星獲りゲームだけは、どうしても諦められなかったんだよ！」

そう言って、椎名は再びぐっと俺に顔を近付けてきた。漆黒と真紅のオッドアイが俺のすぐ目の前に寄せられ、清潔感のあるシャンプーの匂いがふわりと鼻腔《びこう》をくすぐる。

「ね、お兄ちゃんも分かるでしょ？　わたし、星獲りゲームに参加したら絶対大人気になれるもん！　道行く人に声を掛けられる……のはイヤだけど、ＳＴＯＣＫで色んな反応調べてにこってしたいもん！　あと高ランカーになって支給の島内通貨で豪遊したい!!」

「たただ欲に塗《まみ》れてやがるな……」

「そりゃそうだよ！　っていうか、お兄ちゃんはそうじゃないの？　７ツ星の天才とか最強無敵の転校生とか……もう、嫉妬しちゃうくらいカッコいいのに？」

「…………」

俺の場合はやむにやまれぬ事情があったからだが、まあそれは伏せておこう。突然黙り込んだ俺に対して椎名は軽く首を傾《かし》げていたものの、やがて「まいっか」と話を戻す。

「とにかく、そんな感じでわたしはどうしても星獲《と》りゲームに参加したくて、我慢できなくて……そこで、わたしの持つ256色の頭脳がぴきーんって閃《ひらめ》いちゃったんだよね。そっか、普通に参加させてもらえないならこっそり参加しちゃえばいいんだ——って」

「……は？」

突然飛び出してきた意味不明な論理展開に、俺は思わず眉を顰《ひそ》めた。けれど椎名《しいな》は、ごく当然といった顔で説明を続ける。

「だから、《決闘》に参加するための機能を自分で作ればいいんだよ。ほら、端末そのものは誰でも持ってるでしょ？　それをちょこっと解剖して、ホンモノを真似して作った星獲りゲームのプログラムを無理やり入れてみたの！」

「いや、無理やりって……どうやって？」

「？　だから、無理やりだよ？　まず端末をパソコンに繋《つな》いでカチカチってして、しゅばって中身を調べて、最後にガチャガチャぐにゃってやる感じ！」

（駄目だ、何言ってんのか全然分かんねえ……）

椎名の説明を聞きながらそっと右手を額に当てる俺。……おそらく、彼女は感覚型の天才というやつなのだろう。勉強は嫌いだと言っていたから端末やPCに対する知識がそこまであったとは思えないが、それを補って余りある感性で無理やり《決闘《ゲーム》》関連のプログラムを複製し、学園島《アカデミー》の歴史で初となる偽アカウント《？？？》《unknown》まで作り上げてしまった。

「えへー、どうお兄ちゃん？　すごい？　わたしカッコいい？」

「ああ、凄《すご》いよ。それは素直に認める。……でも、アカウントが完成したならそれでミッション達成じゃないのか？　何でこんな面倒なことになってるんだよ」

「あ、うん、それなんだけど――」

言いながら、またもや不満げにぷくりと頬《ほお》を膨らませる椎名。

「アカウントが完成したのは良いんだけど、まだ一つだけ問題があったんだよ。ほら、誰かと《決闘《ゲーム》》をすると相手側の端末に自分のＩＤが映るでしょ？　そこに《???》って書いてあるのがバレたらすぐ通報されて、さいばーぽりすに怒られちゃうもん」

「サイバーポリスではないけど、怒られるのは確実だな。普通にアカウント停止処分だ」

「うん。そんなのやだから簡単には使えなくて、でもせっかく作ったから《決闘《ゲーム》》したいなあ、どうしようかなあ、って思ってたんだけど……なんと、そこに勧誘のメ、メ、メールが来たんだよ！　なんとかミカドって人から！」

椎名が発したその言葉に、俺は小さく目を眇《すが》めた。……とっくに分かっていたことではあるが、本人の口から出るとやはり重みが違う。最初から想定していた通り、椎名の後ろには倉橋《くらはし》がいた。

けれど、そんな俺の内心には一切気付くことなく、椎名は楽しげに言葉を続ける。

「それでわたし、もうすっごい嬉《うれ》しくなっちゃったんだよ。だってそのメール、ずーっとわたしのこと褒めてくれるんだもん。わたしが作った偽アカウントは物凄《ものすご》い発明だから是非仲間に加えたいとか、その才能は我々にとっても必要だとか……しかも、文章がなんか胡散臭《うさんくさ》いの！　良い返事をくれるつもりなら何日の何時にどこどこの最上階に、とか、入るのにいちいちパスが必要だったりとか……何ていうか、悪の組織みたいな感じで！」

「……悪なのか？」

「そりゃ悪だよ！　わたしの勘だと、多分地球滅亡とかしようとしてる。……えへー、そんな人たちに才能を認められちゃうなんて、わたしやっぱり凄《すご》いのかなあ」

嬉《うれ》しそうに足をバタつかせる椎名《しいな》に、俺は何とも言えず黙り込む。……要するに、中二心をくすぐられて上手《うま》く乗せられたということだろう。倉橋御門《くらはしみかど》のやりそうな手だ。

「それでねそれでね、そのミカドが今回の計画を教えてくれたの。わたしの《？？？《unknown》》アカウントを違和感なく使える舞台ってことで《アストラル》を紹介されて、それと一緒に、色付き星——本物とそっくりな〝複製品〟を作れる星、っていうのを貰《もら》ったんだ。色んな人の見た目を真似して《決闘《ゲーム》》を引っ掻《か》き回せる最強の武器……で、その代わりに頼まれたのが最初の宣戦布告だよ。お兄ちゃんと《女帝》さん——最強とナンバーツーを一気に倒しちゃうぞ、ってやつ！」

「ああ……なるほど、そういうことか……」

椎名の言葉を頭の中で咀嚼《そしやく》しつつ、微《かす》かな声音で呟《つぶや》く俺。

ようやく今回の件の全貌が見えてきた――おそらく椎名は、倉橋にスカウトされた外部メンバーのような立ち位置なんだろう。俺や彩園寺《さいおんじ》にまつわる事情は全く知らされておらず、ただただ《？？？》アカウントを活用できる場として《アストラル》に参加させられている。道理で椎名自身に一切の邪気を感じないわけだ。彼女は純粋にこの《決闘《ゲーム》》を楽しんでいるだけで、それがもたらす影響なんて全くもって知る由《よし》もない。

当の椎名は、ケルベロスを抱き締めながら「えへ……」と嬉しそうに笑っている。

「明日はついに最終決戦、だよね！　お兄ちゃんと遊べるイベントの最終日……もうドキドキして眠れないよ……ふぁ……」

「……めちゃくちゃ眠そうだけど？」

「そ、そんなことないよ？　そんなこと……にゃむ……」

言った直後、椎名は少し体勢を変えると俺の膝にこてんと頭を乗せてきた。その数秒後にはくーすーと規則正しい寝息が聞こえ始め、あどけない寝顔が俺の視界に晒《さら》される。

『……寝ちゃった、かな？』

と――その瞬間、ザッと微かなノイズが入って右耳のイヤホンから加賀谷《かがや》さんの声が聞こえてきた。椎名の身体《からだ》にタオルケットを被《かぶ》せながら、俺は小さな声で答えを返す。

「はい。あんな話をしてたってのに警戒心の欠片《かけら》もないですね」

『ま、ヒロきゅんのことを信頼してるんでしょ、多分。それに、警戒も何も、その子にとっては《アストラル》だってただのゲームなんだよ。勝ったら嬉《うれ》しくて負けたら悔しいだけのゲーム。さっきヒロきゅんとやってたアレと大して違いはないんだと思うよ？』

「……ちょっとやりづらいですね、それは」

『だね。無邪気な天才、かぁ……うーん、おねーさん的には一番厄介なタイプかも』

　俺の言葉に同意を重ねるように、加賀谷《かがや》さんはしみじみとそんなことを言っている。

『えっと……それで、どうするヒロきゅん？　例えば――極悪なことを言うようだけど――その部屋にある端末を物理的に破壊すれば、紬《つむぎ》ちゃんは明日の《決闘《ゲーム》》にログイン出来なくなるから簡単に逆転できると思うよん。それか、もっと極悪だけど睡眠薬とか』

「ん……まあ、そうなんですけど」

　加賀谷さんの提案を認めながらも、どこか鈍い反応を返す俺。確かにそういった方法を使えば《アストラル》に勝つことは可能だろう。……ただ、

「この四日間で分かったんですけど……こいつ、負けたゲームには執着しない代わりに決着がついてないゲームに関してはとことんまで〝続き〟を迫ってくるんですよね。こいつの中で〝まだ終わってない〟って思われてる限り、いつまでもやめられないんです」

『あー、まあ、それはあるかも……』

「はい。で、それを考えれば、《決闘《ゲーム》》と関係ない部分でこいつを倒しても意味がないんですよ。多分、また別の《決闘《ゲーム》》を仕掛けてくるだけ。それじゃ永遠に俺たちが後手に回

ります。だから、ちゃんと〝自分は《決闘》《ゲーム》に負けたんだ〟って思わせないと」

『む、むむ……なかなか難しいこと言うね、ヒロきゅん』

「そうですね。……でも、おかげさまでどうにかその算段は付いたんで」

軽い口調でそう言いながら、俺は微《かす》かに口元を緩ませた。

♭

『よし――それじゃあみんな、準備はいいか？』

『今日の前半が始まったら、俺は《百面相》《カメレオン》を例の《決闘》《ゲーム》に誘い込む。その後の流れとポジションは昨日説明した通りだ。みんな、それぞれに動いてもらうことになる』

『正直な話、どれもこれも失敗できない……重要な役割ばっかりだ』

『でも、ここまで付いてきてくれたみんなならやり遂げてくれるって信じてるから。普通なら絶対勝てないこの《決闘》《ゲーム》を、無理やり引っ繰り返してくれるって信じてるから』

『だから……見せ付けてやろうぜ？　英明《えいめい》学園の底力ってやつを』

♯

――五月期交流戦《アストラル》最終日前半。

見渡す限り黒で塗り潰されたフィールドの真ん中で、俺は静かに端末を見つめていた。

これから始まる最後の大一番。……やれる限りのことはやった、はずだ。椎名紬《しいなつむぎ》を、そして倉橋御門《くらはしみかど》を倒すために、使える手は全部使ってどうにか準備を整えた。

（あとはそれが上手《うま》いことハマってくれるかどうかだけだな……っと）

頭の中でそんなことを呟《つぶや》いた瞬間、ふと小さな足音が聞こえた気がして俺は後ろを振り向いた。するとそこには、桜花《おうか》の制服を着た赤髪の少女——彩園寺更紗《さいおんじさらさ》が立っている。

「待たせたわね、篠原《しのはら》。本当はもう少し早く合流できるはずだったのだけど……生憎《あいにく》、昨日のログアウト地点が一緒だったせいで《百面相《カメレオン》》と睨《にら》み合った状態で今日の《決闘《ゲーム》》が始まったものだから。撒《ま》くのに時間を取られちゃったわ」

「別にいいよ、大して待ってないし。むしろ一人でよく撒けたな」

「あら、馬鹿にしないでもらえる？　これでも私、6ツ星の《女帝》なのだけど」

そっと片手を腰に当てながら紅玉《ルビー》の瞳で俺を見て、悪戯《いたずら》っぽくくすりと笑う彩園寺。それに小さく頷《うなず》きを返しつつ、俺は、改めて口を開くことにした。

「とりあえず、基本的な流れは昨日話した通りだ。まずは《百面相》と接触する」

「ええ。そして、その後は正真正銘の最終決戦……ってわけね」

俺の目を見ながら彩園寺は真摯な口調でそんなことを言う。

彼女とは既に作戦を共有しているが——実は、俺が用意した《決闘《ゲーム》》というのは椎名と俺の一対一ではなく、英明《えいめい》・桜花・聖城《せいじょう》の三チーム全てが参加するものだ。俺だけじゃ話にならない。彩園寺もまた、《アストラル》を引っ繰り返すのに不可欠な存在となる。

「ふふっ――それじゃ、そろそろ行きましょ？　ぐずぐずしてる余裕はないわ」

いつもより気取った感じの口調でそう言って、くるりと俺に背を向けた彼女は優雅な足取りで歩き始めた。少し遅れて俺もその背を追いかけ、やがて隣に肩を並べる――と、

「……ねえ、篠原。ちょっといい？」

「？　どうした彩園寺」

「いえ……その、実は折り入って貴方《あなた》に相談したいことがあるのだけれど」

声を潜め、耳打ちでもするかのような格好で話し掛けてくる彩園寺。周りには当然誰もいないわけだが、万が一にも《ライブラ》のカメラに音を拾われないように、ということだろうか。さらさらの赤髪が俺の頬《ほお》をくすぐって、吐息がそっと鼓膜を撫《な》でて――瞬間、

「――《剣閃《けんせん》》ッ！」

当の彩園寺が、俺に向かって《剣閃》スペルを使用した。完全に不意打ち、かつゼロ距離からの攻撃だったこともあり、防御スペルの発動なんかとても間に合わない。

――はずだったのだが。

「ハッ……遅えよ、《百面相》」

次の瞬間、彼女の攻撃は俺の《防壁》に防がれて白い煙となっていた。……が、もちろん俺がいきなり超人的な瞬発力を身に着けたとか、そういう夢のある話じゃない。ただ単

に、攻撃が飛んでくることを知っていて予《あらかじ》め防御に回っていただけだ——そう、彩園寺更紗に擬態した《百面相》の攻撃が。

「っ……！」

俺の目の前では、彩園寺《さいおんじ》が……否、《百面相《カメレオン》》が紅玉《ルビー》の瞳を見開いている。おそらく擬態が見破られたのはこれが初めてなんだろう。その表情には大きな動揺が窺《うかが》える。

「な……なんで、分かったの？　もしかして、わたしのオーラが凄《すご》すぎてっ？」

「そうじゃない。……簡単な話だよ。さっきお前は俺を〝貴方《あなた》〟って呼んだけど、あいつは周りに人がいない限りそんな丁寧な口調で喋《しゃべ》らない。それに、一人で《百面相》を撒《ま》いてきたってのもやっぱり妙な話だろ。もしそれが本当なら、むしろ着くのが早すぎる」

「うっ……」

俺の指摘に小さく唸《うな》る《百面相》。その反応は、やはり彩園寺には見られないものだ。

「……ちなみに、本物のあいつとはどうやって入れ替わったんだ？　昨日のログアウト地点が近かったってのは本当なんだろうけど」

「あ、うん、そうそう。それで、今日ログインしてみたらまだ《女帝》さんが来てないみたいだったから……その間に、移動不能の《罠《わな》》を何個か仕掛けておいたんだよ」

そんな主張に黙って思考を巡らせる俺。彩園寺がまだ来ていなかった——いや、おそらく逆だろう。倉橋《くらはし》にログイン設定か何かを弄《いじ》られて、椎名だけが一足先に来ていたんだ。

けれど、そんな事実は知る由《よし》もなく、《百面相》はこてりと小さく首を傾《かし》げる。

「だから多分、もう一人の彩園寺さんもそろそろ来るんじゃないかな？」

「——そうね、ご明察よ」

と……その時、《百面相》の推測に応えるようにして横合いから短い肯定の声が聞こえてきた。見れば、そこに立っていたのは目の前の少女と全く同じ見た目をしたもう一人の少女。本物の偽お嬢様——６ツ星の《女帝》彩園寺更紗《さらさ》。

「最後の最後でやってくれたわね、《百面相》。さっきのはちょっとズル過ぎないかしら」

「！　う、あ……」

そんな彩園寺の糾弾に対し、《百面相》は意外にも反論することなく口籠もった。……いや、違う。これは単に彼女の——椎名紬《しいなつむぎ》の〝人見知り〟が発動しているだけか。一応、実体のある他のプレイヤーと違って彼女だけは立体映像、すなわちＶＲゲームのような感覚で自身の身体《アバター》を遠隔操作しているわけだが、それでもダメなものはダメらしい。

「……へ、へるぷみー！」

「ヘルプって……じゃあ、とりあえず元の姿に戻ってくれよ《百面相》。同じ見た目のやつが二人もいるとややこしいし、そっちの方がお前も虚勢を張れるだろ？」

「な、なるほど……確かに、それはあるかも！　それじゃ、お言葉に甘えて——！」

彼女がそう言った、瞬間——突如としてその身体《からだ》が謎の光に包まれた。中で何が起こっているのかまでは分からないが、おそらく色付き星《ユニークスター》による〝複製《コピー》〟が解かれて本来の姿に戻っているんだろう。映し出されるシルエットが徐々に小さくなっていく。

そして数秒後、俺たちの前に姿を現したのはゴスロリドレスの中学生・椎名紬《しいなつむぎ》だった。

「ふふん――どう？　これが、わたしの真の姿だよ！」

「どう、と言われても……《MTCG》の放送《アーカイブ》で見たから容姿は知っているけれど」

「え⁉　そ、そこは嘘《うそ》でも驚いてよ‼　せっかくの正体ばらしなのに～！」

むぅ、と頬《ほお》を膨らませながら精一杯に胸を張り、さらにはフードを跳ね上げてオッドアイをアピールし始める椎名。とはいえ彩園寺《さいおんじ》の言う通り、椎名が正体を明かすくだりは既に《MTCG》でやっている。今さら驚けというのはさすがに無理があるだろう。

「あんまり無茶《むちゃ》言うなよ、椎名。……あとその服、ちょっとぶかぶかじゃないか？」

「い、いいの！　これくらいがカッコいいんだよ！　もう、水差さないでお兄ちゃん！」

「お兄ちゃん……？」

（あ、やべ）

椎名の放ったアレ過ぎる二人称に彩園寺の視線がすぅっと氷点下まで冷えていくのを感じ、俺は内心で滝のような汗を掻《か》き始めた。けれど、そんな動揺は一切表に出さず、主に誤魔化《ごまか》しの意味合いでさっさと話題を変えることにする。

「ま、そんなことはどうでもいい。改めて、だ――このフィールドで顔を合わせるのは初めてだな、椎名。さっきは目が覚めるような不意打ちをどうも」

「うぅ、お兄ちゃんが煽《あお》ってくる……でも、いいもん。わたし、今日は絶対負けないって決めてるから。お兄ちゃんも《女帝》さんも全員倒して、わたしが闇の支配者になる！」

オッドアイの両目を輝かせながらそんな宣言をかます椎名。それを受けた俺と彩園寺は一瞬だけ視線を交錯させ、それから俺だけが一歩前に出る。……ここだ。ここで俺は、あいつを《決闘》に誘い込まなきゃいけない。組み上げた作戦も盤外戦術も何もかも、全ては椎名が俺との《決闘》に乗ってくれなきゃ始まらない。

――だから、

「意気込みはそのくらいにして、だ。なあ椎名、一旦今の状況を整理しないか？」

「今の状況？　っていうと……《アストラル》の、ってこと？」

「ああ、そうだ。今日で最終日を迎えた五月期交流戦《アストラル》。脱落せずに残ってるチームはもはや三つだけしかない――英明《えいめい》と桜花《おうか》、それから聖城《せいじょう》だ」

「うんっ！　そして、エリアの広さは聖城学園――つまりわたしが一番！　スペルの枚数も支持率も、お兄ちゃんたちよりずっと上だよ！」

「ま、そうだな。だから、このまま行けばお前の勝利はほぼ確実だ」

「む？　……もう、違うよお兄ちゃん。ほぼじゃなくて確実だよ、確実！」

俺の表現が気に入らなかったのか、むっと不満げに顔を膨らませる椎名。

「だって、わたしはもう何もしなくたって勝てるんだから。さっきはカッコよく勝つために不意打ちしたけど、ホントはそれもいらないの。ただ今日が終わるのを待ってれば、エリアの広さで勝ちになる……ふふーん、ちゃんと分かってるの？　お兄ちゃん」

「当たり前だ。《アストラル》はエリア争奪戦なんだから、持ってるエリアが広いやつが偉いに決まってる。……だけど、お前こそ分かってるのか？　いや、覚えてるのか？」

　意味深な口調で問いかける俺に、椎名《しいな》は〝全くピンと来ない〟とでも言いたげな顔で小さく首を傾《かし》げてみせた。そんな彼女にニヤリと笑みを返しつつ、俺は不敵に言葉を継ぐ。

「この五月期交流戦が始まる前、具体的には先週のことだけど、お前はこいつに――彩園寺《さいおんじ》に喧嘩《けんか》を売ったよな？　island tube《アイ・チューブ》を使って大々的に〝宣戦布告〟をした」

「う、うん、そうだけど……？」

「あの時にお前が彩園寺に申請した《決闘》の内容、まさか忘れちゃいないだろ？　ただ単に《アストラル》で上位だった方が勝ち、なんて素直なルールじゃなかったはずだ。言ってみろよ椎名、お前と彩園寺は一体どんな勝負をしてる？」

「えと、それは、先にお兄ちゃんを倒した方が勝ち……？　………って、あ」

　しまった、とでも言うように大きく目を見開く椎名。

　そんな彼女に追い打ちを掛けるように、俺は静かに一歩踏み出した。

「そうだよ。お前ら二人がやってるのは〝どっちが先に篠原緋呂斗《おれ》を倒せるか〟って内容の《決闘《ゲーム》》――つまり、それに関しては《アストラル》の順位なんて極論どうだっていいんだよ。一位だろうがビリだろうが、俺を倒してればそれで勝ちだ。……それに、お前は言ったはずだぜ？　もし誰も俺を倒せなければ、《女帝》争奪戦は俺の単独勝利で構わない。その場合、自分の処遇は俺に決めて貰って良い、って」

「え!?　そ、そんなこと言って――言った気がする!?」

わーわーと騒ぐ椎名。……気がする、じゃなくて、間違いなく言っている。昨日映像を確かめたばかりなんだから確実だ。ちなみに〝自滅〟に関してはそこでも特に言及されていなかったため、ペナルティの類《たぐい》は一切ないと見て問題ない。

「とにかく、お前らの《女帝》争奪戦では、誰も俺を倒せなければ例外的に俺が勝者になる。それは、つまり〝逃げ切り〟が俺の勝利条件になってるってことだ。《アストラル》の方はともかく、《女帝》争奪戦に関して言えばお前を倒す必要なんて全くない」

「で、でも……なら、逃がさなければいいんでしょ!?　全力でお兄ちゃんを倒せば！」

「そいつは難しいな。……実は俺、手札のほとんどを《防壁》と《隠密《おんみつ》》だけにしてるんだ。残りの時間ずっとお前に攻められ続けたって耐え切れる自信がある」

「そんなのズルいい!!」

「いやズルくはないだろ」

駄々《だだ》を捏《こ》ねる椎名の発言を一言でシャットアウトし、俺はさらに畳み掛ける。

「で、だ。今言ったように、俺が逃げ回ってさえいる限りお前は彩園寺との《決闘》に絶対勝てない。でも同時に、今のマップ状況だと俺は《アストラル》に絶対勝てない――それは、彩園寺《さいおんじ》だって同じことだ」

「……ええ、そうね」

胸元で緩く腕を組んだまま静かに頷《うなず》く彩園寺。

「本物の〝彩園寺更紗《さらさ》〟として、貴女《あなた》に《女帝》の座を譲るわけにはいかない。だから篠《しの》原《はら》が逃げ切ってくれること自体は大歓迎なのだけど……でも、貴女との《決闘》と同じくらい《アストラル》の勝敗も大事なのよ。もし貴女が《アストラル》に勝てば、その時点で桜花《おうか》は六位以下になる。そんなの認められないわ。だって私、桜花の代表なんだもの」

そう言って、彩園寺は意思の強い紅玉《ルビー》の瞳を真《ま》っ直《す》ぐ椎名《しいな》に向ける。……そう、最初からそういう話だったはずだ。俺と彩園寺は、偽物《にせもの》との《決闘《ゲーム》》にも《アストラル》にも絶対に負けられない。だからこそ、時には敵同士だろうと手を結ぶ必要がある。

そんなことを思い返しながら……俺は、静かな口調で切り出した。

「ってわけで――椎名、今から俺たちと《決闘》をしないか？」

「……へ？」

「《決闘《ゲーム》》だよ、《決闘《ゲーム》》。ここにいる三人で、《アストラル》とはまた別の《決闘《ゲーム》》をするんだ。さっきのでよく分かっただろ？　このままだと、お前は《アストラル》には勝てるけど彩園寺との《決闘《ゲーム》》には勝てない。逆に、俺たちは彩園寺の《女帝》の座を守ることは出来そうだけど、その代わり《アストラル》には絶対勝てない。……な？　このままじゃ全員負けだ。俺も彩園寺も、それからお前も、そんな結果じゃ納得できない」

「それはっ……そう、かもだけど……」

「だろ？　だったらここで白黒はっきり付けるべきだ――《決闘《ゲーム》》の内容は、今お前の端末にも送ってやった。《アストラル》と連動した三つ巴《みつどもえ》のボードゲーム……こいつで俺を倒せば、お前は《アストラル》だけじゃなくて《女帝》争奪戦にも勝つことが出来る。そして、もちろん状況はお前の方が有利だけど、俺たちにも一発逆転の筋が生まれる」

「ふふっ、分かりやすくていいわね。ちょっと大雑把だけど、私は賛成よ」

「ん……むむ……」

　ぬいぐるみをぎゅっと抱きつつ、迷うように視線を揺らす椎名。……当然ながら、戦略的な意味では受けたくない提案だろう。けれど、彩園寺との《決闘《ゲーム》》に勝つためには乗るしかない。そうしないとほぼ確実に俺の逃げ切りで《決闘《ゲーム》》が終わってしまうから。

　そして、ここまでが〝理詰めの説得〟なわけだが――彼女の場合、もう一つ。

「なあ椎名。……断っちまっていいのかよ？　こいつは、お前が散々やりたがってた《決闘》のお誘いだぜ。お前がずっと憧れてた星獲《と》りゲーム、しかも相手は6ツ星の天才お嬢様と史上最速の7ツ星だ。こんな機会、今を逃したら一生ないと思うけどな」

「――――た、確かに!!」

俺の言葉にオッドアイの両目をかっと見開く椎名《しいな》。間違いなく、これまでで最も大きな反応だ。やはり、彼女の性質を考えればこちらの方が決め手になると思っていた。

そして――ローブの裾を翼のようにはためかせながら、椎名はいかにも楽しげに言う。

「いいよ、お兄ちゃん。……それじゃ、最後はこの《決闘《ゲーム》》で決着をつけよっか！」

俺の提案に〝乗る〟という選択。それはつまり、椎名が俺たちと同じフィールドにまで、降りてきてくれたことを示す決定的な宣言でもあって。

(よし、どうにかここまで漕《こ》ぎ着けた――)

そんな椎名の姿を見つめながら、俺は心の中で静かに呟《つぶや》いていた。……《百面相《カメレオン》》椎名紬《つむぎ》との《決闘《ゲーム》》内《決闘《ゲーム》》。敗色濃厚の《アストラル》に捻《ね》じ込んだ唯一の勝ち筋。もちろん、こうなれば倉橋《くらはし》は全力で妨害を仕掛けてくるだろう。けれどそんなのは織り込み済みだ。その上で、表の《決闘《ゲーム》》も裏の駆け引きも、どちらも俺が勝たせてもらう。

(だから、来いよ倉橋。今から始まるのはただの《決闘《ゲーム》》じゃない――――盤外戦争だ)

どこからか見ているのであろう狡猾《こうかつ》な悪魔に対し、俺は不敵に笑みを浮かべてみせた。

＃

【五月期交流戦《決闘《ゲーム》》内《決闘《ゲーム》》、正式名称《盤上交差《クロスボード》》――ルール設定】

【《盤上交差》は《アストラル》と相互に連動したボードゲームである。盤面《ボード》は《アストラル》のフィールドを全100マスに圧縮したもので、開始時点における各マスの色は《アストラル》でのエリア支配状況から自動的に決定される。また、《盤上交差》の中でマスの色変更が起こった場合、その情報は《アストラル》のフィールドにも反映される】

【全100マスのうち〝自チームの色のマス数〟がそのチームの勢力を表し、これを全て失うとその時点で敗北となる。また、各チームには〝コア拠点〟と呼ばれるマスが一つずつあり、このマスが他チームの色で上書きされると勢力に依《よ》らず敗北となる】

【《盤上交差》はターン制で進行する。ターン中に出来ることはメインアクション、サブアクションの二点。これらを順に行い、その後次のプレイヤーにターンが移る】

【メインアクション――二種類の〝フラッグ〟のうちから一つを選び、それをボード上に配置する。配置できるのは自身のエリアと接しているマスのみである。効果は以下。

・《制圧旗》：配置したマスを即座に自チームの色に変える。
・《侵食旗》：次ターン終了時、配置したマスの周囲6マスを自チームの色に変える】

【サブアクション――以下の三つから一つを選び、実行する。
・《情報収集》：相手エリアのマス一つを対象とし、それがコア拠点か否かを調べる。
・《移動》：自チームのコア拠点を、現在地から2マス以内のどこかに移動させる。
・《攪乱《かくらん》》：一ターンの間、自チームに対する《情報収集》は全て無効になる】

【補足事項：《盤上交差《クロスボード》》は《アストラル》と連動しているため役職の影響を受ける（【司令官《コマンダー》】は《情報収集》の効力が上がる……等）。また、アビリティに関しても、《アストラル》の登録状況を全て引き継ぐものとする】

――《盤上交差》は、椎名紬《しいなつむぎ》の先手で始まった。

「むむ……」

《決闘《ゲーム》》開始と同時に現れた仮想現実《AR》のボードに身を乗り出し、真剣な目でマップを見渡している椎名。頭の中でルールを整理しているのか、その表情はひどく真面目だ。

そんな彼女に倣って簡単にまとめておくと――この《盤上交差》は、囲碁やオセロと似たような系統の陣取り系ボードゲームだ。ターン制で自チームの色を持つ〝フラッグ〟をボード上に置いていき、その効果によってお互いのエリアを奪い合う。《アストラル》を極限まで簡略化し、交戦等の要素を除いたものだと言ってもいいかもしれない。

そして、その最大の特徴として、《盤上交差》は《アストラル》と連動している。役職やアビリティ構成が引き継がれるのはもちろん、エリアの支配状況だって相互に反映されるわけだ。だからこそ、開始時点の勢力というのは決してイーブンにはなり得ない。《アストラル》で所持しているマス数が比率として換算されるため、今のところ全100マスのうち英明《えいめい》が3マスで桜花《おうか》が12マス、残りの85マスは全て聖城《せいじょう》となっている。

「……うん、決めたっ」

ともかく、俺と彩園寺《さいおんじ》にじっと注目されながら、椎名は聖城カラーである黒のフラッグを一つ手に取った。《制圧旗》――配置したマスを自エリアの色に変えるフラッグだ。

「この状況ならそんなに迷うこともないもんね。手加減なしだよ、お兄ちゃん！」

楽しげに笑みを浮かべながら、聖城エリアと接している英明のマスにフラッグを置く椎名。瞬間、鮮やかな翠《みどり》色だったそのマスがじわりと黒で上書きされる。

「ちぇっ、コア拠点じゃなかったかぁ……残念」

「いやいや、ターンも回ってきてないのに初手で終わらせられて溜《た》まるかよ。……で、メインが終わったら次はサブアクションだ。三つのうちからどれか選んで実行してくれ」

「あ、そっか！　う～む、どうしよっかな～」

無邪気に目を輝かせながら一つ一つのテキストを改めて確認し、その後椎名は《情報収集》を使用した。対象のマスが〝コア拠点〟――奪われたら負けの心臓部かどうかを判定するというサブアクションだが、これを【司令官《コマンダー》】が行うと一度に調べられる範囲が通常よりも広くなる。当然、それは全役職を持つ椎名《しいな》にも当てはまることだ。

「これを《女帝》さんのエリアに……む、外れかぁ。それじゃ、次はお兄ちゃんの番！」

自身のターンを終えると同時、くるりと俺の方に身体《からだ》を向けてくる椎名。……彼女の一手により、英明《えいめい》のエリアは残り2マスとなった。配置の関係から〝コア拠点が初手で取られる〟心配だけはなかったが、そんなのは大した気休めにもならないだろう。だって、2マスしかないんだ。コア拠点がどうのという前に、次の一周で彩園寺と椎名に1マスずついいいいいいいいい、取られるだけで簡単に俺の敗北が確定する。だからこそ、俺はこのターンで《制圧旗》を使い、最低でも3マスをキープしなきゃいけない。

――それなのに、

「「え……？」」

瞬間、俺が手に取ったフラッグを見て彩園寺《さいおんじ》と椎名の声がシンクロした。……が、それもそのはずだろう。何せ俺が選んだのは《制圧旗》じゃなく《侵食旗》――6マス範囲を奪える代わり、その効果が発生するのは一ターン後という悠長な旗だったんだから。

「え、えええええ!? お兄ちゃん、正気!? すぐにエリアを広げないなんて……もしかして、わたしを勝たせてあげようっていう兄心なの!? 遊んでるのっ!?」

「そんなわけないだろ。あと兄じゃないし」

「で、でもこの盤面が何よりの証拠！　わたしの漆黒の脳細胞がそう言ってるもん！」

「漆黒の脳細胞はあんまり良い状態じゃなさそうだな……っと」

憤慨する椎名に軽口を返しながら、俺は端末から《行動予測》――翠《みどり》の星の効力を落とし込んだ特殊アビリティを使用することにした。《決闘《ゲーム》》中にたった三回しか使えないチートアビリティ、その最後の一回を使って椎名の行動を読む。思考を読む。

「……分かった」

そうして俺は、先ほど椎名に《制圧旗》を置かれたマスのすぐ隣、英明のエリアと地続きになった場所に《侵食旗》を置くことにした。そして、そのままさらに手を伸ばし、そのマスから五つほど離れたとあるマスを人差し指でトンっと指し示す。

「こいつがお前のコア拠点だ。……そうだろ？」

「！　な、なんで分かったの!?　まさかお兄ちゃんにも古《いにしえ》の禁術が――」

「じゃなくて、普通にアビリティだよ。お前も《連合軍》で散々暴れただろ？」

「む、むむ……！」

ロイドを抱きながらむーっと頬《ほお》を膨らませる椎名。……ただ《連合軍》を引き合いに出されるとどうしようもないのか、それ以上文句を言ってくることもない。

「そして、俺はサブアクションで《攪乱《かくらん》》を選ぶ。一ターンの間、俺のエリアに《情報収集》は使えない——ってわけで、ターン終了だ」

飄々《ひょうひょう》と告げる俺に対し、彩園寺《さいおんじ》がじっと何か言いたげな視線を向けてくる。……が、まあ、それもそのはずだろう。いくら聖城《せいじょう》のコア拠点を見抜いたところで、英明《えいめい》の所持エリアは2マスしかない。このままでは、英明に次のターンなんて回ってこない。

けれど、

「…………詰んだわね」

瞬間——彩園寺が零《こぼ》したのは勝利宣言なんかじゃなく、むしろ真逆の言葉だった。どこか不満げな感情を乗せたジト目。やられた、とでも言いたげな顔と、それから溜《た》め息《いき》。

彩園寺のそんな反応に対し、椎名《しいな》がおずおずと問いかける。

「……？　えと……詰んだって、どういうこと？」

「分からない？　今の篠原《しのはら》の選択で、私たちは二人とも英明を攻められなくなったわ」

「え、え？　何で？」

「何で、って……じゃあ、貴女《あなた》が今の私の立場だったとして考えてみて。英明のエリアは残り2マス。ただしどちらがコア拠点かは分からなくて、私のターンが終わったら次にフラッグを置けるのは聖城よ。……この状況で、貴女は英明に《制圧旗》を使えるかしら」

「…………あ」

彩園寺の問いかけにしばらく固まっていた椎名だったが、やがて小さく口を開けると微《かす》かにそんな声を漏らした。それから一転、大きくくわっと目を見開く。

「置けない……ほんとだ、置いちゃダメだ!?」

……そう。

確かに英明のエリアは狭い。狭いが、その狭さは利用できないこともないわけで。

「——結局さ、《盤上交差《クロスボード》》はバトルロイヤルなんだよ」

二人の視線がこちらに向くのを待ってから、俺は落ち着いた声音でそう言った。

「三組参加の大乱戦。加えて例の《女帝》争奪戦も絡んでるから、二人とも俺のことを倒したがってる。だけど、それはただ単純に英明を脱落させたいってことじゃなくて、勝利条件を満たすために自分で英明を倒したいってことだろ？　なら当然、最後の一手は自分じゃなきゃいけない。だけど《盤上交差》はターン制だ——つまり、俺がノーガードで進める限り、英明のエリアを残り1マスにしたらその時点で〝相手の〟勝ちが確定する」

「そ、んな……」

椎名は驚きのあまりパクパクと口を開閉している。……ここ数日、色々なゲームで彼女のクセを見ておいて本当に良かった。椎名紬《つむぎ》は典型的な開幕直線型だ。まどろっこしい手は使わず、真正面から攻めてくる。それが分かっているなら対策もそう難しくはない。

「だから……要するに、椎名も彩園寺ももう俺を攻められないんだよ。いや、それだけじゃないな。もう一人にエリアを潰されないよう俺のことを守らなきゃいけない」

「っ……さ、最初からそれが狙いだったのお兄ちゃん!?」

「そりゃもちろん。《盤上交差《クロスボード》》のルールを調整したのはこっちだからな」

仕込みがそれだけというわけじゃないが、この展開を狙っていたのも間違いない。

「……ふぅん？　まあ、桜花《おうか》としては別に構わないけれど……」

しばらく黙っていた彩園寺《さいおんじ》だったが、やがて小さく首を振りつつ自身のターンを開始した。選んだフラッグは《侵食旗》だ。それを英明《えいめい》の……ではなく、聖城《せいじょう》のコア拠点へと至る方向に設置する。

「サブアクションは《攪乱《かくらん》》で。……この状況なら、先に聖城を攻めた方が良さそうね」

「ぐ、ぬぬぬ……」

一転して自分が攻められる展開になり、悔しげに唸《うな》る椎名《しいな》。とはいえ、俺も彩園寺も使ったのは時間差《ラグ》のある《侵食旗》の方だから、盤面はまだまだ圧倒的に聖城が優勢だ。

「どうしよっかな～……お兄ちゃんのところに《侵食旗》を置いてもいいけど、どうせこのターンでいっぱいマスが増えちゃうし……でもでも、二人とも《攪乱》使っちゃったから《情報収集》は出来ないし……むむ」

難しい顔で、されどどこまでも楽しそうに椎名は思考を巡らせている。……やはり、彼女は単純にゲームが好きなのであって、押していようが押されていようが楽しいものは楽しいんだろう。不正をしてでも勝利を求めるようなタイプじゃない。

（この調子ならもう少し攻められそうだけど……）

けれど、俺が内心でそんなことを思った――瞬間だった。

「……え？」

不意に、怪訝《けげん》な声音が耳朶《じだ》を打つ。……珍しく戸惑ったような彩園寺の声。たった一文字の呟《つぶや》きだが、それはここにいる全員の疑問と動揺を見事に表していたと言っていい。

「何よ、これ……どうして桜花のエリアが奪われてるわけ？」

そう――そうだ、その通りだ。椎名はまだフラッグを選んですらいないのに、ボード上のマスに早くも〝変化〟が起き始めている。具体的に言えば、桜花の支配下だったはずの赤色のマスが二つほど聖城の〝黒〟で上書きされているんだ。

その光景に一番の驚きを示したのは、他でもない椎名紬《つむぎ》だった。

「え、えええええ!?　な、何これ何これ!?　なんかいきなり色が変わった!?」

「……貴女《あなた》のアビリティじゃないの？　種類は分からないけど、例えば《増殖》とか」

「アビリティ？　うーん、そうなのかな、そうなのかも……あ！　それか、わたしの闇の力が強すぎて、マップごとダークサイドに堕《お》ちちゃったとか!?」

「……そうね、うん」

椎名の中二病発言を受け流しながら盤面に視線を落とす彩園寺。……間違いなく、椎名はまだこのターンのアクションを行っていない。なのに桜花のエリアが黒に染まった。

そんな現象に一つだけ思い当たることがあって、俺は端末からisland tube《アイ・チューブ》を開いてみることにした。《ライブラ》が運営している公式チャンネル、そこでは《盤上交差《クロスボード》》の様子が大々的に取り上げられており、また別画面には《アストラル》のフィールドが映し出されているのだが……その様子が、少しおかしかった。

(っ……何だよ、これ!?)

内心で悲鳴を上げる俺。けれど、そうなるのも無理はないだろう——何せ、画面に映っているのは既に《アストラル》を脱落したはずのプレイヤーたちだ。久我崎《くがさき》に枢木《くるるぎ》、それから結川《ゆいかわ》なんかの姿もある。そしてよく見ると、彼らの姿はいずれも粗い。

(本物じゃなくて劣化コピーってところか……なるほど、な)

ともかく、そうやって俺が思考を巡らせている間にも、《アストラル》のフィールド上では彼らが桜花《おうか》の拠点を聖城《せいじょう》の黒で上書きしているようだった。拠点を占拠したことで聖城のエリアがさらに広がり、それが《盤上交差》にも反映される。

「多分、だけど……これ、《百面相》と同じギミックだよ」

「ほえ？　わたしと、同じ……？」

「ああ。色付き星《ユニークスター》の効果だとか何とかで、お前は色んなプレイヤーの外見をコピー複製してただろ？　アレと一緒だ。何人も同時にやってるせいで見た目はかなり粗いけど、別に入れ替わるわけじゃないんだから問題ない。そいつらを使って無理やりエリアを広げてる」

「おお！　……そう、そういうことなんだよお兄ちゃん！　やっぱりわたし天才!?」

俺の説明に乗っかってむんっと胸を張る椎名《しいな》。……十中八九、これらの劣化コピーを出現させているのは彼女の後ろにいる人物・倉橋御門なのだろう。既に脱落しているプレイヤーの複製と手番を消費しないエリア拡張。もはや遠慮の欠片《かけら》もないような不正行為。

「よーし、なんか勝てる気がしてきた……！　これを、こうして、こうっ！」

そして椎名は、謎の援軍に背中を押されるようにして意気揚々と桜花のエリアを攻め始めた。《侵食旗》を選択し、それを赤色のマスにタンッと叩《たた》き付ける。

けれど、もちろんより危ういのは英明《えいめい》の方だ——桜花がまだ10マスほど残っているのに対し、英明のエリアはたったの2マス。あのコピーたちがどういう指示系統で動いているのかは知らないが、どちらのマスを取られたとしても普通に致命傷になる。

「……篠原《しのはら》？　どうしたの、貴方《あなた》の番よ？」

じっと俯《うつむ》いたまま動かない俺に対し、彩園寺《さいおんじ》がそんな言葉を投げ掛けてきた。声には表れていないが、おそらく微《かす》かに焦《あせ》りが出始めているのだろう。普段の彼女なら煽《あお》りの一言や二言は入っていそうな場面だが、今はそんな気配すらない。

（……だけど、安心しろよ彩園寺）

それを受けて、俺は紅玉の瞳を見つめながら小さく笑みを浮かべてみせた。そうしてフラッグに手を伸ばすことなく、余裕に満ちた声音でこんな言葉を口にする。

「二つの《決闘《ゲーム》》の連動――《盤上交差《クロスボード》》の情報が《アストラル》に反映されるだけじゃなくて、《アストラル》でエリアを広げればそれが《盤上交差》にも反映される。まさか脱落者のコピーを使われるとは思わなかったけど、こういう仕様だから悪用するのはそう難しいことじゃない」

「悪用って……それじゃ、どうして貴方《あなた》はそんなルールを採用したわけ？」

「決まってるだろ。そんなの、リスクよりもリターンの方が遥かに大きいからだ」

彩園寺《さいおんじ》の問いにそう答えると、俺は再び投影画面に視線を遣《や》った。……もうすぐ、もうすぐだろう。もう間もなく、この画面上に大きな〝変化〟が現れるはずだ。それに関しては賭けでも祈りでも何でもない。ただただ必然的に導かれる〝結果〟。

「何せ……俺のチームメイトは、最強だからな」

俺の呟《つぶや》きとほぼ同時、ボード中央付近の黒色マスが豪快に翠《みどり》で上書きされる。

そんな光景に俺以外の二人が揃《そろ》って絶句する中――投影画面の向こう側では、ブロンドのショートヘアを靡かせる一人の少女がコピープレイヤーたちを圧倒していた。

♭

「右だ、七瀬《ななせ》。……重心を落とせ、三秒後に攻撃が来る。撃った直後に硬直発生。殺《や》れ」

『――注文が、多い!!』

四季島《しきしま》グランドホテル地下一階、《ライブラ》拠点。

終幕に向かいつつある《アストラル》を運営するため《ライブラ》メンバーの大多数が集う部屋の中で、ヘッドセットを付けた榎本進司《えのもとしんじ》は矢継ぎ早に指示を出していた。

目の前の特大モニターに映し出されているのは、当然ながら浅宮七瀬だ。霧谷《きりがや》の《二刀流》によってトドメを刺されそうになった際、それを読んでいた榎本が《避雷針》を用いることでその攻撃の矛先をどちらも自分に集め、消滅エフェクトと同時に《隠密》を使わせることで〝死んだフリ〟をさせていた少女——もちろんデータやログは《ライブラ》に操作してもらっているわけだが、ともかくあの時の判断が今ここに生きている。

（とはいえ、それを土壇場で策に組み込めてしまう篠原《しのはら》はやはり凄《すさ》まじいな……）

榎本の脳裏を過《よぎ》るのは、ここにはいない【司令官《コマンダー》】の顔だ。……認めよう、やはり彼の力は本物だった。榎本は確かに七瀬を守ったが、それをどう活《い》かすか、その方策まで考えていたわけではない。けれど彼は、あっという間に逆転への道を作り上げてしまった。

（本当に、尊敬に値する。……相変わらず敬語は出来ないが）

口元を緩めて小さく笑う。と、その瞬間、荒い吐息が耳朶《じだ》を打った。

『はぁっ……はぁ、んっ』

「……全く。休んでいる暇はないぞ、七瀬。敵軍はまだ残っている。三秒後、左」

『も、もう、ちょっとは休憩させてくれたっていいじゃん……！　——せいっ！』

口先では文句を言いながらも、七瀬《ななせ》は一切の疲れを感じさせない動きで劣化コピーたちの攻撃に対応する。遠巻きに見ている《ライブラ》の面々が思わず呆然《ぼうぜん》としてしまうほどのコンビネーションだ。情報収集能力に長《た》けた榎本《えのもと》と、ずば抜けた反射神経及び身体能力を持つ七瀬。英明《えいめい》学園随一の6ツ星コンビは、ひたすらに目の前の敵を圧倒していく。

「なかなかいい動きだ、七瀬。だが次は左右同時に来るぞ。軸足でジャンプしてから前転で躱《かわ》して右に《銃火》。左の追撃を《防壁》でいなして距離を取りつつ連続で《魔砲》」

『無茶苦茶《むちゃくちゃ》言うじゃん進司《しんじ》!? せっ、よっ……タンッ！　……はい撃破！』

「ほら見たことか。七瀬は文句を言わずに僕の指示を聞いていればいい」

『はあ？　だ、だから何で進司はそんなにウザいわけ!?』

「何で、だと？　そんなものは答えずとも決まっているだろう」

『あによ。どーせ、ウチのことなんか適当に扱ってもいいとか——』

「——僕の指示に100％の精度で応えてくれる人間など、この世に浅宮七瀬しか存在しないと思っているからだ」

『っ……!?』

榎本の放った言葉に思いきり動揺し、七瀬は声にならない声を零《こぼ》した。それから彼女は微《かす》かに頬《ほお》を赤くして——耳の方はもう真っ赤だが——カメラ越しにちらりと榎本を見る。

『ばか……それじゃ、ウチが進司のことホントは信用してるみたいじゃん』

「……違ったのか？　それは、凹《へこ》むな……」

『か、悲しそうな声出すな、バカ！』

額を抑える榎本に慌てて文句を言う七瀬。そして彼女は、ふいと視線を逸《そ》らしながら。

『一回しか言わないけど。……信じてなきゃ、背中なんか預けないから』

ポツリと呟《つぶや》く。……リアルタイムで見ていた視聴者のほとんどが高評価を押し、後に伝説級の再生回数を叩《たた》き出すことになる浅宮《あさみや》七瀬の可愛《かわい》らしいデレ本音。

けれど、そんなものを受けて、榎本は――

「そうか。……しかし七瀬、一つ疑問がある。安全なところで指示を出しているだけの僕は果たして〝背中を預けられている〟のだろうか？　表現としてはいささか誤謬《ごびゅう》が――」

『うっさい、もうほんとうっさいバカ進司！』

怒りと共にそう言いながら、劣化コピーを薙《な》ぎ払った七瀬は再び拠点の制圧を始めた。

◊◊

「……チッ、小賢《こざか》しい真似《まね》をしやがって」

同じく四季島《しきしま》グランドホテル、某階某所――。

薄明りの中でモニターを睨《にら》み付けていた倉橋御門《くらはしみかど》は、苛立《いらだ》ち紛れに呟いていた。

迂闊《うかつ》だった。まさか他に生存者がいるとは思わなかった。昨日のデータにはなかったはずだから、おそらく《ライブラ》の連中が篠原緋呂斗《しのはらひろと》に肩入れしているんだろう。《盤上交差《クロスボード》》の方へと意識を戻してみれば、そちらでは《百面相《カメレオン》》が徐々に押され始めているのが見て取れる。先ほど出現させたばかりの劣化コピーは一瞬にして潰され、さらに拠点もいくつか取られたため、鬱陶しいことに現在最も勢いがあるのは英明《えいめい》だ。まだ60マス近い差はあるものの、流れとしてはかなり悪い。……それもこれも、全ては椎名紬《しいなつむぎ》とかいうあのガキのせいだ。稀有な才能に惹かれてスカウトしたが、あまりにも馬鹿すぎて話にならない。端的に言えば使えない。

「〝金色《こんじき》の夜叉《やしゃ》〟浅宮七瀬《あさみやななせ》か……無理だな、劣化コピーなんかじゃあの6ツ星は止められねえ。かと言って、まともな駒なんか残ってねえ……ってのが、篠原緋呂斗の思惑か」

　けれど倉橋《くらはし》は、そう言ってニヤリと口角を持ち上げる。

　ああ、考えることは同じだ——《アストラル》に残っている全てのプレイヤーが《盤上交差》に興じているんだから、別の参加者を《アストラル》に送り込めればそいつは自由にエリアを制圧できる。そんな魂胆には気付いていたから、彼も当然策を練っていた。

「ワイルドカードの偽造……そのくらい、オレにとっちゃ容易《たやす》いことだからなァ」

　小馬鹿にするように吐き捨てる。……ワイルドカード。《MTCG》最難関ルートのクリア報酬であり、同時に《アストラル》へ復帰するための権利でもあるそれを、倉橋御門《みかど》は自力で作成していた。そしてそれを、一番の配下である霧谷凍夜に預けていたのだ。今頃彼は浅宮と同じくフィールドのどこかに潜み、倉橋の指示を待っていることだろう。

「てめえの作戦なんか所詮その程度なんだよ、篠原。何から何まで中途半端だ」

口角を吊《つ》り上げながらそう言って、一頻《ひとしき》り「くくっ」と笑う倉橋。そうして彼は、霧谷《きりがや》凍夜《とうや》の端末に通信を入れると、いかにも愉《たの》しげな口調で言い放つ。

「時間だ、凍夜——分からせてやれ、オレ達の強さを！」


「——いいや？　そいつは無理な注文だな」


「なッ……！？？！」

瞬間、イヤホン越しではなく直接返ってきたその言葉に、倉橋は全ての音が遠のいていくのを感じた。まるで意味が分からない。何が起こっているのか理解が出来ない。

「何でだよ……どうしててめえがここにいる、凍夜ァ!!」

そう——ガチャリとドアを開けて部屋に入ってきたのは、《アストラル》に潜ませていたはずの最後の隠し玉・霧谷凍夜その人だった。ラフに制服を着込んだ彼は、どこか見下すような視線で倉橋のことを見つめている。

「どうして、って言われてもな。別に来ちゃいけないなんて言われてねーし」

「ふ、ふざけるのも大概にしろ霧谷凍夜！　《アストラル》はどうした!?」

「はあ？　んなもん参加してねーよ。勝てもしない《決闘《ゲーム》》に乗るほど馬鹿じゃねえ」

「なッ……勝てもしない、だと？　違う、てめえにやったワイルドカードがあれば――」

「ワイルドカード？　……ああ、あのゴミのことか」

「ごッ――」

倉橋《くらはし》の激怒を端的に切り捨てる凍夜《とうや》。彼はポケットに手を突っ込んだまま続ける。

「だからゴミだろ、あんなもん。完全に破損してやがったし、下手に使ったらオレ様の端末がイカれるところだった。どうも厄介なコピープロテクトが掛かってたみてーだな」

「っ……馬鹿な。あの連中に、《ライブラ》にそんな大層なものが作れるわけ――」

「どうせ篠原《しのはら》辺りに入れ知恵されたんだろ？　何せオレ様がデータの破損に気付いた少し後、英明の小悪魔がわざわざ煽りに来やがったからな。最初はどうにかして参加してやろうと思ってたけど、それで一気にやる気が失せた」

小さく肩を竦《すく》めながら、凍夜はつまらなそうな表情で言う。

「だってよ――アイツがオレ様のところに来たってことは、要するにてめーの作戦は全部バレてるってことになるんだぜ？　ワイルドカードを偽造してたことも、それでオレ様を復活させようとしてたことも、何から何まで篠原緋呂斗《ひろと》に筒抜けだ。それじゃ意味がねーんだよ。完全な奇襲でもなきゃこの状況は覆せねえ」

「ッ……」

「史上初の8ツ星候補・篠原緋呂斗……ああ、アイツは確かに面白え。《入れ替え》で押し付けられた三つ目のアビリティだって最高にクールだったしな。これまで半信半疑だったが、オレ様を楽しませてくれる才能は充分以上にありそうだ」

「てめえ、何を言って——いや、ごちゃごちゃ抜かすのは後だ。システムを弄《いじ》れば今からでも《アストラル》に介入できる。手を貸せ凍夜、てめえはオレの手下だろうがッ！」

「手下？　……ひゃはっ、こいつは面白え!!」

　嘲るように嗤《わら》いながら、凍夜は大きな歩幅で倉橋との距離を一気に詰めた。そうして瞳の中の動揺が窺《うかが》えるくらいの距離にまで近付くと、露悪的に頬《ほお》を歪《ゆが》めて言い放つ。

「オレ様はな、今よりもっともっと上に行きたいだけだよ。てめーを利用してのし上がろうとしてただけで、てめー自身には何の興味もねえ。関心もねえ。価値もねえ」

「……ッ……！」

「だから、今回はてめーの負けだよ倉橋御門《みかど》。……二回連続で作戦失敗なんて、今度こそお終《しま》いだな。一つ言っとくが、前回の秋月乃愛《あきづきのあ》も今回の椎名紬《しいなつむぎ》も、ソシャゲで言うならどっちもＳＳレア級の駒だったんだぜ？　ただ単に、てめーがそれを活《い》かし切れなかっただけだ。篠原緋呂斗みてーにやれなかっただけだ。……ま、でも安心しろよ？　てめーのポジションはこのオレ様が貰《もら》ってやる——だから、てめーはここでくたばれ」

　見下すようにそう言って、凍夜は完全に興味を失ったようにくるりと彼に背を向ける。

そんな元手下の姿を呆然《ぼうぜん》と見送りながら、やがて一人になった倉橋《くらはし》は——

「……クソ、クソが!! クソガキどもが！！！」

半ば自棄《やけ》になりつつも、眼光を光らせてもう一度ＰＣに向き直った。

#

——五月期交流戦《決闘《ゲーム》》内《決闘《ゲーム》》、《盤上交差《クロスボード》》五ターン目。

俺と倉橋による〝盤外戦〟の影響もあり、ボードの様子は大きく変わっていた。聖城《せいじょう》の黒色エリアが35マス、英明《えいめい》の支配下にある翠《みどり》のエリアが37マス。そして桜花《おうか》は盤外戦にこそ絡んでいないものの、アビリティを駆使したプレイングで28マスまでその勢力を伸ばしている。

(個人的には、不正《イカサマ》もなしで普通についてきてる彩園寺《こいつ》が一番すごいと思うけど……)

相変わらず常軌を逸した強さを誇る《女帝》を見つめ、心の中でポツリと零《こぼ》す俺。

そして——そんな彩園寺《さいおんじ》とは対照的に、椎名《しいな》の方はボードを睨《にら》んで「むむ……」と唸《うな》っている。その間にも翠のエリアがじわりと黒を侵食し、彼女の焦《あせ》りは増すばかりだ。

「う、うう～！ やっぱりお兄ちゃん強すぎだよ～！」

「……ま、そりゃ負けるわけにはいかないからな。いつものゲームとは違うんだ」

苦笑しながら返す俺。……この時間まで霧谷凍夜《きりがやとうや》の参戦がない、ということは、おそらく秋月《あきづき》が上手《うま》くやってくれたんだろう。つまり、聖城側にこれ以上の増援はない。

（後は、このまま何も起こらなければ――）

けれど、俺が内心でそんなことを思った……瞬間だった。

「……あ、れ？」

ケルベロスのぬいぐるみを抱いたままボードに身を乗り出していた椎名が、突然ポツリと言葉を発した。妙に不自然な態勢のまま、「む？」と小さく眉を顰《ひそ》める。

「何か、変かも……？」

「……変？　変ってのは、何がだ？」

「えっと、身体《からだ》が動かないっていうか、操作できないっていう――きゃんっ！」

刹那、紡いでいる言葉とは裏腹に椎名の身体がぐぐっと前へ倒れ込んだ。かなりの勢いでボードへ突っ込みそうになり、彼女は咄嗟《とっさ》にぬいぐるみから離した右手を前に出す。

そうやって、椎名の手のひらが盤面に触れた――瞬間、

「――っ⁉」

目を疑いたくなるほどの勢いで、彼女が触れた全てのマスが一斉に〝黒〟へと染まり始めた。フラッグを握っているわけでもないのに、椎名がさっと手を払うだけで大量のエリアが持っていかれる。侵食される。

そんな意味不明な光景を見て、椎名は大きく目を丸くした。

「え……え、なになに⁉　もしかして、触ったところがわたしのエリアになるの⁉」

「なるの、って……貴女《あなた》がやってるんじゃない、どう見ても」

「そ、そうみたいだけど、でもわたしは何も――わ、わわっ⁉」

彩園寺《さいおんじ》の言葉に曖昧な返事を返しながらも、椎名《しいな》はまるで操られているかのように手を伸ばす。するとその度に、彼女が触れたエリアが軒並み漆黒へと色を変える。名付けるのなら《神の一手》だ――盤外戦術ですらなく、ひどく直接的に相手のエリアを奪う違法アビリティ。それも、傍《はた》から見ている限り、椎名自身は一切関知していないらしい。

(ま、椎名はそもそも純粋に《決闘《ゲーム》》を楽しみたいタイプだからな。つまり、これをやってるのは倉橋御門《くらはしみかど》――《百面相《カメレオン》》の操作系統を奪って、あいつが椎名を動かしてる)

「わ、ちょ、きゃんっ！」

時折悲鳴を上げながら強引にエリアを広げていく椎名。この五ターンの間の快進撃があっという間に引っ繰り返され、再び黒尽《ず》くめの盤面が目の前に現れる。《盤上交差《クロスボード》》開始時と同じく英明《えいめい》と桜花《おうか》のエリアなんて数えるほどしか存在しない、絶体絶命の大ピンチだ。

――けれど、

「全く……呆《あき》れた往生際の悪さね」

そんな空気を断ち切るかの如《ごと》く、溜《た》め息《いき》交じりに言い放ったのは彩園寺だった。彼女は優雅な足取りで椎名の後ろに回り込むと、動けないようにその身体《からだ》を羽交い絞めにする。

「触ったマスを制圧できるアビリティ？　確かに強力だけれど、そんなの物理的に拘束されたらお終いじゃない。ズルいことするにしたって、もうちょっと考えたらどう？」

「わ、わたしじゃないもん！　わたしならもっと最強で天才だもんっ！」

「そうね。だから今のは、貴女の後ろで聞いてる恥知らずな誰かさんに言ったのよ」

意味深な口調でそう言って、彩園寺は一旦言葉を切った。そうして、さらりと長い髪を揺らしながら俺に視線を向けてくる。

「――どう、篠原《しのはら》？　私なりに、貴方《あなた》の計画を予想してそれに便乗してみたのだけど」

「ああ……やっぱり《女帝》の二つ名は伊達《だて》じゃないな、彩園寺」

少し悪戯《いたずら》っぽい色の瞳に見つめられ、小さく口元を緩める俺。……文句の付けどころがない大正解だ。俺の狙いは、倉橋を焦《あせ》らせて実力行使に出させること――すなわち、彼が直接椎名を操るような状況を作り出すこと。故に、これで全ての条件は満たされた。

「《逆探知》アビリティ、発動――」

そうして俺が起動したのは、これまで一度も使っていなかった最後のアビリティだ。他プレイヤーの端末に〝《決闘《ゲーム》》外から〟干渉している通信をハッキングし、それを横から乗っ取るアビリティ。俺の等級が低いせいで本来なら色々と機能が制限されるのだが、最終日にしか使えないという縛りを付けることでそのデメリットを帳消しにしている。

ともかく、そんな絶好の隠し玉《アビリティ》を使って――俺は、

「よお、倉橋。……聞こえるか？」

《アストラル》を蝕んでいた本当の黒幕に向けて、ニヤリと笑みを浮かべてみせた。

♪♪♪

『よお、倉橋《くらはし》。……聞こえるか？』

――薄暗い部屋の中、倉橋御門《みかど》は呆然《ぼうぜん》自失の様相で椅子に背中を預けていた。

画面の向こうでは、憎むべき仇敵《きゅうてき》が煽《あお》るような笑みを浮かべている。……勝利を確信したような、あるいは締めにでも入ろうとしているかのような不敵な表情。……まあ、それはそうだろう。最後の足掻《あが》きすら完封されてしまったら、倉橋に出来ることなど何もない。

『今回は、完全に俺の勝ちだ。《区内選抜戦》の時みたいに逃がしたりはしない――しっかりと、自分がやったことを償ってもらうぜ』

相変わらず余裕の笑みでそんなことを抜かす篠原緋呂斗《しのはらひろと》。……だが、

（まだだ……まだ、オ、オレは諦めちゃ、い、いねえ）

微《かす》かな音で狙いがバレてしまわないように、倉橋はそろそろと腕を伸ばした。

だって、負けるわけにはいかないんだ――霧谷凍夜《きりがやとうや》も言っていた通り、この作戦に失敗すればいよいよ彼は〝上〟から切られることになる。そうなれば二度と学園島《アカデミー》には足を踏み入れられなくなるだろう。いわゆる永久追放というやつだ。

（クソが、エリートたるオレがガキの遊びで失脚するとか有り得ねえんだよ……！）

ギリ、と奥歯を噛《か》み締める。……一瞬、ほんの一瞬で良いんだ。一瞬でも《女帝》の拘束を抜け出せれば、《百面相《カメレオン》》を操って桜花《おうか》のエリアを潰し切ることが出来る。状況をもう一度引っ繰り返せる。

（いくら篠原緋呂斗がイカれた頭をしてようと、これ以上の手はさすがに隠し持ってねえはずだ。なら、勝てる――《アストラル》はオレの勝ちだ、篠原ァ‼）

壊れかけたようなテンションで大きく頬《ほお》を吊《つ》り上げる倉橋。

と……そこで、モニターの中の篠原がふと思い出したような声を上げた。

『ああ、そうそう――今俺が使ってる《逆探知》ってアビリティさ、ただ回線を乗っ取るだけじゃなくてそっちの居場所を検索する機能もあるんだよな』

「……？　そんなもん、《アストラル》にいるてめえにゃ微塵《みじん》も関係ねえ話だろうが」

『お？　やっと喋《しゃべ》ったな倉橋。じゃあ、それに免じて教えてやるよ。……英明《えいめい》学園には俺以外に四人のプレイヤーがいる。そのうち二人が何をしてるのかはお前にも見えてると思うけど――残りの二人は、一体どこで何をしてるんだろうな？』

篠原の意味深すぎる問いかけに、倉橋が思考を巡らせかけた……その瞬間、だった。

「――――っ⁉」

ガチャッ、と勢いよく扉が開き、そこから一つの人影がコツコツと無遠慮に室内へ踏み入ってきた。ふわりと広がるモノクロカラーのメイド服。涼しげに揺れる白銀の髪。

確か、名前は――

「姫路《ひめじ》白雪《しらゆき》、です。悪巧みの最中に失礼いたします」

「っ……ああ、てめえ、知ってるぞ。篠原緋呂斗《しのはらひろと》の従者だな？」

「はい。随分と探し回ってしまいましたが、ようやく〝正解〟を引き当てることが出来ました。実はご主人様から、こちらに《百面相》の身体を動かして遊べる新作VRゲームがあると教えていただいたもので――良ければ、わたしにも貸していただけませんか？」

「……はん、要は女一人で乗り込んできたってことかよ。オレも舐《な》められたもんだな」

嘲るように笑う倉橋《くらはし》。が――しかし、視線の先の少女ははてと小さく首を傾《かし》げる。

「女一人？　……まさか。わたしは異性と接するのがあまり得意ではないですからね。今でも鳥肌が立っているというのに、こんなところまで一人で来れるはずがありません」

「あァ？　それは、どういう――――ッ!?」

倉橋がその言葉を最後まで紡ぎ終えるより早く、メイド服姿の姫路白雪は静かに右手の白手袋を取ると、パチンっと一つ指を鳴らした。と、そんな合図に応じるようにして、開け放たれていた扉からぞろぞろと大量の人影が雪崩《なだ》れ込んでくる。英明《えいめい》の小悪魔・秋月《あきづき》乃《の》愛《あ》に先導された彼らは、他でもない《アストラル》の選抜メンバーたちで。

「――えへへ、いっぱい連れてきちゃった♡」

その数、およそ三十人。とてもじゃないが、無理やり突破するなんて出来っこない。

みるみる顔を青褪《あおざ》めさせる倉橋の前で……姫路白雪は、涼やかな声音でこう言った。

「さて。――――まだ、続けますか？」

＃＃＃

――姫路たちが倉橋の拠点に乗り込んでからの展開は、実にあっという間だった。

倉橋に操作権限が移っていた《百面相《カメレオン》》の身体《からだ》を姫路が乗っ取り、例の違法アビリティを使って盤面を翠《みどり》で埋め尽くす……それこそが、俺の思い描いていた最後の展開だ。もちろん椎名《しいな》のアビリティ構成まで分かっていたわけではないが、とにかく倉橋の介入を逆手に取り、相手の勝ち筋を完全に潰す。これにより、長いこと最大勢力を保っていた聖城《せいじょう》のエリアは完全に消え去って、《盤上交差《クロスボード》》は椎名紬《つむぎ》の敗北で幕を閉じた。

「………………」

テーブルやボードが消滅し、俺たちは再び《アストラル》へと引き戻される。……ただし、そちらの戦況やら様相も数時間前とは大違いだ。《盤上交差》終了時の盤面が《アストラル》にも反映されるため、現在英明の所持エリアは９２２０マス。対する聖城は、０マスだ。《百面相》のＬＰこそ削られていないが、拠点は一つも残っていない。

すなわち、敗退だ――聖城学園は、これにて《アストラル》からも姿を消した。

当の椎名紬はと言えば、俺の目の前で何やら呆然《ぼうぜん》と立ち尽くしている。

「終わっちゃった、の……？　これで、全部終わり？」

実感が湧かない、とでも言いたげな問い。それに対し、俺は「ああ」と頷《うなず》きを返す。

「お前の負けだ、椎名《しいな》。LPがどれだけあったとしても、エリアが0になったら《アストラル》からは脱落する。……ま、諦めてくれよ。今回はちょっと相手が悪かった」

「う……そうかな、そうなのかも。お兄ちゃんも《女帝》さんもすっごく強かった……うん、だから《アストラル》はわたしの負け。……それは、いいんだけど」

そこまで言って、椎名は少しだけ顔を持ち上げた。オッドアイの両目を不安そうに揺らしながら、胸元でぎゅっとロイドを抱き締めながら、おそるおそる尋ねてくる。

「ねえ、お兄ちゃん――わたし、もしかして悪いことしてたのかな？　すごく、すごく楽しい五日間だったんだけど……いけないこと、だったのかな？」

ゆっくりと言葉を紡いでいく椎名。その表情は、もう少しで泣き出しそうなくらい歪《ゆが》んでいる。……おそらく彼女は、倉橋《くらはし》によってかなりの情報を制限されていたんだろう。複製を利用した入れ替わりが〝不正〟だなんて思っていなかっただろうし、それで《アストラル》が崩壊しかけていたことなんて未《いま》だに理解していないはず。けれど、《盤上交差《クロスボード》》の最後であれだけの大立ち回りがあったこともあり、さすがに色々と勘付いてしまった。

自分がやっていたことの意味を、断片的にだが知ってしまった。

（だから、まあ〝全く悪くない〟とは言えないんだけど……難しいところだな）

主犯はどう考えても倉橋だが、だからと言って実行犯である椎名が完全にシロかと言われればそんなことはない。というか、それじゃ彼女自身が納得しないだろう。

だから、俺は。

『へ？　……ふにゃっ!?　な、なんにゃなんにゃ!?』

──片手で端末を操作し、《ライブラ》の専用回線に繋《つな》いでみることにした。二つの《決闘《ゲーム》》の終焉《しゅうえん》ということで《ライブラ》の実況もそろそろ佳境に入っている頃だろうが、運よくシフトから外れていたのか（あるいは外してくれていたのか）一コールで風見鈴蘭《かざみすずらん》が出てくれる。当然だが、この通信がisland tube《アイ・チューブ》上で流れるようなことはない。

それが分かっているから、俺は特に声を潜めるでもなく話を切り出した。

「俺だ、篠原《しのはら》だ。悪い風見、今ちょっとだけ時間あるか？」

『篠原くん……!?　も、もちろん大丈夫にゃ！　ちょっとと言わずいくらでも！』

「そっか、良かった。なら一つ教えて欲しいんだけど、お前らは──《ライブラ》は、椎名紬をどう思ってるんだ？　この騒動の幕引きとしてお前はどんな結末を望んでる？」

『──────』

息を止めるように黙り込む風見。

そう……俺が彼女に訊《き》きたかったのは、要するにそういうことだった。何せ、今回の件で一番の被害者と言えるのはまず間違いなく《ライブラ》だ。故に、椎名の問いに答えるべきは俺よりも彼女の方がずっと適任だろう。

そして、たっぷり一分以上は考えをまとめてから——風見《かざみ》は、そっと口を開いた。

『えっと……まず、そもそも〝結末〟を決めるのはワタシたちじゃないにゃ。篠原《しのはら》くんのおかげで《アストラル》はどうにか無事に続けられたけど、《百面相《カメレオン》》に脱落させられたプレイヤーはたくさんいる。だから、ちゃんと理事会の人に怒られなきゃいけないにゃ』

「う……うん、そうだよね」

『でも、それとは別で一つ聞かせて欲しいにゃ。……紬ちゃんは、楽しかったかにゃ？』

「…………え？」

『だから、《アストラル》にゃ。この《決闘《ゲーム》》は、紬《つむぎ》ちゃんにとって楽しいモノだったのかにゃ？　それとも、つまらなかったかにゃ……？』

「う、ううん、そんなわけない。……そんなわけないよっ！」

風見が口にした問いかけに、椎名《しいな》は戸惑いつつもぶんぶんと首を横に振る。

「すごく、すっごく楽しかった……！　《アストラル》も《ＭＴＣＧ》もそれから《盤上《ボード》交差《クロス》》も、全部全部楽しかった！　終わっちゃうのが寂しいくらい——ずっと遊んでてもいいぐらい、楽しかった！」

『……なら、良かったにゃ』

そして——通話口から返ってきたのは、どこかくすぐったそうな風見の声だった。

『ワタシたちは、みんなに楽しんで欲しくて《アストラル》の運営を頑張ってたにゃ。そして、もちろん大変は大変だったけど、《百面相》っていう強敵がいてくれたおかげで《決闘《ゲーム》》はすごく盛り上がった。でも、代わりに紬ちゃんだけ楽しくなかったんじゃないかって、ちょっと心配だったのにゃ――だから、楽しかったって言ってもらえてとっても嬉《うれ》しいにゃ。ワタシ的には百点満点の回答にゃ！』

「百点満点！　……よかったぁ」

嘘《うそ》偽りのない本心からそう告げる風見と、ほっとしたような顔でその場にぺたりと座り込む椎名。それから彼女は、俺の方に顔を向けて年齢相応のあどけない笑みを浮かべてみせる。……少しは揉《も》めるかとも思ったが、無事に解決してくれたようで何よりだ。

（これで、《盤上交差》も《アストラル》も英明学園の完全勝利に……って、ん？）

けれど――そんな円満解決の空気の中、俺《たち》はふと微《かす》かな違和感を覚えて顔を上げた。もし本当に英明《えいめい》の勝利で《決闘《ゲーム》》が終わっているのなら、《アストラル》の電脳世界はそろそろ解除されていてもいいはずだ。なのに一向にそうなる気配がない。

（まさか……）

とある予感に苛まれながら《アストラル》の全体マップを見てみれば、まあ予想通りというか何というか……ほんのわずかにだけ、桜花学園を示す赤色のエリアが残っていて。

「――ふふっ」

俺が硬直していると、近くに立っていた赤髪の少女がくすりと優雅な笑みを零《こぼ》した。

「どうせこんなことだろうと思ったから、桜花《おうか》のコア拠点だけは《干渉無効Lv5》で守らせてもらったわ。《アストラル》の優勝自体は貴方《あなた》に譲らざるを得ないようだけど——全マス奪って完全勝利なんて、そんなカッコいいことはさせてあげないんだから」

「…………こいつ」

どこか挑発的な彩園寺《さいおんじ》の発言に、ひくっと頬《ほお》を歪《ゆが》ませる俺。……ああ、やっぱりこのお嬢様は厄介だ。厄介で、狡猾《こうかつ》で、その上いちいちカッコいい。

そんなことを思いながら——俺たちは、やがて《アストラル》が終焉《しゅうえん》を迎えるまで、ただひたすらに不敵な視線を交わし合っていた。

【五月期交流戦《アストラル》——最終結果】
【エリア所持数最大チーム：四番区英明《えいめい》学園（9533マス）】
【支持率最大チーム：四番区英明学園（89・2%）】
【最終順位：英明－桜花－栗花落《つゆり》－音羽《おとわ》－森羅《しんら》－……】
【ただし、聖城《せいじょう》は正規の参加権を持たないため、最終順位からは除外する】

LNN特別号：

五月期交流戦《アストラル》最終結果！

> **1位：四番区・英明学園**
>
> **最大拠点数114。最大エリア数9533。最終生存者：2名。**
>
> ――《アストラル》の頂点に立ったのは篠原緋呂斗くん率いる英明学園にゃ！《MTCG》の最速攻略、《連合軍》を打ち倒すための同盟軍、そして《百面相》とのラストゲーム……どれもこれも、最高で最高だったにゃ！文句なしの大勝利にゃ！！！

> **2位：三番区・桜花学園**
>
> **最大拠点数24。最大エリア数891。最終生存者：1名。**
>
> ――第2位は桜花学園にゃ。《女帝》彩園寺更紗ちゃんの的確な指示とプレイングで見事《連合軍》を凌ぎ切り、学校ランキング1位の貫禄を見せつけたにゃ！

> **3位：十六番区・栗花落女子学園**
>
> **最大拠点数15。最大エリア数477。脱落：4日目後半。**
>
> ――《鬼神の巫女》枢木千梨はやっぱり強かった！今回は惜しくも3位に留まったけど、次のイベントではもっと"チーム"としての力が強くなるかもしれないにゃ！

> **4位：八番区・音羽学園**
>
> **最大拠点数11。最大エリア数384。脱落：4日目後半。**
>
> ――"不死鳥"久我崎晴嵐くんを擁する音羽学園！前半はきっちりとチームプレイを見せつけ、最後は《連合軍》を利用する形で総合4位に食い込んだにゃ！

> **5位：七番区・森羅高等学校**
>
> **最大拠点数3。最大エリア数79。脱落タイミング：4日目後半。**
>
> ――"絶対君主"霧谷凍夜くん率いる森羅が総合5位にランクインにゃ。かなり初期から《連合軍》入りして、主力として大きな活躍を見せたにゃ！

エピローグ　祭りのあと

liar liar

「いやー……それにしても、まさか本当にウチらが勝てるとは思わなかったよね」

——五月期交流戦が完璧な幕引きを迎えた、その次の週。

俺たち英明《えいめい》学園の面々は、最初に顔合わせを行った生徒会室に再び集結していた。

名目としては、一応祝賀会のようなものだ。学校を挙げての表彰式《セレモニー》はまた改めてやるらしい（学長談）が、その前に本戦の参加者だけで軽く打ち上げ的なことをするのも悪くない。そんなわけで、秋月《あきづき》がこの場をセッティングしてくれたのだった。

俺の左隣では、当の秋月があざとく身体《からだ》を寄せてきている。

「えへへ……脱落したフリして《ライブラ》と手を組んで、裏から《決闘《ゲーム》》を支配して最後の最後に大逆転！　もうさっすが緋呂斗《ひろと》くん、って感じだったよね♪　あんなイカサマだらけの相手にも勝っちゃうなんて、乃愛《のあ》もっと好きになっちゃったかも……♡」

「……近いです、秋月様。直ちにご主人様から離れてください」

「え～？　でもでも、まだ当たってないよ？」

「当たり前です。もし接触が確認できた場合は、それこそ実力行使に出ていますので」

秋月を牽制《けんせい》するように涼やかな声を発する姫路《ひめじ》。……ただ、そんな彼女も無自覚に距離が近いため、両脇を固められている俺としてはいつ心音がバレるか気が気じゃない。

そんな俺の内心を知ってか知らずか、やがて姫路が話題を元に戻した。

「ともかく、です——ご主人様の大活躍もあり、英明学園は《アストラル》の頂点《トップ》に輝きました。五位以内の順位としては、上から三番区桜花《おうか》、十六番区栗花落《つゆり》、八番区音羽《おとわ》、七番区森羅《しんら》となっています。昨年の学校ランキングで上位だった二番区の彗星《すいせい》や十七番区の天音坂《あまねざか》がこのイベントで星を失っていますので、今年は逆転も狙えますね」

「ふむ。それに関しては、僕も英明の生徒会長として感謝しなければならないな。今回の五月期交流戦で篠原《しのはら》が成した功績は、はっきり言って計り知れない」

「……いや、そんなことはねえよ」

真《ま》っ直《す》ぐにこちらを見つめてくる榎本《えのもと》に対し、俺は静かに首を横に振る。

「確かに作戦を立てたのは俺だけど、それを実行に移せたのはみんなの協力があったからだ。このメンバーじゃなきゃ無理だった。だから、俺だけを持ち上げる必要はない」

「そうか、了承した。ならば先ほどの感謝は取り下げよう」

「……了承するの早すぎじゃね？」

「何せ敬語がなかったからな」

冗談交じりにそう言って口元を緩める榎本。……多人数戦のイベント、ということで最初はどうなることかと思ったが、どうにか最後まで〝嘘《うそ》〟を見破られずに乗り切れたようだ。榎本《えのもと》の方は今日も今日とて隣の浅宮《あさみや》と言い合いをしているが、そろそろ慣れてきたからか、俺も何となく微笑《ほほえ》ましい気持ちで見ることが出来るようになっている。

と、そこで、浅宮がすっとこちらへ身を乗り出してきた。

「てゆーか……ねえシノ、今回の星配分がどうなるとかって聞いてる？　ウチらはトーゼン貰《もら》えないと思うけど……なんか、色付き星《ユニークスター》を持ってる子が一人いたみたいじゃん？」

「ああ……それか」

浅宮の問いかけに対し、そう言って小さく頷《うなず》く俺。

通常、学園単位のイベント戦で報酬として与えられる〝星〟は、各学園の意向や戦略に従って所属する生徒に振り分けられる。ただし、大前提として５ツ星以上の等級にはそれぞれ人数制限があるため、その枠が空いていない限り〝昇格〟は不可能だ。つまり、俺が星を失わない限り６ツ星の連中は誰も７ツ星にはなれないということになる。

が、まあそれはともかく。

「まず、姫路《ひめじ》に一つ星が入るのは確定だな。今回のイベントで５ツ星から４ツ星に降格したやつはたくさんいるから、人数制限も問題ない。で、浅宮の言ってる色付き星所持者ってのは十四番区の皆実雫《みなみしずく》だ。あいつが六位以下になってるから、確かに色付き星が一つ浮いてる。……けど、それが上位五チームのうちどこに行くかはまだ決まってないらしい」

英明《えいめい》か桜花《おうか》か、音羽《おとわ》か栗花落《つゆり》か森羅《しんら》。正直な話、英明以外のどこに渡ったとしても厄介な未来になるのは目に見えている。もし霧谷《きりがや》に渡ったら？　枢木《くるるぎ》に渡ったら？　あるいは久我崎《くがさき》に渡ったら……？　どのパターンも面倒すぎて積極的に考えたくはない。

だから、今だけはポジティブに捉えておくとして。

「で、もしその色付き星が英明に入るなら——俺は、榎本が手に入れるべきだと思う」

「………………何？」

俺の発言が完全に予想外のものだったのか、榎本は思いきり顔をしかめた。

「何故《なぜ》僕なんだ。《アストラル》の功労者《MVP》は誰がどう見ても篠原《しのはら》だろう」

「だから、そんなのは関係ない。今回の五月期交流戦ではっきり分かっただろ？　個人の力も確かに重要だけど、イベント戦で勝とうと思ったら英明全体の力を底上げする必要がある。そのためには、生徒会長であるお前が色付き星を持つのが最善だ」

首を横に振る榎本に対し、あくまでも〝譲る〟と言い張る俺。……色付き星を手に入れる難しさは重々承知しているが、しかし学園全体を強化できる機会というのもそうそうない。幸いにして今回はもう一つ当てがあることだし、一つは榎本に託した方が後々の益になるだろう——まあ、まだ貰えると決まったわけではないのだが。

「……なるほど。では、そちらも了承した」

ともかく、榎本は……不遜に腕を組みながら、静かな頷きと共にこう言った。

「もし色付き星が手に入るのであれば、その力は決して無駄にしない——〝千里眼〟の二つ名に懸けて保証しよう。今年の英明《えいめい》学園は、間違いなく序列一位を勝ち取る」

いや、なったのだが——

\#\#

英明メンバーとの祝賀会もお開きになり、俺は姫路《ひめじ》と二人で帰宅することになった。

「本当に……本当に、ありがとうございましたにゃ!!」

校門を出てすぐのところで待ち構えていた《ライブラ》の風見《かざみ》に捕まり、流れるように彼女たちの持つ拠点の一つへと案内された俺たちは、そこで深々と頭を下げられていた。

「篠原《しのはら》くんたちがいなかったら、本当にどうなってたか分からないにゃ……イベントはボロボロ、《ライブラ》の評判は地に落ちて、そのまま島から追い出されることも覚悟してたにゃ。それなのに、結果的には空前絶後の大盛り上がり……！　大大大感謝にゃ!!」

「いや、たまたま利害が一致したってだけだろ。そこまで感謝される謂《いわ》れはねえよ」

「そんなこと言われたら逆に困ってしまうのにゃ！　この恩を返すためなら身体《からだ》の一つや二つ、腕の一本や二本！」

「ご主人様を何だと思っているのですか、風見様」

呆《あき》れたように呟《つぶや》く姫路。白銀の髪をさらりと流しながら、彼女は続けて口を開く。

「それで……問題の倉橋御門《くらはしみかど》様は、結局どうなったのですか？」

「ふにゃっ？　あ、う、うん、それなんだけど――」

姫路の質問に対し、我に返ったようなテンションで〝その後〟を語り始める風見。

彼女によれば――今回の件でようやく理事会が調査に乗り出し、以前より問題の多かった倉橋の一派は学園島の中枢組織から完全に排除されることになったらしい。また、《アストラル》で《ライブラ》を置いて逃げたイベント運営委員会のメンバーに関しても、きっちりと厳重注意が下されたのだという。

「……じゃあ、倉橋はもう完全に権力を失《な》くしたんだな」

言って、静かに視線を伏せる俺。……聖城《せいじょう》の学長の座を失い、理事会からも排斥されたのなら、彼の居場所はこの島のどこにもないと言ってしまっていいだろう。けれど、だからと言って安心できるわけじゃない。霧谷凍夜《きりがやとうや》という新たな〝敵〟の存在も確認できたことだし、今後も〝7ツ星〟である俺が狙われる可能性は大いにある。

また、同じく理事会による取り調べを受けている《百面相《カメレオン》》――椎名紬《しいなつむぎ》だが、こちらはもうすぐ解放される見込みらしい。倉橋の関与が明らかであることと、椎名自身が悪巧みできるほど賢くないこと……もとい純粋なことが無罪放免の根拠、とのことだ。ただ、今回の件で当然理事会からは目を付けられただろうし、《？？？《偽アカウント》》はもう使えない。高校に進学しないのなら、そのまま本土に帰されてしまう可能性もある。

（でもまあ、あんな才能があったら誰も放っとかないよな……例えば、英明《ウチ》の学長とか）

内心でそんなことを考えながら、静かに首を横に振る俺。……ちなみに、手に入る当てのある〝もう一つの色付き星《ユニークスター》〟というのは当然椎名《しいな》のそれなのだが、こちらも理事会の処分が確定するまでは保留にするしかなさそうだ。三つ巴《みどもえ》の《決闘《ゲーム》》だったから完全には勝者が決まっていないというのもあるし、どういう処理になるのかはいまいち分からない。

「ま――とにかく、ありがとな風見《かざみ》。今回は色々と世話になった」

「だから、それはこっちの台詞《せりふ》なのにゃ！　……あ、でもでも篠原《しのはら》くん、一つだけ訊《き》いても良いかにゃ？　篠原くんと更紗ちゃん――《女帝》のこと、なんだけど」

（!?）

その切り出しに、自身の心臓が大きく跳ねたのが分かった。……確かに、今回の五月期交流戦では《ライブラ》と少し深く関わり過ぎたため、俺と彩園寺《さいおんじ》との関係を何かしら疑われる懸念はあった。どうにか誤魔化《ごまか》せたものと思っていたのだが……

（ヤバい――ヤバい、ヤバいヤバいか!?）

唐突なピンチ危機に焦《あせ》って思考が空転する。マズい、上手《うま》い言い訳が全く出てこな――

「――二人って、もしかして裏で付き合ってるのかにゃ!?」

「……は？」「はい？」

そこで、俺の呆《ほう》けたような疑問の声と、姫路《ひめじ》の固い返答がピタリと重なった。けれどそこに込められた感情には一切気付くことなく、風見は明るい笑顔で言葉を続ける。

「ずっと気になってたにゃ！　四月から――篠原くんが転校してきたくらいの時から、更《さ》紗《さ》ちゃんの機嫌が良いことが増えてきたなって。だから、今回の《決闘《ゲーム》》を見てて思ったのにゃ！　二人が実は付き合ってる、とかだったらいいにゃって！」

「って……それ、もしかしてお前の願望の話か？」

「もっちろんそうにゃ！　元7ツ星で負け知らずだった更紗ちゃんと、そんな《女帝》を打ち負かした学園島《アカデミー》最強の篠原くん……顔を合わせる度にバッチバチの二人が仲良しだなんてまさかまさか思ってないにゃ！　でも、もしそうだったら素敵だなって――もっと言えば、《ライブラ》の特集号を使って執拗《しつよう》に取り上げたいなって、そう思ったのにゃ！」

（いやそれはマジでやめて⁉）

目をキラキラと輝かせながら詰め寄ってくる風見に、俺は内心で全力のノーを突き付ける。もしもそんなことになれば俺の社会的な死は確実だ。嘘《うそ》が云々《うんぬん》の前に破滅する。

だって、その証拠に――

「…………へえ…………」

（こ、怖いんですけど姫路さん⁉）

何故《なぜ》かさん付けしたくなる無表情の姫路が隣でポツリと呟《つぶや》くのを聞きながら、俺はひくひくと頬《ほお》を引《ひ》き攣《つ》らせていた。

♭♭♭

「〰〰〰♪」


彼女は、端末の画面を見つめながら上機嫌に鼻歌を歌っていた。

お風呂上がりで、ココアがあって、おまけに新調したソファはふかふか。これだけでも充分すぎるくらい幸せだが、彼女の視線は画面を流れる情報に釘付《くぎづ》けになっている。

五月期交流戦《アストラル》――つい先日行われていたというその《決闘《ゲーム》》を、彼女は全て見ていたわけではない。というか、ちょっとばかり特殊な環境にいたせいで、そんなイベントをやっていたことすら先ほど知ったばかりなのだが……それでも、その〝最終結果〟を見て彼女の表情は自然と綻んでいた。

「……うん、やっぱり緋呂斗《ひろと》は最強ね」

画面の中でインタビューを受けている高校生、篠原《しのはら》緋呂斗。記憶の中の彼はもっと幼い顔をしていたけれど、もう何年も会っていないんだから変わっていて当然だ。でも、見間違えることなんて絶対にない。だって、彼は――彼女にとって、一番大切な人だから。

……そんな彼に、もうすぐ会える。やっと見つけてもらえる。

「待っててね、緋呂斗――」

綺麗《きれい》な指先で端末の画面をすっと撫《な》でながら、彼女は嬉《うれ》しそうな声音でそう言った。

あとがき

こんにちは、もしくはこんばんは。久追遥希《くおうはるき》です。

この度は本作『ライアー・ライアー4　嘘《うそ》つき転校生は天才中二少女に振り回されています。』をお手に取っていただきまして、誠にありがとうございます！

二ヶ月連続刊行となった第4巻、いかがでしたでしょうか……⁉　普段とはまた違うボリュームたっぷりの大規模《決闘《ゲーム》》、チートにイカサマに盤外戦術――と好きな要素を大量に混ぜ込んでみましたので、3巻と合わせて楽しんでいただければ幸いです。

それでは、紙幅も残り少ないのでさっそく謝辞に移らせていただきます。

イラストレーターのkonomi（きのこのみ）先生。今巻も最高に最高でした。白雪《しらゆき》&更紗《さらさ》はもちろん、新キャラの紬《つむぎ》も七瀬《ななせ》も悶絶《もんぜつ》するくらい可愛《かわい》いです……！　眼福です‼

担当編集様、並びにMF文庫J編集部の皆様。初の連続刊行ということで色々と大変でしたが、根気よく付き合って下さり大変助かりました。もっと精進せねば……！

そして最後に、この本を読んでくださった皆様に最大限の感謝を。

5巻もめちゃめちゃ頑張りますので、どうか楽しみにお待ちくださいっ‼

久追遥希

MF文庫J

ライアー・ライアー4
嘘つき転校生は天才中二少女に振り回されています。

2020年 3月25日 初版発行
2023年 6月10日 8版発行

著者 久追遥希

発行者 山下直久

発行 株式会社 KADOKAWA
〒102-8177 東京都千代田区富士見2-13-3
0570-002-301（ナビダイヤル）

印刷 株式会社 KADOKAWA

製本 株式会社 KADOKAWA

Printed in Japan ISBN 978-4-04-064549-0 C0193

◆◇◇

【ファンレター、作品のご感想をお待ちしています】
〒102-0071 東京都千代田区富士見2-13-12
株式会社KADOKAWA MF文庫J編集部気付「久追遥希先生」係「konomi先生」係

緋呂斗を知る謎の女──
吹き荒れるのかラブコメの嵐！
2020年
夏発売予定！
ライアー・ライアー
⑤

CONTENTS

It's said that the liar transfer student controls
Ikasamacheat and a game.

4

ライアー・
ライア
④
嘘つき転校生は
天才中二少女に
振り回されています。